该著作由北京市教委高精尖学科建设项目专项资助

《中华戏曲剧本集萃》
编委会名单

主　　编　谢柏梁

副 主 编　陈建平　刘志梅　刘小梅　颜全毅　蔺文锐

参　　编　高潇倩　徐龙飞　赵锡淮　吴新苗

剧本整理　中国戏曲学院戏文系
　　　　　2016级全体学生（共64名）

人物表编制与核对　戏文系2019、2020级研究生

（姓名参见前言与各剧人物表）

中国戏曲学院戏文系教材

中华戏曲剧本集萃
元杂剧卷之集合篇一

谢柏梁　主编

中国戏剧出版社

图书在版编目（CIP）数据

中华戏曲剧本集萃. 元杂剧卷. 集合篇. 一 / 谢柏梁主编.
—北京：中国戏剧出版社，2020.12
ISBN 978-7-104-04988-3

Ⅰ. ①中… Ⅱ. ①谢… Ⅲ. ①杂剧—剧本—作品集—
中国—元代 Ⅳ. ①I230

中国版本图书馆CIP数据核字（2020）第142161号

中华戏曲剧本集萃元杂剧卷之集合篇一

责任编辑：王　恬
责任印制：冯志强

出版发行：中国戏剧出版社
出 版 人：樊国宾
社　　址：北京市西城区天宁寺前街2号国家音乐产业基地L座
邮　　编：100055
网　　址：www.theatrebook.cn
电　　话：010-63385980（总编室）
传　　真：010-63383910（发行部）

读者服务：010-63387810
邮购地址：北京市西城区天宁寺前街2号国家音乐产业基地L座

印　　刷：河北京平诚乾印刷有限公司
开　　本：787mm×1092mm　1/16
印　　张：22
字　　数：285千字
版　　次：2020年12月　北京第1版第1次印刷
书　　号：ISBN 978-7-104-04988-3
定　　价：138.00元

版权专有，违者必究；如有质量问题，请与出版社联系调换。

《中华戏曲剧本集萃》

（共12册）

序 言

谢柏梁

  公元1917年是中国戏曲进入大学校园课程的元年。自从吴梅先生于该年在北京大学教授词曲课程以来，中国戏曲课程进入大学课堂，已经整整一个世纪了。

  1985年，吴梅先生之嫡传弟子王起先生，在人民文学出版社出版了《中国戏曲选》（上中下）三册，供高等院校中文系的师生们学习中国戏曲史课程选用。但因为篇幅所限，这套教材大多数是戏曲作品中某些精彩部分的节选。

  历史的车轮不停前行。正值戏曲课程进高校100周年后，由中国戏曲学院戏文系教师与学生们编纂的《中华戏曲剧本集萃》（12卷本），又将要以全剧展现、以西洋与现代剧本的格式，面貌一新地呈现在戏文系师生和社会上其他对戏曲感兴趣的读者面前。我作为王起先生的博士之一，也为戏曲教程的薪火传承尽了一份心力。

  中国戏曲学院戏文系自从1980年成立伊始，已经走过了40个年头。作为全国乃至全球唯一从事戏曲创作、评论和研究的系科，本系在基本教材建设方面，已经逐渐形成一个序列。

在戏曲编剧概论与技法方面，本系不仅先后出版了谢柏梁、颜全毅、郝荫柏、胡叠、韩萌、陈云升等人的戏曲剧本集，还先后出版了周传家等编撰的《戏曲编剧概论》（中国美术出版社1991年版）、贯涌等编撰的《戏曲剧作教程》（文化艺术出版社2005年版）、郝荫柏《戏曲编剧教程》（文化艺术出版社2009年版）。

在戏曲史论方面，本系教师出版了高等教育出版社发行的教育部颁国家级教材《中国文学史》（袁行霈主编，明代戏曲部分由谢柏梁撰写）、《中国当代戏曲文学史》（谢柏梁），还集合了戏曲史论教研室的教师们，一起编写了《中国古代戏曲文学史》（高等教育出版社2020年版）。此外，本系还出版了颜全毅的《清代京剧文学史》（北京出版社2005年版）、吴新苗的《文本、舞台与戏曲史研究》（中国社会科学出版社2017年版）。

有感于戏曲文学系同学阅读戏曲剧本的实际需要，配合戏曲史教学和戏曲写作类课程，我们又集合了戏曲史教研室和部分2016级同学们的较大阵营，共同编撰了《中华戏曲剧本集萃》（四卷12本）。

本丛书拟将从宋元以来到20世纪末叶为止，大家一致公认较好的经典或者优秀的戏曲剧本收录进来，能够体现出中国戏曲文学走向的整体成果，也从一个方面对中国文学的发展路径予以了归纳与支撑。

《中华戏曲剧本集萃》丛书，拟分为四卷12册：

第一卷：宋元南戏卷（1册，刘小梅、蔺文锐、徐龙飞、高潇倩编选）

第二卷：元杂剧卷（5册，陈建平、刘志梅编选）

第三卷：明清传奇卷（5册，谢柏梁与研究生编选）

第四卷：近当代京剧卷（1册，颜全毅、谢柏梁编选）

之所以把京剧作为一个特殊版块，在近现代戏曲的百花园中专门分出来予以选编，是因为中国戏曲学院是京剧教育与研究的大本营，而京剧又借鉴了昆曲、汉剧和徽剧等各地剧种的长处，研究京剧经典，学好京剧写作，对于把握中国戏曲文学的发展，有其特殊重要的作用。

至于近现代戏曲中的地方戏卷，本系将另外申报项目，再行编写出版。因为近现代地方戏的剧本，在本院相对比较好找，所以这套剧本丛书主要的特点是厚古薄今，所选剧本的特色是具备经典意义和传播价值。随着《中国当代戏曲文学史》第三版的出版，配套的地方戏教材也将会提上议事日程。

《中华戏曲剧本集萃》是一部集中华戏曲剧本之精粹的丛书。该套丛书的出版，不仅弥补了中国戏曲教育史上到目前为止没有一部囊括全部中华戏曲剧本之精粹全本的剧本选集的空白，而且还为戏文系师生提供了便于教学的系列教材，为社会上爱好戏曲文学的人提供了一个较为完整的戏曲文学发展序列，更为将中国戏曲优秀剧本翻译介绍到全世界，拉出了一个基本的框架。

为了便于现代读者的剧本阅读，也为了向全世界翻译和介绍中国戏曲剧本的需要，本套丛书首次在古典剧本的出版历史上，采用了现代剧本体例的新式排印方法。传统剧本基本上是以角色行当为重，曲白科介都融为一个整体，根据曲牌、唱腔划分不同的段落。本套丛书将曲白分开，每位人物的说白与唱段都与人物姓名对位起来。

这一新的排版编印尝试，看似简单，实则不易。据老辈学者说，20世纪上半叶，有的学者曾经尝试过将古典戏曲剧本曲白不分，以及以行当代替人物的体例，参照西方剧本和现代话剧的办法，重新排印，当成大学的教材。但是这一工作虽有创意，却没有实施下去，流传下来。

作为中国唯一的戏曲高等学府和戏曲文学系，我们集整个戏曲史教研室十数人之力，再指导戏文系2016级的64位同学、17位研究生，大家群策群力，历时四年之久，对古典剧本做了大量的认知、分解、重排和对位工作。当然，由于剧本太多，参与人数也太多，尽管我们战战兢兢、如履薄冰地在努力，还是难免会有错讹之处，拜请各位方家及时指出，以便我们及时改正。

戏曲剧本，既是表演艺术赖以成立的一剧之本，又是中国文学和文学研究不可或分的重要组成部分，放在整个中国戏剧发展和中国文学艺术的进程背景下，去学习、研究和整体把握，也能够充分体现出戏曲作为中国人的精神财富之一，作为整个中华文明的的精彩华章之一，作为世界戏剧史和人类文化史不可或缺的戏曲宝藏之一，值得人们倍加珍视和持续审美。

对于同学乃至读者诸君而言，手捧这样一部《中华戏曲剧本集萃》，仿佛就是面对面地倾听古今才人们的心声。在有些时候，这些诉诸笔端的在有些时候，这些诉诸笔端的个人化审美体验，也许比在观众席上面对面地观看，更加细致、更加深刻、也更加完整一些，这种从容不迫的阅读体验，也许更能激发人们的想象，激荡人生的情感，直达人们的心底，从而产生对中国戏曲、中国文化乃至华夏文明的满怀敬意和无边的眷恋。

每一部戏曲剧本，其实就是每一位作家或是每一群才子们的情感抒发和精神诉求。因此，中华戏曲的剧本集萃，实际上就是中国知识分子们的集体审美的传达，美好情感的书写、爱国情怀的演绎和精神诉求的高扬。通过这样一部剧本集成，读者不仅可以看到中国一千多年来戏曲艺术的流变发展和中国人精神情感世界的次第展开，更可以看到中国知识分子自古以来肩负责任、勇毅前行的群体形象和广大民间艺术家们追求真、善、美的质朴、执着与持之以恒的美好愿望。哪怕理想与现实还有那么大的距离，也还要在戏曲文本和舞台呈现上，给人们以安慰、激励和持续不断的鼓舞。

我想，在中华民族再度崛起于世界民族之林的过程中，在民族自信、文化自觉、艺术自豪的过程中，这样一部戏曲剧本集萃的出版，使得中国戏曲文化的弦歌之声，始终伴随着文化崛起、民族复兴的千秋伟业，其高等院校教科书的性质、社会上戏曲艺术读本的功能，文化传播上作为译介出版之底本的历史意义和文化价值，也就不言而喻了。

从2017年本书编成，到2020年本书终于能够在专业的中国戏剧出版社付梓印行，也经历了许多的艰难历程。在北京市高精尖项目的支持下，本套丛书得以与师生和社会各界爱好戏曲的人士所分享，这正是莲花十二朵、碧叶相映红。天水茫茫处，感恩云雾中。

善哉，因缘际会、慧根巧果，但有善念，每多福音，本套新编戏曲剧本丛书，成为众手相扶的又一道文化景观，不亦说乎。

是为序。

2020年9月5日，写于中国戏曲学院

目录

01	序　言	
	作者　谢柏梁	
1	黑旋风双献功	
	作者　高文秀	
37	看钱奴买冤家债主	
	作者　郑廷玉	
85	唐明皇秋夜梧桐雨	
121	裴少俊墙头马上	
	作者　白　朴（两部）	
153	破幽梦孤雁汉宫秋	
179	半夜雷轰荐福碑	
215	江州司马青衫泪	
249	邯郸道省悟黄梁梦	
283	西华山陈抟高卧	
	作者　马致远（五部）	
307	附　录	

黑旋风双献功

高文秀

剧目说明

此剧为高文秀作。高文秀，东平（今山东东平）人，府学生员，早卒。生平不详。大约生活在元宪宗、元世祖时代，时称"小汉卿"，《录鬼簿》将其列入"前辈已死名公才人有所编传奇行于世者"。高文秀所作杂剧三十三种，现存五种：《双献功》《遇上皇》《襄阳会》《谇范叔》《周瑜谒鲁肃》存第二折佚文，大多为历史剧和英雄传奇剧，以黑旋风李逵的故事为题材的杂剧有八种：《黑旋风穷风月》《黑旋风双献功》《黑旋风大闹牡丹园》《黑旋风乔教学》《黑旋风诗酒丽春园》《黑旋风借尸还魂》《黑旋风斗鸡会》《黑旋风敷演刘耍和》。此外，还存散曲二套。《太和正音谱》称其词如"金瓶牡丹"。

此剧全名作《黑旋风双献功》。《录鬼簿》作《黑旋风双献头》。《太和正音谱》亦著录此剧，简称《黑旋风》。唯《元曲选》卷首名目作《黑旋风双献功》，并注"一云双献头"。

全剧四折一楔子，末本，正末扮李逵。剧写：郓城县孔目孙荣要到泰安神州去烧香还愿，为避恶人迫害到梁山泊找旧交宋江帮助请人护送。李逵自告奋勇，并立下军令状，假扮庄户，改名作王重义，随孙荣而去。孙荣的妻子郭念儿与白衙内私通，乘孙荣、李逵离开旅店寻找住房的时机，二人偕逃。李逵与孙荣走散，匆忙追赶孙荣过程被白、郭所撞，没有察觉，回到客店才意识到白、郭二人逃走，于是独自追赶。孙荣得知妻子被人拐走，便去告状，却遇到白衙内借衙坐堂，被白押入囚牢。李逵假扮庄户到牢中为孙荣送饭，与狱卒巧妙周旋，把蒙汗药搅入羊肉泡饭里，麻醉倒狱卒，救出孙荣，并放了牢里关押的犯人。李逵又假扮祗候提瓶送酒，混入后堂，杀死正在欢会的白衙内、郭念儿，题诗于壁，提两颗人头回山交令。宋江早已派人跟踪接应，大排酒宴，为李逵庆功。

元杂剧套曲组织多为：楔子后四折，第一折《正宫端正好》、第二折《仙吕点绛唇》、第三折《双调新水令》、第四折《中吕粉蝶儿》。此剧楔子在第一折之后，第二折的曲牌多与元曲常见格律有所不同。

此剧关目紧凑，曲词本色当行，感情真挚，人物性格鲜明，格调欢快。青木正儿评论："此剧情节虽单纯，但把李逵这个人物写得活跃而有滑稽味，是精神爽快的作品。第一折李逵出任护卫之场，第三折李逵笼络狱卒之场，曲白都很灵动；曲词也豪放磊落，与内容调和。"

此剧现存明代脉望馆抄校本、《元曲选》本。《古本戏曲丛刊》四集有脉望馆本影印本。另有，王季思等编校《全元戏曲》本，王学奇等《元曲选校注》本，傅惜华、杜颖陶《水浒戏曲集》本。

（刘志梅整理）

人物表：

孙孔目　　冲末扮演，孙荣，郓州人，娶妻郭念儿。
郭念儿　　搽旦扮演，孙荣之妻，与权豪白衙内私通。
宋　江　　外扮演，梁山泊头领，与孙荣曾有八拜之交。
李　逵　　正末扮演，梁山好汉，保护孙荣赴泰安。
白衙内　　净扮演，权豪势要，私通并拐走郭念儿。
店小二　　丑扮演，孙、郭、李三人投宿的店家小二。
牢　子　　丑扮演，狱中看守孙荣的衙役。

版本出处：〔明〕臧懋循，编《元曲选》浙江古籍出版社，1998，03。
校 对 人：允昂

第一折

〔孙孔目、郭念儿同上。

孙孔目 （诗云）人道公门不可入，我道公门好修行。

若将曲直无颠倒，脚踏莲花步步生。

小生郓城县人氏，姓孙名荣，浑家姓郭，是郭念儿，嫡亲的两口儿家属。我在这衙门中做着个把笔司吏。我许了这泰安神州三年香愿。今年第三年也。这浑家要跟随将我去，争奈小生平昔间软弱。泰安神州谎子极多，哨子极广，怎生得一人护臂跟随将我去方可。大嫂，你在家中安排下茶饭，我去长街市上寻一个护臂，走一遭去来。

〔下。

郭念儿 孔目，你寻了护臂，早些儿来波。这里也无人，我心上只想着那白衙内，和他有些不伶俐的勾当。我已央人叫他去了，只等来时，自有说话。

（诗云）衙内性儿乖，把他叫将来。

说些私情话，必定称心怀。

〔下。

〔宋江、吴学究领喽啰上。

宋　江 （诗云）家住梁山泊，平生不种田。

刀磨风刃快，斧蘸月痕圆。

强劫机谋广，潜偷胆力全。

弟兄三十六，个个敢争先。

某姓宋名江字公明，绰号及时雨者是也。幼生曾为郓州郓城县把笔司吏，因带酒杀了阎婆惜，被告到官，脊杖六十，迭配江州牢城。因打此梁山经过，有我八拜交的哥哥晁盖，知某有难，领喽啰下山，将解人打死。救某上山，就共第二把交椅坐。哥哥晁盖三打祝家庄身亡。众兄弟拜了某为头领。某聚三十六大伙，七十二小伙，半垓来小喽啰，寨名水浒，泊号梁山。纵横河港一千条，四下方圆八百里。东连大海，西接济阳，南通巨野、金乡，北靠青、齐、兖、郓。有七十二道深河港，屯数百只战舰艨艟。三十六座宴楼台，聚几千家军粮马革。风高敢放连天火，月黑提刀去杀人。我有个八拜交的兄弟，姓孙，是孔目。许下泰安神州烧香三年，烧了二年也。今在是第三年，问某讨个护臂的人。小喽啰，寨门窗望着，若兄弟来时，报复某知道。

喽　啰　理会的。

〔孙孔目上。

孙孔目　小生孙孔目的便是。我离了家中，瞒着我浑家，则说街市上寻个护臂的人去。我这里离梁山至近，宋江哥哥是我旧交的朋友，我问他讨一个护臂去。可早来到也。你们休放冷箭，报复去，道有孙孔目荣特地拜见哥哥来。

喽　啰　喏，报的哥哥得知，有孙孔目荣到此求见。

宋　江　道有请。

喽　啰　请进。

孙孔目　（做见科）哥哥，多时不见，受你兄弟两拜。

宋　江　兄弟免礼，此一来莫非为讨护臂么？

孙孔目　哥哥，我则为这三年香愿，今年是第三年也，要带媳妇儿前去。那泰安神州谎子极多，哨子极广，特来问哥哥这里告一个护臂来。

宋　江　学究兄弟，这桩事难以点差。小喽啰，踏着山岗，传着某的将令，道三十六大伙，七十二小伙，半垓来小喽啰，哪一个好男子保着孙孔目上泰安神州烧香去？可是有也是无？

喽　啰　理会的，我出得这门去。兀那三十六大伙，七十二小伙，半垓来小喽啰，哪个好男子保着孙孔目上泰安神州烧香去？可是有也是无？（做三科）

〔李逵上。

李　逵　有、有、有，我敢去！我敢去！

（唱）【正宫】【端正好】

遮莫待渡关河，登途径，把哥哥直送上泰岳山城。

将我这夹钢斧浥清泉，触白石莹莹的新磨净，

放心也，我和那合死的官军并。

报复去，道有山儿李逵来了也。

喽　啰　喏，报得哥哥得知，有山儿李逵来了也。

宋　江　着他过来。

喽　啰　着过去。

李　逵　（做见科）宋江哥哥喏，学究哥哥喏，你兄弟来了也。

宋　江　兄弟，有个客人在此。你和他厮见咱。

李　逵　（做见孔目科）你兄弟知道。客人喏。

孙孔目　（惊科）是人也那是鬼？

宋　江　兄弟休惊莫怕，则他是第十三个头领，山儿李逵。这人相貌虽恶，心是善的。

李　逵　（唱）【滚绣球】

我这里见客人，将礼数迎，

把我这两只手插定。

哥也，他见我这威凛凛的身似碑亭，

他可惯听，我这莽壮声？

唬他一个痴挣，

唬得荆棘律的胆战心惊。

（带云）哥也，他不怕我别的。

（唱）他见我风吹的龌龊是这鼻凹里黑，

他见我血渍的赞是这衲袄腥，

审问个叮咛。

宋　江　山儿，这桩事我还不曾点差，你可是要去？只你这个名字不好，谁不知你是李逵？你更了名改了姓者。

李　逵　哥也，你兄弟去便去，要改这名字怎的？

宋　江　你改了者。

李　逵　既要我改，我改做山儿者波。

宋　江　谁不知你是山儿？

李　逵　改做李逵者波。

宋　江　谁不知你是李逵？

李　逵　你兄弟老爷、老娘家姓王，改做王重义者波。

宋　江　虽然更了名，改了姓，你这般茜红巾，腥衲袄，干红褡膊，腿绷护膝，八答麻鞋，恰便似那烟熏的子路，墨染的金刚。休道是白日里，夜晚间揣摸着你呵，也不是个好人。

李　逵　你兄弟打扮做庄家后生，可是如何？

宋　江　这等便堪可去，只是那得庄家的衣服来？

李　逵　有、有、有，你兄弟下得山去，在那官道旁边一壁掩映着，等那庄家过去：哥，你那衣服借与我使一使儿。那厮与我，万事罢论；他但说个不与，我一只手揪住衣服领上，一只手拿住脚腕，滴溜扑摔个一字跤。阔脚板踏着那厮胸膛，举起我这夹钢板斧来，觑着那厮嘴维鼻凹，恰待砍下。哥，休道是衣服，那厮连铁锄都与你兄弟了也。

（唱）【倘秀才】

　　　　我今日改换了山寨的丑名，
　　　　我打扮做个庄家后生。
　　　　我着那捕盗官军摸不着我影，
　　　　忒抢杀，好相争，我和他斗迎。

宋　江　山儿，泰安神州，天下英雄都在那里。你休与人厮丢厮打，做那打家劫道杀人放火的勾当。

李　逵　（唱）【伴读书】
　　　　泰安州便有那千千丈陷虎池，万万尺牢龙阱，
　　　　我和你待摆手去横行。
　　　　管教他抹着我的无干净，
　　　　保护得俺哥哥不许生疾病。
　　　　若是有差池失了军中令，
　　　　哥也，我便情愿纳下一纸儿军状为凭。

宋　江　山儿，你要写文书最好。只是你输着甚么？

李　逵　哥也，您兄弟这一去，保护得哥哥无是无非还家来。若有些失错呵，我情愿输三两银子。

宋　江　这个少哩。

李　逵　哦，我再做个东道，请你那一班落保的都吃一个烂醉何如？

宋　江　也还少哩。

李　逵　罢、罢、罢，我情愿输了这六阳魁首。
　　　　（唱）【笑和尚】
　　　　你、你、你道我调着嘴不志诚，
　　　　我、我、我打着手多承领，
　　　　管、管、管他壮着胆无侥幸。
　　　　倘、倘、倘若是到泰安州败了兴，
　　　　敢、敢、敢指梁山誓不回程。
　　　　来、来、来，我情愿输了我吃饭的这一颗头和颈。

宋　江	山儿，你便写得是了。只要你下山去，常忍事饶人者。
李　逵	哥也，假似有人骂您兄弟呢？
宋　江	忍了。
李　逵	有人唾在兄弟脸上呢？
宋　江	揩了。
李　逵	有人打你兄弟呵呢？
宋　江	你也还他些。
李　逵	还他这些儿？
宋　江	少。
李　逵	还他这些儿？
宋　江	少。
李　逵	还到这里怕做甚么？（做打拳科）
宋　江	可不打杀人也？则要你把是和非少争竞些儿才好。
李　逵	（唱）【耍孩儿】

　　是和非谁共你闲相竞，

　　假若是买物件，多和少也不和他争。

　　若有醉汉每骂我一千场，

（带云）哥也，你写的是。

（唱）我只索忙赔着笑脸儿相迎。

　　那厮鼻中残涕望着我这耳根边喷，那厮口内顽涎望着我面上零。

　　再不和他亲折证，我只是吞声忍气，匿迹潜形。

| 宋　江 | 那泰安山神州庙，有一等打擂台赌本事的，要与人厮打。你见他山棚上摆着许多利物，只怕你忍不过，就要厮打起来，也不见得。 |
| 李　逵 | （唱）【一煞】 |

　　有那等打擂台，使会能，摆山棚，博个赢，

　　　　　占场儿没一个敢和他争施逞。

　　　　　拳打的南山猛虎难藏隐，脚踢的北海皎龙怎住停。

　　　　　我也只紧闭口不放些儿硬，

　　　　　我只做没些本领，再不应承。

宋　江　　如今你怎生打扮去才好？

李　逵　　（唱）【二煞】

　　　　　我将烟毡帽遮了眼睛，

　　　　　粗布帛缚了腿脡，

　　　　　着谁人识破我乔行径？

宋　江　　孙孔目哥哥到那山上，要点烛烧香，回钱了愿，都是你与他当值来。

李　逵　　（唱）他上山时，我与他备点烛烧香的事；

　　　　　下山时，我与他供回钱了愿的情，一步步跟随竟。

宋　江　　假似哥哥上马呵，

李　逵　　（唱）上马处，就与他执鞭坠镫，

宋　江　　假似哥哥吃酒呵，

李　逵　　（唱）吃酒处，就与他绰碴提氍。

宋　江　　那一个孙大嫂，可也生得大有颜色，只怕那一伙闲汉跟着她走，不好意思。

李　逵　　（唱）【三煞】

　　　　　那大嫂年又青，貌又整，则被他一班儿恶少相缠定。

　　　　　似这等天宽地荡的清平世，怎容得女纵男淫泼贱精？

　　　　　触犯我真无幸，

　　　　　请大嫂轻轻移步，和哥哥慢慢同行。

宋　江　　山儿，我教道你一句话儿，你听者，是"恭敬不如从命"。

李　逵　　（唱）【哨篇】

　　　　　可便道"恭敬不如从命"，

今日里奉着哥哥令。

若有人将哥哥厮欺负，我和他两白日便见那簸箕星。

则我这两条臂拦关扶碑，则我这两只手可敢便直钓缺丁。

理会的山儿性，我从来个路见不平，爱与人当道撅坑。

我喝一喝骨都都海波腾，

撼一撼赤力力山岳崩。

但恼着我黑脸的爹爹，和他做场的歹斗，翻过来落可便吊盘的煎饼。

宋　江　便好道："弓硬弦长断，人强祸必随。"你若保着孙孔目回来时，我自有重赏。小心在意，则要你忍事饶人者！

李　逵　哥哥，你放心也。

（唱）【煞尾】

我去阿，两只手忙揪住巅险峰，

两只脚牢踏住村峭岭。

主张的我神州庙里身周正，

我可敢搬倒那嵯峨，

（带云）放心也，哥，

（唱）这一座泰山顶。

〔李逵、孙孔目下

吴学究　李山儿与孙孔目去了也，恐怕有失。还该差神行太保戴宗尾着他去，打探消息，我们方好接应他。

宋　江　这说的是。小喽啰，传令与神行太保戴宗，着他星夜下山，打听李山儿消息，疾来回报者。

卒　子　理会的。

宋　江　（诗云）孙孔目要护臂烧香，李山儿怕惹事遭殃。

　　　　　　因此上差神行太保，将消息早报取提防。

〔宋江、吴学究下。

楔　子

〔郭念儿上。

郭念儿　妾身是孙孔目的浑家郭念儿的便是。有孙孔目街市上寻护臂去了，我瞒着他，着人寻那白衙内来，有紧要的说话。可怎生这早晚还不见他来也？

〔白衙内上。

白衙内　（诗云）五脏六腑刚是俏，四肢八节却无才。
　　　　村入骨头挑不出，俏从胎里带将来。
自家白赤交的便是，官拜衙内之职。我是那权豪势要之家，打死人不偿命的。有这孙孔目浑家是郭念儿，和我两个有些不伶俐的勾当。她着人来寻我，我如今到她家里，若是她夫主不在家，我和她说几句话。可早来到门首也。孙孔目在家么？

郭念儿　这个是他来了。孔目不在家，你进来。

（白衙内做见科）

郭念儿　我着人寻你，你在哪里，这早晚才来？

白衙内　我也忙。你唤我做甚么？

郭念儿　如今孙孔目同我要往泰安神州烧香去，他说在火炉店里安下。我有一计，你便先去那里等着我。我有两句儿唱，你则听着，我便道："眉儿镇常扢皱"，你便唱"夫妻每醉了还依旧"；我叫"衙内"，你叫"念儿"。我和你两个跳上马便走。

白衙内　此计大妙。你先到那里，你便等着我；我先到那里，我便

	等着你。若见了你呵,跳上马牙不约儿赤便走。
郭念儿	衙内去了也。这早晚孙孔目为甚不来?
	〔孙孔目、李逵上。
孙孔目	兄弟,来到我家门首也。你过去与嫂嫂厮见咱。
李 逵	哥也,请嫂嫂厮见咱。
孙孔目	大嫂,我寻了个护臂,是王重义,你和他厮见咱。
李 逵	(见旦儿科)嫂嫂休怪,恕生面少拜识。
郭念儿	呸,脸脑儿恰似个贼。
孙孔目	你好歹口也,他听着哩。
李 逵	哥哥,你兄弟有一句话,可是敢说么?
孙孔目	兄弟有甚话说?
李 逵	这嫂嫂敢不和哥哥是儿女夫妻么?
孙孔目	你好眼毒也。你怎么便认将出来?
李 逵	我便认出来也。

(唱)【越调】【金蕉叶】
　　　你看她那说话处呵,
(带云)我才说道恕生面少拜识,
(唱)她做多少丢眉弄色。

| 郭念儿 | 你看我这几步儿走, |
| 李 逵 | (唱)你看她那行动处呵, |

(带云)娘也,又不是那小脚儿,竖里一尺,横里五寸。
(唱)做多少家鞋弓袜窄,可怕不打扮得十分像胎?
(带云)哥哥,不是你兄弟歹也,
(唱)你可敢记着一场天来大小利害。

孙孔目	大嫂,收拾行李,咱烧香去来。
	〔同下。
	〔店小二上。

| 店小二 | （诗云）买卖归来汗未消，上床犹自想来朝。
为甚当家头先白，一夜起来七八遭。
小可是这火炉店上一个卖酒的，但是南来北往官员士庶人等进香的，都在我这店中安歇。我今日开开板搭，烧的旋锅儿热，看是有甚么人来。
〔李逵同孙孔目、郭念儿上。 |
| --- | --- |
| 李　逵 | 哥也，来到这火炉店。小二哥有么？ |
| 店小二 | 官人每，打了人过去。 |
| 李　逵 | 有干净房儿么？俺住一住。 |
| 店小二 | 官人，请里边来，有头一间房子干净，正好住。 |
| 孙孔目 | 小二哥，把俺这大嫂寄在这里，不许放甚么闲杂人等到来搅扰。大嫂，你则在这店中头一间房子里等着，我和兄弟占了房子便来也。 |
| 郭念儿 | 你可早些儿来，我可害怕。 |
| 李　逵 | 嫂嫂，你则在这里，我和俺哥哥占了房子便来也。 |
| 郭念儿 | 你可早些儿来，我可害怕哩。 |
| 李　逵 | 嫂嫂，你在这里，青天白日害甚么怕？哥哥去波。 |
| 郭念儿 | 孔目，你则早些儿回来。 |
| 孙孔目 | 我知道。 |
| 郭念儿 | 孔目，你是必早些儿来，休着我忧心也。 |
| 李　逵 | 哦，这个嫂嫂，你直这般割舍不得哪。
（唱）【幺篇】
哎，你个嫂嫂莫得见责，
也则是亏着俺为人在客，
我恰才嘱咐了三回五解。 |
| 郭念儿 | （扯孔目科）孔目，你早些儿回来。 |
| 孙孔目 | 我就回来也。 |

| 李　逵 | （扯孔目做走科）嫂嫂不索说，我和哥哥便来。我恰才嘱咐了店家安抚了嫂嫂，天色将晚也。
（唱）则去兀那泰安州寻一个家头房子去来。
〔同下。
〔白衙内上。 |
| --- | --- |
| 白衙内 | 自家白衙内的便是。有郭念儿约我在这火炉店内相等，我便来到这里。她不知在哪里？ |
| 郭念儿 | 不知那白衙内来了也不曾？我自唱一声咱。
（唱）眉儿镇常抡皱。 |
| 白衙内 | （唱）夫妻每醉了还依旧。
（做叫科）念儿。 |
| 郭念儿 | 衙内，快上马，俺和你去来。
〔同下。 |
| 店小二 | 怎么了？恰才那官人寄下的女人，平白地唱了一声，外边一个人也唱了一声，他两个私奔走了。如今他那弟兄两个来时，我可怎么回他的话？
〔孙孔目上。 |
| 孙孔目 | 我与兄弟泰安神州占了房子，我想我的大嫂独自一个在那店肆中，我放心不下。我撇了我那兄弟，看我那浑家去。来到这店肆中，我那大嫂呢？ |
| 店小二 | 哥也，是我在这里。 |
| 孙孔目 | （寻科）你怕不在这里。只问你我浑家哪里去了？ |
| 店小二 | 我说则说，你休烦恼。你两个占房子去了，你大嫂平白的唱甚么"眉儿镇常抡皱"，外边一个人也唱了一声，道是"夫妻每醉了还依旧"；一个叫"念儿"，一个叫"衙内"，无三念无两念，则一念他就念得走了。 |
| 孙孔目 | 我儿，你死也，我这浑家寄在这里，着人拐的走了。我倒 |

由闲可，等我兄弟来时，他便和你说话。

（诗云）浑家好容貌，生得十分俏。

被人拐去了，须索把状告。

〔同下。

第二折

〔李逵上。

李　逵　自家山儿的便是。和俺哥哥草参亭上占房子去来。三转身不见俺哥哥，想必去那店肆中望俺那嫂嫂去了。你看时遇春天，是好景致也呵！

（唱）【仙吕】【点绛唇】

柳絮堪扯，似飞花引惹，纷纷谢。

莺燕调舌，此景宜游冶。

（唱）【混江龙】

春光明昳，路行人拂袖扑蝴蝶。

你觑那往来不断，车马相接。

墙角畔滴溜溜草稕儿挑，茅檐外疏剌剌布帘儿斜。

可知道你做营运的家家业，

大古里人烟热闹，买卖稠叠。

（唱）【油葫芦】

三月春光景物别，好着我难弃舍，

怎当这佳人士女醉扶者？

你看那桃花杏花都开彻，

更和那梨花初放如银叶。

〔白衙内同郭念儿上。

白衙内　　大姐，咱行动些。

李　逵　　（唱）我这里七留七林行，他那里必丢不搭说。

　　　　　又被那伙乔男乔女将咱来搠。

白衙内　　（白衙内做撞李逵科）不中，走、走、走！

〔同下。

李　逵　　（唱）这田地上赤留兀剌那时节。

　　　　　甚么人绊我这一脚？不是赶俺哥哥忙呵，我不道的饶了你也。

　　　　　（唱）【天下乐】

　　　　　打得那一匹马不刺刺走不迭，

〔孙孔目同店小二上。

孙孔目　　我那浑家到哪里去了？

李　逵　　（唱）我这里便观也波绝，

　　　　　那里无话说，我见他自推自撅自哽咽。

　　　　　我与你便一处行，一处歇。

　　　　　哥也，不知道你烦恼因甚些？

　　　　　哥也，怎么撇了我先来了哪？

孙孔目　　我因放我大嫂不下，我先回来看她，谁想这店中不见了大嫂也！

李　逵　　哥也，可怎生不见俺嫂嫂么？

孙孔目　　兄弟，你休问我，你则问店小二去。

李　逵　　兀那店小二，俺嫂嫂呢？

　　　　　（店小二做怕科）

孙孔目　　你则问店小二！

李　逵　　兀那厮，俺嫂嫂呢？

店小二　　着人拐的去了。

李　逵　　怎生着人拐将去了也。（李逵做打店小二，孙孔目劝科）

哥也，你放手。

（唱）【醉扶归】

　　则俺这拳起处如刀切，

　　恨不得打塌这厮太阳穴。

孙孔目　（孔目扳李逵科）兄弟也，干他甚么事？

李　逵　哥也，你放手。

（唱）你将我这臂膊休扳住了者，

（带云）我不打这厮别的，

（唱）只打这厮强夺人妻妾。

（带云）兀那厮，可不道"寄在不寄失"？

（唱）你是个小主人家，可不道管着一个甚也？

　　我恨不得一把火刮刮匝匝烧了你这村房舍！

哥也，我见来，我见来！一个男子汉，一个妇人，两上叠骑着马。我正行走着哩，被那马撞了我一脚。我待要赶去来。因为赶着哥哥，不曾去得。哥也，打与你一个模状儿，我见那厮的衣裳鞍马，说起来看是也不是？

（唱）【一半儿】

　　我适才途中马上见他些，

　　那一个妇人叠坐着鞍儿把身体趄，

　　那一个乔才横摔着鞭儿穿插的别。

　　我打个模状儿说，可不道有一半儿朦胧倒有一半儿切！

孙孔目　店小二哥，你只听我兄弟说他穿的衣服，和你两个对着，可是他么？

店小二　哥，你说将来，看是也不是？

李　逵　（唱）【后庭花】

　　那厮绿罗衫绦是玉结，

　　皂头巾环是减铁。

店小二	正是！正是！
李　逵	（唱）他戴着个玉顶子新棕笠，穿着对锦沿边干皂靴。
店小二	这个一发是了，他叫作甚么衙内？
李　逵	（唱）那厮畅好是忔喯喯，
	且莫说他鸟戎儿小鹞，吹筒粘竿。
	有诸般来摆设，
	只他马儿上更驮着一个女艳冶。
孙孔目	眼见得他是一个权豪势要之家，着他拐了我浑家去，可怎了也？
李　逵	哥也，那厮走得也不远，我和你赶将去。
店小二	哥，我对你说，那个妇人在店里面唱一声道"眉儿镇常挖皱"，那一个衙内在店外面唱一声道"夫妻每醉了还依旧"；一个叫道"衙内"，一个叫道"念儿"，无三念无两念，只一念便念得走了。
李　逵	（唱）【醉扶归】
	那妇人呵，他唱一句为关节，
	那乔才呵，他应一句到来也。
	两下里慌速速怕甚么途路赊，
	必然个宽打着大周折。
	我和你急忙赶上者，
	将他一双的在马前拽。
孙孔目	兄弟你休去。你这一去，则是你独自一个，他那里人手极多，你手里又无兵器，则怕你近不得他。
李　逵	（唱）【赚煞尾】
	我也不用一条枪，也不用三尺铁，
	则俺这壮士怒目前见血。
	东岳庙磕塔的相逢无话说，把那厮滴溜扑马上活挟。

　　　　　　他若是与时节，

　　　　　　万事无些；

　　　　　　不与呵，山儿待放会劣撒。

　　　　　　恼起我这草坡前倒拖牛的性格，

　　　　　　强逞我这些敌官军勇烈，

　　　　　　我把那厮脊梁骨咯吱吱生摌做两三截！

　　〔下。

孙孔目　　兀那厮，你认得拐了我浑家的那个人么？

店小二　　他是那白衙内，又唤做甚么白赤交。

孙孔目　　既然是这等，我去大衙门里告这厮走一遭去。我那个大嫂也，则被你想杀我也！

　　〔下。

店小二　　怎么了？那一个赶那厮去了，这一个告状去了。他这一去，若是赶不上回来，我可怎了？我关上门，也不开这酒店罢。

　　　　（诗云）今日造化低，惹场大是非。

　　　　　　　　不如关了店，只去吊水鸡。

　　〔下。

第三折

　　〔白衙内领张千上。

白衙内　　（诗云）小子白衙内，平生好倚翠。

　　　　　　　　拐了郭念儿，一日七个醉。

　　　　自家白衙内的便是，自从我拐了那郭念儿来，我则怕那

	孙孔目来告状。因此上我借这大衙门坐三日，他若来告状，我自有个主意。张千，门首觑着，若有告状的，放他过来。
张　千	理会的。

〔孙孔目上。

孙孔目	小生孙孔目的便是，被白衙内拐了我浑家去了。我来到这大衙门里，告他一状。冤屈也！
白衙内	甚么人叫冤屈？张千，与我拿将过来！
张　千	当面。
白衙内	兀那厮告甚么？
孙孔目	大人，我告着白衙内白赤交拐了我浑家去了。望大人可怜见，与小人做主。他把良人妇女拐了，则这等干罢？那厮少不得车碾马踏，该杀该剐。
白衙内	这厮，你怎么这等骂他，假似他听得呢？
孙孔目	他有偌长耳朵？
白衙内	这厮无礼，拿枷来，上了枷，下在死囚牢里去。
孙孔目	大人，我是原告！
白衙内	我这衙门里则枷原告。
张　千	你如今告谁？
孙孔目	我告白衙内。
张　千	你原来不认得白衙内？则这便是白衙内。
孙孔目	原来他便是白衙内。我告了关门状，可着谁人救我那！

〔下。

白衙内	如何？我道他来告状么。如今把这厮下在死囚牢里，我直牢他，他浑家便属了我。凭着我这片好心肠，天也与我条儿糖吃。

〔同下。

〔牢子上。

牢　子　（诗云）有福之人人服侍，无福之人服侍人。
小可牢子便是。今日该我当值。有孙孔目下在死囚牢里。不免拿他出来。

〔孙孔目戴枷上。

牢　子　入牢先吃三十杀威棍。

孙孔目　大哥，则望你脚镣手扭，抬上匣床，使上滚肚索，拽、拽、拽。（孙孔目叫科）

牢　子　你灯油钱也无，免苦钱也无，倒要吃着死囚的饭，有这等好处？你也带挈我去走走。

〔李逵上。

李　逵　这里也无人。山儿也，事要前思，免劳后悔。当此一日，小喽啰踏着山冈，问了三声，道"有好男子跟的孙孔目哥哥往泰安神州烧香去"。你正是囊里盛锥，尖者自出。我便道"我敢去，我敢去"。又立了军状，在宋江哥哥跟前说下大言，保护得孙孔目无事还家来。若有些失错呵，愿输项上这颗头。同孔目下的山来，到得火炉店内，我和他草参亭上占房子去，不知甚么人把大嫂拐了去了。我说："哥哥，你则在这里，我不问那里赶上那厮，夺得大嫂回来"。我则赶他去了，谁想那哥正告在刁了俺大嫂的白衙内跟前，如今把哥下在死囚牢里。山儿也，你有甚么面目见俺宋江哥哥？我无计可使，权打扮做个庄家呆后生，提着这饭罐儿。我怎能够入得那牢里去呵？我自有个主意也。

（唱）【双调】【新水令】
　　我可便为哥哥打扮个丑容仪，
（带云）有那等不认得我的，他道我是个呆厮，呆厮；有那等认得我的，他便道我哪里是真呆厮，倒是个真贼。

（唱）怎知道我是哪家公明的兄弟？

可也自有咱心上事，不许外人知。

将我这饭罐儿忙提，

山儿也，可用着你那贼见识入牢内。

（李逵做向古门问科）

大哥，哪里是那牢哩？

内　应　高墙儿矮门，棘针屯着的便是。

李　逵　哦，高墙儿矮门儿，一周遭棘针屯着的便是。多谢了大哥。（做走科）

李　逵　此间是牢门首也。放下这饭罐儿，我拽动这牵铃索。山儿也，你寻思波，着那牢子便道："你既是做庄家呆后生，便怎生认得个是牵铃索？"可不显出来了？旁边儿有这半头砖，我拾将起来，我是敲这门咱。叔待，叔待，你家里有人么？

牢　子　甚么人？敢是提牢官来了。住着，若是提牢官呵，拽动这牵铃索。可是甚么人打得这牢门咚咚的响？我且开开这门看咱。

（李逵与牢子撞倒科）

牢　子　我打您个弟子孩儿。

李　逵　叔待，你为甚么打我哪？

牢　子　（牢子笑科）原来是个庄家呆厮。

李　逵　（唱）【落梅风】

我这里高声地叫，叫到那五六回；

哥哥你便开门，呆厮可便与哥哥支撑。

牢　子　（牢子打科）这呆厮好无礼也，你怎么抱住我两只手臂？我打这个弟子孩儿。

李　逵　（唱）做甚么恶狠狠怒从你那心上起？
　　　　　　叔待，呆厮不曾汤着你，
　　　　　　不索你没来由这般叫天吖地。

牢　子　你是甚么人？

李　逵　叔待，孩儿每是个庄家。

牢　子　你这庄家们倒会受用快乐。

李　逵　叔待，俺这庄家至受苦恼也。
　　　　（唱）【夜行船】
　　　　　　俺家里要打水浇畦，
　　　　（带云）打罢那水，浇罢那畦，俺娘道："呆厮，你还不往田里去。"
　　　　（唱）我又索与他压耙扶犁。

牢　子　好也，他把我当耕牛使用。

李　逵　（唱）我家里还待要打柴刈苇，织履编席，倒杼翻机。
　　　　　　俺做庄家忒老实，俺可也不谎诈不虚脾。

牢　子　兀那厮，你来这里做甚么？

李　逵　叔待，你家里有我个孙孔目哥哥么？

牢　子　这弟子孩儿不知是牢，他说是我家里。他姓孙，你可姓甚么？

李　逵　我姓王。

牢　子　我打这个弟子孩儿！他姓孙，你姓王，怎么是兄弟？

李　逵　叔待，我可知和他不亲哩。这孔目跟的那官人到俺那乡里劝农去来，见我家房子干净，他就在俺家里下。俺娘见他是个孔目，将那好茶好饭儿这般管待他。因问俺娘姓什么，俺娘道："我姓孙。"那孔目道："我也姓孙。"他拜俺娘做姑姑。俺娘道："俺家里别无甚么人，只则有这个呆厮，早晚去那城里面纳些秋粮儿，纳些夏税儿，你便照顾他。"俺是这般亲，俺哪里是那真个的亲眷来哪。

牢　子　　原来是这等。

李　逵　　（唱）【甜水令】
　　　　　　　俺那时节因纳税当差，曾离乡下到来城内，

牢　子　　这个也是认的兄弟，打甚么紧？

李　逵　　（唱）因此上认义我做相识。

牢　子　　若是要见他，须是替他将油灯钱、苦恼钱都与我些。

李　逵　　（唱）我待要与俺哥哥送些茶饭，见些情义，
　　　　　　　俺两个又不是那真个亲戚。

　　　　　（唱）【得胜令】
　　　　　　　呀，便问我要东西。
　　　　　　　叔待，则你那没梁桶儿便休提。
　　　　　　　不比你财主们多周济，
　　　　　　　量俺这穷庄家有甚的？
　　　　　　　俺真个堪嗟，俺孩儿每卧土坑披麻被，你可也争知？
　　　　　（带云）还有精着腿，无个裤儿穿的。
　　　　　（唱）谁有那闲钱补笊篱？

牢　子　　你看这个弟子孩儿，把这头扭过来，募过去，一阵尿骚臭。如今开开这牢门，我着他先进去，等待低下头，我一脚蹬倒这厮，我取一回笑。兀那呆厮，你先进牢里去，看你哥哥哪。

李　逵　　叔待，你先行波。

牢　子　　（做不走科）我腿转筋。

李　逵　　叔待，你休怪呆厮说，俺家里个老驴也是这么抽蹄抽脚的。

牢　子　　唓！

李　逵　　叔待，你又怎么的？

牢　子　　我腿上一个疮。

李　逵　　早看觑着，不要迟了，怕变作疔疮哩。

牢　子　　你看这厮骂得我好。

李　逵　　叔待，你将我的这件东西波。

牢　子　　甚么东西？

李　逵　　俺娘与了我一贯钞，着我路上做盘缠，我就揣在怀里，怎么的掉了？俺大家寻一寻还我。

牢　子　　等我替你寻。（牢子低头科）

　　　　　（李逵蹬科）（牢子跌倒科）（李逵入门科）

李　逵　　叔待，我先进来了也。叔待，你家里怎生这般黑洞洞的？

牢　子　　一个傻弟子孩儿！休要呆着，跟将我来。

李　逵　　叔待，你家里人一定不老实，可怎么高墙矮门儿，一周遭棘针儿屯着？

牢　子　　呆厮，跟的我来，这是牢里。

李　逵　　（李逵笑科）呵、呵，我怎知是牢里？

　　　　　（唱）【归塞北】

　　　　　　　他前面引只，我背后把他跟随。
　　　　　　　我将这田地儿踏，窝蛇儿来记，
　　　　　　　呀！谁知道一步步走入那棘针根底。

　　　　　（唱）【雁儿落】

　　　　　　　哪坨儿里墙较低，哪坨儿里门不闭。
　　　　　　　哪坨儿里得空便，哪坨儿里无寻觅。

牢　子　　跟着我入牢里去。

李　逵　　（唱）【川拨棹】

　　　　　　　跟着他入牢内，使尽我这贼见识。
　　　　　　　哭哭啼啼，切切悲悲。
　　　　　　　则俺那孔目哥哥在哪里？
　　　　　　　你可也思量些甚饭食？

李　逵　　孔目哥哥，

孙孔目　（孙孔目应科）哎哟，唤我的是谁？

李　逵　（唱）【七兄弟】

　　　　　　我这里唤你，倒问我是谁？

　　　　　　唤你的是王重义。

　　　　哎哟，哥哥也。

孙孔目　兄弟也，你在哪里来？

牢　子　（牢子打科）休要大惊小怪的！

李　逵　（唱）搁不住两眼恓惶泪，

　　　　　　俺哥哥含冤负屈有谁知？

　　　　　　兀的不断送在高墙厚壁矮门内？

　　　（唱）【梅花酒】

　　　　　　哥，这罪也自省的，

　　　　　　使不着你精细，

　　　　　　使不着你伶俐，

　　　　　　竟不知你甚日脱离？

　　　　　　告押衙休疑惑，

　　　　　　辨别个是和非。

　　　　　　有关防无势力，

　　　　　　把平人下在死田地。

　　　（唱）【喜江南】

　　　　　　呀；

　　　　　　俺哥哥又不是打家截道的杀人贼，

　　　　　　倒赔了个如花似玉的好娇妻，

　　　　　　送与你这倚权挟势白衙内。

　　　　　　到今朝这日，

　　　　　　才得我非亲是亲的送那碗饭儿吃。

牢　子　你看这呆厮，口里只管笃笃喃喃的说着许多说话。既然有

	饭，快拿将来喂他些罢。
李 逵	叔待，与俺哥哥些饭儿吃。（做解手科）
牢 子	（打科）你喂饱饭便罢，你怎么解他的手？
李 逵	你休打波，叔待，不要斗我耍，你将我的来波。
牢 子	敢又是哪一贯钞？
李 逵	（唱）【归塞北】

    俺哥哥三朝的五日，可便忍饿耽饥。

    五六日不曾尝着水米，常言道饥饱劳役。

  叔待，你将我的来波。

  （唱）【雁儿落】

    他烟支支的撒滞殢，涎邓邓相调戏。

    别无人则有你，

  你这个神道是甚么神道？

牢 子	这个是狱神。
李 逵	你跪着我也跪着。
	（唱）咱两个说取一个牙疼誓。
牢 子	你为甚么也跪着神道，要我说誓来？
李 逵	（唱）【小将军】

    我恰才送些茶饭与俺哥哥且充饥，

（带云）你恰才开门时节，你那头撞着我这头。叔待，有俫，

（唱）明白的把一张匙却插在这里。

    这路大地下不是你个坌东西？

    叔待，我将你来跪了可便重还跪。

牢 子	你便这一张匙打甚么不紧？你喂你哥哥饭去。
李 逵	哥哥，你吃些儿波。
孙孔目	我吃不得了也。
李 逵	哥哥不吃，我自家吃。

牢　子	兀那呆厮，是甚么东西？
李　逵	一罐子羊肉泡饭。哥哥不吃，我自家吃。
牢　子	你哥哥这几日吃死囚的饭，他不吃。拿来我吃。
李　逵	你真个要吃？管山的烧柴，管水的吃水，管牢的吃我脚后跟。
牢　子	这厮他倒伤着我，将来我吃。
李　逵	（背科）我随身带着这蒙汗药，我如今搅在这饭里。他吃了呵，明日这早晚他还不醒哩。叔待，你吃，你吃。
牢　子	将来我吃。（做吹科）
李　逵	叔待，吹甚么哩？
牢　子	将来，我吹去了些砒霜、巴豆。（牢子吃饭科）倒好饭儿。乡里人家着得那花椒多了，吃下去麻撒撒的。哎哟，麻撒撒。（牢子倒科）
李　逵	兀那牢子起来！这厮麻倒了也，到明日也还不醒哩。我解放了俺哥哥，则不俺哥哥一个人，我把这满牢里人都放了。我开开这门，你每各自逃生去。哥哥，我指与你一条大路，你一径先上梁山寨，见俺宋江哥哥去。我晚间杀了白衙内，回来献功也。

（唱）【鸳鸯煞】

　　这厮他两三番会使拖刀计，

　　咱安排下搭救哥哥智。

　　只在今日明朝，得胜而归。

　　畅道天理难欺，人心怎昧？

　　则他这肉眼愚眉，

　　把一个黑旋风爹爹敢来也认不得。

〔下。

| 牢　子 | （起身慌科）哎哟，麻撒撒的。 |

〔下。

第四折

〔白衙内同郭念儿上。

白衙内 （诗云）借坐衙内放告牌,引得他人插状来。
专待囚牢身死后,方才做了永远夫妻大称怀。
自家白衙内的便是。我将孙孔目下在死囚牢中,早晚便是死的人也。俺夫妻永远团圆到老,兀的不快乐杀我也！正好饮酒,争奈无有了。我使的伴当去那同知家里取酒去,这早晚怎生不见来？

〔李逵扮上。

李　逵 自家山儿的便是。我昨日救了俺孙孔目哥哥,今夜晚间杀白衙内。我打扮做个祗候人,提着这瓶酒,我则能够到那厮跟前,我自有个主意。天色晚了也,行动些,行动些。

（唱）【中吕】【粉蝶儿】
酒果做缘由,安排下这场歹斗,
两事家不肯干休。
打这厮,损别人,安自己,他直吃到上灯前后。
猛可里抬头,
不觉得助杀气冷风吹透。

（唱）【醉春风】
我想那一个滥如猫,这一个淫似狗。
端的是泼无徒贼子,更和着浪包娄,出尽了丑、丑。
情理难容,杀人可恕,怎生能够。

李　逵 （做见科）兀的不是酒？

白衙内	放下酒，你自出去。
李　逵	这厮赶将我出来，我则在这窗儿外听着，看他说甚么。
郭念儿	衙内，你坐着，我去看些好菜蔬来，再吃酒哩。
李　逵	（李逵踩住郭念儿科）泼弟子，你认得我么？则我是王重义。休言语，但开口脖子上则一刀！
郭念儿	好汉饶我性命。
李　逵	（唱）【上小楼】
　　　　不要你将没作有，
　　　　则要你贪花恋酒。
　　　　我则见那一来一往，一上一下，摆脑摇头。
　　　　则为你这个不识羞，和那个贼禽兽，
　　　　双双的成就。
　　我不杀你，你可唱波。
| 郭念儿 | 唱甚么哪？
| 李　逵 | （做揪郭念儿科）可唱你那"眉儿镇常扢皱"。（杀郭念儿科）我把这一颗头且放在这里，我可杀白衙内去。这厮醉了，我怎么肯不明不暗杀了这厮？不免将冻酒喷醒他来，我慢慢的杀他未迟。（做喷科）
| 白衙内 | 盖了天窗，猫溺下尿来了。（做见李逵科）你是谁？
| 李　逵 | （唱）【幺篇】
　　　　争知道他在我面前，不提防我在他背后。
　　　　只见他手脚张狂，左右拦挡，何处奔投？
　　　　则为这吃剑头，送得俺哥哥牢内囚，
　　　　风也不透。
　　（做揪白衙内科）
　　我不杀你，你唱波。
| 白衙内 | 着我唱甚么？

只见他手脚张狂,左右拦挡,何处奔投?
则为这吃剑头,送得俺哥哥牢内囚,风也不透。

李　逵　（唱）可唱你那"夫妻每醉了还依旧"。

（李逵杀白衙内科）我把两颗头都拿将来，做一搭里放者。再将他衣服上扯下一块来，捻做个纸捻，去腔子里蘸着热血，在白粉壁上写道：是宋江手下第十三个头领黑旋风李逵杀了这白衙内来。

（诗云）从来白衙内，做事忒狡猾。
　　　　拐了郭念儿，一步一勾搭。
　　　　恼犯黑旋风，登时人性发。
　　　　随你问旁人，该杀不该杀？

写是写了，不免将着这二颗头，到梁山泊上宋江哥哥跟前献功去来。

（唱）【小梁州】
　　　　谁着你一世为人将妇女偷，
　　　　见不得皓齿星眸，
　　　　你道有闲茶浪酒结绸缪，
　　　　天缘凑，不枉了好风流。

（唱）【幺篇】
　　　　虽则是婚姻注定前生有，
　　　　到的我黑爹爹一笔都勾。
　　　　哪里也月下客，水上叟，
　　　　多管是杀人的领袖，

俺如今回去见宋江哥哥，他问道："山儿，你那泰安州的事怎么了？"我可也不说别的，

（唱）则献上这血沥沥两颗活人头！

〔下。

〔宋江引吴学究、孙孔目，同卒子上。

宋　江　某乃宋江是也。因为神行太保戴宗打探李山儿消息，说孙

孔目兄弟到得泰安神州庙半山里草参亭子上，回来早不见了他的浑家，原来是被白衙内拐骗去了。想这厮是个有权有势的人，李山儿一个如何近傍得他？为此与吴学究星夜领一支人马前来接应。幸喜孙孔目兄弟已先来了，单不知李山儿的下落。大小喽啰，作速与我赶上去者。

〔李逵上。

李　逵　兀那来的军马不是我宋江哥哥也？

宋　江　那挑着两个人头的不是李山儿么？

李　逵　俺李山儿献功来！（掷人头科）

（唱）【满庭芳】

奉哥哥元戎帅首，

着我山儿、孔目，同去泰岳神州。

又谁知草参亭上刚回后，

早不见了泼贼淫囚。

（带云）原来他与白衙内呵，

（唱）他两个笑吟吟成双做偶，

背地里悄促促设计施谋。

宋　江　他可设甚计谋来？

李　逵　比时孙孔目哥哥赶上去，正要寻个大衙门告他下来，岂知白衙内那厮早借一座大衙门坐着，专等他来告状，就一把拿住，发下死囚牢里。指望将他禁死了，与他浑家做了永远夫妻，可不好哪。

（唱）专等待来追究，

便将他牢监固守，

只落得尽场儿都做了鬼胡由。

我想当日在哥哥跟前立下军政文书，若不救得孙孔目出来，岂不怕输了我李山儿这一颗头哪？

（唱）【十二月】

　　因此上装一个送饭的沾亲带友，
　　那一个管牢的便不乱扯胡揪。
　　他见了咱拿着的是饭羹羊肉，
　　就待要一气儿呷上两盏三瓯。
　　他怎知道下的有砒霜巴豆，
　　但吃着早麻撒撒，害得个魄丧魂丢。

（唱）【尧民歌】

　　那时节先打发了孙家孔目出牢囚，
　　我就直到他衙门里面报冤仇。
　　只见他两个醉中情意正相投，
　　更遇着我为他取到沽来酒。
　　清也波讴，清讴乐未休，
　　只这两句是他死时候。

宋　江　他每两个唱着的是甚么曲儿，你就杀了他来？

李　逵　当日那淫妇奸夫暗地期约，一个唱道"眉儿镇常扢皱"，一个唱道"夫妻每醉了还依旧"，两个跳上马，牙不约儿赤便走。今日撞着俺黑爹爹李山儿，一把揪住头髻，按翻地上，着他仍旧唱这两句曲儿。声未绝口，早磕擦的一板斧一个，劈下头来。

（唱）【随尾】

　　他、他、他，也会一骑马双驮着走，
　　怎知俺两板斧劈下了头。
　　这都是亲身作业亲身受，
　　不枉了立军状的山儿果应了口。

宋　江　今日枭了奸夫、淫妇之首，都是李山儿之功也。小喽啰，将此两个首级挂号梁山泊前，警谕众庶。一面就忠义堂上，窨下酒，卧番羊，与孙孔目、李山儿共做一个庆喜筵席者。

（词云）白衙内倚势挟权，泼贱妇暗合团圆。
　　　　孙孔目反遭缧绁，有口也怎得伸冤？
　　　　黑旋风拔刀相助，双献头号令山前。
　　　　宋公明替天行道，到今日庆赏开筵。

题目：及时雨单责状
正名：黑旋风双献功

〔剧终〕

看钱奴买冤家债主

郑廷玉

剧目说明

　　此剧为郑廷玉作。郑廷玉，彰德（今河南安阳）人，生卒年及生平事迹不详。郑廷玉所作杂剧二十二种，今存《楚昭公》《忍字记》《金凤钗》《后庭花》《看钱奴》五种。《太和正音谱》评其词"如佩玉鸣銮"。

　　此剧全名《看钱奴买冤家债主》，在《录鬼簿》《太和正音谱》中均有著录。全剧四折一楔子，末本，正末分别扮周荣祖、增福神。本事出于晋干宝《搜神记》卷十"张车子"的故事。

　　剧写：汴梁曹州人周荣祖，有子周长寿，周家先世广有钱财。其祖父周奉记笃信佛教，盖佛院一所。其父偏不信佛，为修理宅舍取佛院木石砖瓦，导致佛院尽毁，因此得病而亡。周荣祖携妻带子赴京应举，把金银财物埋在墙下。当地有贫寒的泥瓦匠贾仁，在东岳灵派侯庙抱怨天地，神灵赐其财运，他便礼佛行善。灵派侯命增福神查明贾仁不孝父母、毁僧谤佛、损人利己，本应当冻饿而死。荣祖之父毁佛院，虽一念之差其子孙也应受到责罚，于是灵派侯命将周家的富贵借给贾仁二十年，到期归还，以体上帝好生之德。贾仁为人筑墙，刨得一槽金银，虽一夜暴富却极其吝啬，花钱如同切腹割肉，人称"悭贾儿"。贾仁膝下没有子女，便托门馆先生陈德甫代寻螟蛉之子。周荣祖落第还乡，所埋金银被人盗去，投亲不遇，一家三口度日艰难。一日大雪，荣祖一家向贾仁酒店乞讨，经陈德甫说合，荣祖将儿子长寿卖给贾仁。贾仁得子却不想出钱，在陈德甫的反复劝说下，才同意出钱两贯——"便买个泥娃娃儿，也买不得。"陈德甫看不过，自己又出两贯，凑成四贯钱给周荣祖。二十年后，贾仁病危，嘱咐长寿：死后不要买棺木，只用喂马槽装殓发送。长寿到东岳泰安州烧香，为贾仁乞求安康，恰巧周荣祖夫妇也来烧香还愿，与长寿相遇却各不相认。长寿倚仗财势，对落魄贫穷的周荣祖百般羞辱。烧香回家后荣祖之妻忽患心疼，荣祖到药铺抓药，药铺主人正是陈德甫。二人相认后，陈德甫便使荣祖与长大成人的长寿相见，荣祖一家团圆。启看贾仁所存金银，上面分明凿有荣祖祖父"周奉记"三字。至此，被贾仁盗去二十年的祖产，又物归原主，贾仁只是做了二十年的守财奴而已。

此剧目的在于劝善，讽刺为富不仁，情节设置宣扬了因果报应的宿命论思想。全剧结构严谨，语言本色。此剧第二、三两折，以白描的手法刻画贾仁的形象，笔墨辛辣，将贾仁的为富不仁、贪财吝啬的丑态表现地淋漓尽致，是元杂剧讽刺喜剧作品的杰作，为后世讽刺文学的创作提供了典范。

此剧现存《元刊杂剧三十种》本、明代息机子《古今杂剧选》本、明代臧晋叔《元曲选》本，另有王季思等《全元戏曲》本，王学奇等《元曲选校注》本。《元刊杂剧三十种》。此剧有英、法译本。

（刘志梅整理）

人物表：

周荣祖　　正末扮演，字伯成，秀才，家中富贵，后被贾仁盗去。

张　氏　　旦扮演，周荣祖之妻。

灵派侯　　外扮演，东岳神灵。

贾　仁　　末净扮演，贫寒的泥瓦匠，后借周家富贵二十年。

增福神　　正末扮演，神灵。

陈德甫　　外扮演，贾仁家门管先生。

店小二　　净扮演，贾仁店中小二。

贾长寿　　小末扮演，周祖荣之子，后因家贫被卖至贾家。

庙　祝　　净扮演，东岳泰安州庙祝。

版本出处：王季思主编《全元戏曲》（四）人民文学出版社，1999版。

校对人：允昂

楔　子

〔周荣祖同张氏，长寿上。

周荣祖　小人汴梁曹州人氏，姓周名荣祖，字伯成。浑家张氏，孩儿长寿。小生先世广有家财，因祖父周奉记敬礼释门，盖起一所佛院，每日看经念佛，祈保平安。至我父亲，一心只做人家，为修理宅舍，这木石砖瓦，无处取办，遂将那所佛院尽毁废了。比及宅舍工完，我父亲得了一病，百般的医药无效，人皆以为不信佛教之过。我父亲亡后，家私里外，都是小生掌把。小生学成满腹诗书，现今黄榜招贤，开放选场。大嫂，我待要应举走一遭去，你意下如何？

张　氏　秀才，不知好着俺领了长寿孩儿，一路同去么？

周荣祖　这也使得。大嫂，有俺那祖财，携带不去，且埋在后面墙下，房廊屋舍着行钱看守着。俺和你带了孩儿，上朝取应去，但得一官半职，改换家门，可不好也！

张　氏　既如此，便当收拾行李，随你同去则个。

周荣祖　大嫂，想俺祖上信佛，俺父亲偏不信佛，到今日都有报应也呵！

（唱）【仙吕】【赏花时】
　　积善存仁为第一，
　　暗室亏心天地和。
　　则俺这家豪富祖先积，
　　只为他施仁布德，

也则要博一个孝子和贤妻。

（唱）【幺篇】

可不道湛湛青天不可欺，

举意之前悔后迟。

空内有神祇，

（带云）俺父亲呵！

（唱）不合兴心儿折毁，今日个客路里怨他谁！

〔同下。

第一折

〔灵派侯，领鬼力上。

灵派侯 （诗云）赫奕丹青庙貌隆，天分五岳镇西东。

时人不识阴功大，但看香烟散满空。

吾神乃东岳殿前灵派侯是也。想东岳泰山者，乃群仙之祖，万峰之尊，天地之孙，神灵之祚，在于兖州地方。古有金轮皇帝，妻乃弥轮仙女，夜梦吞二日，觉而有孕，所生二子，长曰金虹氏，次曰金蝉氏。金虹氏乃东岳圣帝是也。圣帝在长白山有功，封为古岁太岳真人，汉明帝时封为泰山元帅，管十八地狱七十四司生死之期。自尧、舜、禹、汤、周、秦、汉、魏，则有都天府君之位。自唐武后垂拱三年七月初一日，封为东岳之神，至开元十三年，加为天齐王，宋真宗朝封为东岳天齐大生神圣帝。这的是天地循环，周而复始。便好道："不孝谩烧千束纸，亏心空爇万炉香。神灵本是正直做，不受人间枉法赃。"如今阳世有一人，乃是贾仁。此人在吾神庙中埋天怨地，告诉神明，只说不怜悯他。想他今日必然又来告诉，吾神自有个显应。这早晚敢待来也！

〔贾仁上。

贾　仁　（诗云）又无房舍又无田，每日城南窑里眠。
　　　　　　　　一般带眼安眉汉，何事手中偏没钱？
小可曹州人氏贾仁的便是。幼年间父母双亡，别无甚亲眷，则我单身独自，人见我十分过得艰难，都唤我做穷贾儿。想人生世间，有那等骑鞍压马，富贵奢华，吃好的，穿好的，用好的，他也是一世人。偏贾仁吃了那早起的，无那晚夕的；每日烧地眠炙地卧，衣不遮身，食不充口，可也是一世人。天哪！你也睁开眼波，兀的不穷杀贾仁也！我每日家不会做甚么营生，则是与人家挑土筑墙，和泥托坯，担水运浆，做坌工生活度日，到晚来在那破瓦窑中安身。今日替人家打着一堵儿墙，打起半堵儿，只为气力不加，还有半堵儿不曾打的。我如今困乏了，且歇一歇。这里有一所东岳灵派侯庙，我去那庙中诉我这苦楚去，就烧一炷香去。天哪，兀的不穷杀贾仁也！（做到庙跪科）我也无那香，只是捻土为香，祷告神灵可怜见。小人是贾仁，想有那等骑鞍压马，穿罗着锦，吃好的，用好的，他也是一世人。我贾仁也是一世人，偏我衣不遮身，食不充口，吃了早起的，无那晚夕的，烧地眠，炙地卧，穷杀贾仁也！上圣，但有些小富贵，我也会斋僧布施，盖寺建塔，修桥补路，惜孤念寡，敬老怜贫，我可也舍得，则是圣贤可怜见我。说话中间，觉得身体有些困倦，我且在这屋檐下暂时歇息咱。（做睡倒科）

灵派侯　鬼力，与我摄过贾仁来者！兀那贾仁，你为何在吾神庙中埋天怨地，怨恨俺神灵，你主何缘故？

贾　仁　（做拜科）上圣可怜见，小人怎敢埋天怨地。我想贾仁生于人世之间，衣不遮身，食不充口，吃了早起的，无那晚夕的，烧地眠，炙地卧，穷杀贾仁也！上圣可怜见，但与我些小衣禄食禄，我贾仁也会斋僧布施，盖寺建塔，修桥补路，惜孤念寡，敬老怜贫，我可也舍得。上圣，则是可怜见咱。

灵派侯　这桩事增福神该管。鬼力，与我唤的增福神来者。

〔增福神上。

增福神　小圣增福神也。掌管人间生死、贵贱、高下、六科、长短之事，十八地狱，七十四司。我想尘世人心性迷痴，不知为善。只看那奈河潺潺，金桥之上并无一人也呵。

（唱）【仙吕】【点绛唇】

这等人轻视贫乏，

不恤鳏寡。

天生下、一种奸猾，

将神鬼都瞒唬。

常言道："人间私语，天闻若雷；暗室亏心，神目如电。"信有之也！

（唱）【混江龙】

你休要虚贪声价，

但存的那心田一寸是根芽。

不肯道甘贫守分，

都则待侥幸成家。

自拿着杀子杀孙笑里刀，

怎留的好儿好女眼前花。

你则看那阳间之事，

　　　　　正和俺阴府无差，
　　　　　明明折挫，暗暗消乏。
　　　　　这等人动则是忘人恩、背人义、昧人心，
　　　　　管甚么败风俗、杀风景、伤风化！
　　　　　怎能够长享着肥羊法酒，
　　　　　异锦的这轻纱？
　　　　（做见科）上圣呼唤小神，有何法旨？

灵派侯　今阳世间有一贾仁，每日在吾庙中埋天怨地，怪恨俺神灵。你与我问他去。

增福神　理会的。（做问科）兀那贾仁，是你怪恨俺这神灵来么？

贾　仁　上圣可怜见，俺贾仁怎敢怪恨您这神灵。我则说世上有那等人，穿罗着锦，骑鞍压马，吃好的，用好的，他又有钱钞使，他也是一个人。偏我贾仁衣不遮身，食不充口，吃了早起的，无那晚夕的；烧地眠，炙地卧，兀的不穷杀贾仁也！则怨我小人的命薄，怎敢埋天怨地？上圣可怜见，则与我些小衣禄食禄，我也会斋僧布施，盖寺建塔，修桥补路，惜孤念寡，敬老怜贫，我可也舍得。上圣，则是可怜见咱。

增福神　嗏声！（回）上圣，此人平日之间，不敬天地，不孝父母，毁僧谤佛，杀生害命，当受冻饿而死。上圣管他做甚么！

灵派侯　则怕注的他这衣禄食禄差了么？

增福神　（唱）【油葫芦】
　　　　　那一个红脸儿的阎王不是耍，
　　　　　捏胎儿依正法，
　　　　　则他注生的分数几曾差？
　　　　　这等人向官员财主里难安插，

>好去那驴骡狗马里刚投下。
>
>又不曾将他去油锅里炸,
>
>又不曾将他去剑树上杀。
>
>据着那阿鼻地狱天来大,
>
>但得个人身体便可也不亏他。

灵派侯 尊神,论此等人在世,不知怎生贪财好贿,害众成家也。

增福神 (唱)【天下乐】

>这等人何足人间挂齿牙,
>
>他前世里奢华,
>
>那一片贪财心没乱煞,
>
>则他油锅内见钱也去抓。
>
>富了他这一辈人,
>
>穷了他那数百家,
>
>今世里受贫穷还报他。

贾　仁 上圣休听增福神说,念小人不是这样人。小人是个好人,平日之间也是个看经念佛,吃斋把素,行善事的人。上圣怎生可怜见,与小人些小富贵,可也好也!

增福神 你这厮平昔之间,扭曲作直,抛撒五谷,伤残物命,害众成家,你怎生能够发迹哪?

灵派侯 尊神,此人前生抛撒净水,作贱五谷,今世正当冻死饿死也。

增福神 (唱)【哪吒令】

>你前世里造下,
>
>今世里折罚;
>
>前世里狡猾,
>
>今世里叫化;
>
>前世里抛撒,
>
>今世里饿杀。

贾　仁　　我平昔间也是个敬天地，尊法度，和弟兄，睦六亲，信佛法，礼三光，孝父母，不偷盗。我是个心慈好善的人，现如今吃长斋哩！上圣，但与我些小富贵，我做本分营生买卖去也。

增福神　　你使的是造恶心，但说的是亏心话，不肯做本分生涯。

灵派侯　　正是"亏心折尽平生福，行短天教一世贫"。吾神自有点检，怎瞒的过也。

增福神　　（唱）【鹊踏枝】

　　　　　亏心也尽由他，
　　　　　造恶也怎瞒咱，
　　　　　上面有湛湛青天，
　　　　　下面有漫漫黄沙。
　　　　　请上圣鉴察，
　　　　　枉将他救拔，
　　　　　俺可管他甚贫富穷达。

贾　仁　　上圣，我爷娘在时，也还奉养他好好的，从亡化之后，不知甚么缘故，颠倒一日穷一日了，我也在爷娘坟上烧钱裂纸，浇茶奠酒，我这泪珠儿至今不曾干，至是一个孝顺的人。

增福神　　喋声！

　　　　　（唱）【寄生草】

　　　　　你爷娘在生时耽饥饿，
　　　　　死了也奠甚茶？
　　　　　则你那泪珠儿滴尽空潇洒，
　　　　　瀽了些浆水饭哪里肯道停时霎，
　　　　　巴的那纸钱灰烧过无牵挂。
　　　　　你可便瀽了那百壶浆也湿不透墓门前，
　　　　　浇的那千种茶怎流得到黄泉下？

灵派侯　　尊神，这等穷儿乍富，瞒心昧己，欺天诳地，只要损别人安自己，正是一世儿不能够发迹的。

增福神　　（唱）【六幺序】
　　　　　这人没钱时无些话，
　　　　　才的有便说夸，
　　　　　打扮似大户豪家。
　　　　　你看他耸起肩胛，
　　　　　迸定鼻凹，没半点和气谦洽。
　　　　　每日在长街市上把青骢跨，
　　　　　只待要弄柳拈花，
　　　　　马儿上扭捏着身子儿诈。
　　　　　做出那般般样势，种种村沙！

　　　　（唱）【幺篇】
　　　　　则说街狭，更嫌人杂，
　　　　　把玉勒牢拿，玉鞭忙加。
　　　　　撺行花踏，见的白踏，
　　　　　问甚么邻家，哪肯道攀鞍下马，
　　　　　直将穷民来傲慢杀。

贾　仁　　上圣，我贾仁不是这等人。你但与我些小富贵，我也会和街坊，敬邻里，识尊卑，知上下。只愿上圣可怜见咱。

增福神　　（唱）他虽则消乏，也是你邻里家，须索将礼数酬答。
　　　　　则你那自尊自贵无高下，真乃是井底鸣蛙。
　　　　　似这等待穷民肚量些儿大，
　　　　　则你那酸寒乞俭，怎消得富贵荣华！

灵派侯　　尊神，据着贾仁埋天怨地，正当冻死饿死。便好道天不生无禄之人，地不长无名之草。吾等体上帝好生之德，权且与他些福力咱。

增福神	既如此，待小圣看去波。（做看科）上圣，据着这厮正当冻死饿死。今奉上圣法旨，权且借些福力与他。看的有曹州曹南周家庄上，他家福力所积，阴功三辈，为他一念差池，合受折罚。我如今将那家的福力，权且借与他二十年。等到二十年后，着他双手儿交还本主便了。
灵派侯	这个使得。
增福神	兀那贾仁。（贾仁做应科）你本当冻死饿死，上圣可怜见，借与你些福力。今有曹州曹南周家庄上，所积阴功三辈，只因一念差池，合受折罚。我如今将那家福力权且借与你二十年，待到二十年后，你两只手儿交付还他那本主。你记者：比及你去呵，索钱的可早等着你也。
贾　仁	（做拜谢科）谢上圣济拔之恩。我便做财主去也。
增福神	嗻声！
	（唱）【赚煞】
	则你这成家子未安身，那一个破家鬼先生下。
贾　仁	我若做了财主呵，穿一架子好衣服，骑着一匹好马，去那三山骨上赠他一鞭，那马不刺刺。
增福神	做甚么？
贾　仁	没，我则这般道。
增福神	（做笑科）
	（唱）我则是借与你那钱龙儿入家，
	有限次的光阴你权掌把。
贾　仁	上圣可怜见，不知借与我几十年？
增福神	我则是借与你二十年仍旧还他。
贾　仁	上圣，怎么可怜见，则借得小人二十年？左右是一个小字儿，高处再添上一画，借的我三十年，可也好也？
增福神	嗻声！这厮还不足哩！

（唱）你还待告增加，怎知这祸福无差，

贫和富都是前缘非浪假。

为甚么桃花向三月奋发，

菊花向九秋开罢？

（带云）你道为甚么哪？

（唱）也则为这天公不放一时花。

灵派侯 兀那贾仁，据着你正当冻死饿死，吾神体上帝好生之德，权且借与你二十年福力，二十年后，交还与那本主。便好道："善有善报，恶有恶报，不是不报，时辰未到。"天若不降严霜，松柏不如蒿草。神明若不报应，积善不如作恶。莫瞒天地莫瞒心，心不瞒时祸不侵。十二时中行好事，灾星变作福星临。（做挥手科）贾仁，你休推睡里梦里。

〔并下。

贾　仁（做醒科）哎呀，一觉好睡也，原来是南柯一梦。恰才上圣分明地对我说，曹州曹南周家庄上的福力，借与我二十年，我如今便做财主。财主也，知他在哪里？便好道"梦是心头想"，信他做甚么？还有半堵墙儿不曾打的哩，我可去打那半堵墙儿去。天那，兀的不穷杀贾仁也！

〔下。

第二折

〔陈德甫上。

陈德甫 （诗云）耕牛无宿料，仓鼠有余粮。

　　　　万事分已定，浮生空自忙。

小可姓陈，双名德甫，乃本处曹州曹南人氏。幼年间攻习诗书，颇亲文墨，不幸父母双亡，家道艰难，因此将儒业废弃，与人家做个门馆先生，度其日月。此处有一个是贾老员外，有万贯家财，鸦飞不过的田产物业，油磨坊，解典库，金银珠翠，绫罗绸缎，不知其数。他是个巨富的财主。这里可也无人，一了他一贫如洗，专与人家挑土筑墙，和泥托坯，担水运浆，做垒工生活，常是吃了早起的，无那晚夕的，人都叫他做穷贾儿。也不知他福分生在哪里，这几年间暴富起来，做下泼天也似家私。只是那员外虽然做个财主，争奈一文也不使，半文也不用。别人的东西恨不得掰手夺将来，自己的东西舍不得与人；若与人呵，就心疼杀了也。小可今日正在他家坐馆，这馆也不是教学的馆，无过在他解典库里上些账目。那员外空有家私，寸男尺女皆无。数次家常与小可说："街市上但遇着卖的或男或女，寻一个来与我两口儿喂眼。"小可已曾吩咐了店小二，着他打听着，但有呵便报我知道。今日无甚事，到解典库中看看去。

〔下。

〔店小二上。

店小二 （诗云）酒店门前三尺布，人来人往图主顾。

　　　　做下好酒一百缸，倒有九十九缸似头醋。

自家店小二的便是。俺这酒店是贾员外的。他家有个门馆先生，叫做陈德甫，三五日来算一遭账。今日下着这般大雪，我做了一缸新酒，不供养过不敢卖，待我供养上三杯酒。（做供酒科）招财利市土地，俺这酒一缸胜似一缸。俺将这酒帘儿挂上，看有甚么人来？

〔周荣祖领张氏、长寿上。

周荣祖 小生周荣祖，嫡亲的三口儿家属，浑家张氏，孩儿长寿。自应举去后，命运未通，功名不遂。这也罢了！岂知到的家来，事事不如意，连我祖遗家财，埋在墙下的，都被人盗去。从此衣食艰难，只得领了三口儿去洛阳探亲，图他救济。偏生这等时运，不遇而回。正值暮冬天道，下着连日大雪，这途路上好苦楚也呵！

张　氏 秀才，似这等大风大雪，俺每行动些儿。

长　寿 爹爹，冻饿杀我也。

周荣祖 （唱）【正宫】【端正好】

　　　赤紧的路难通，

　　　俺可也家何在？

　　　休道是乾坤老山也头白。

　　　四野冻云垂，万里冰花盖，

　　　肯分的俺三口儿离乡外。

（带云）大嫂，你看大雪也。

（唱）【滚绣球】

　　　是谁人碾琼瑶往下筛？

　　　是谁人剪冰花迷眼界？

　　　恰便似玉琢成六街承三陌，

恰便似粉妆就殿阁楼台。

（带云）似这雪呵，

（唱）便有那韩退之蓝关前冷怎当？

便有那孟浩然驴背上也跌下来，

（带云）似这雪呵，

（唱）便有那剡溪中禁回他子猷访戴，

则俺这三口儿兀的不冻倒尘埃？

（做寒战科，带云）匆！匆！匆！

（唱）眼见的一家受尽千般苦，可甚么十谒朱门九不开，

委实难挨。

张　氏　秀才，似这般风又大，雪又紧，俺且去哪里避一避，可也好也。

周荣祖　大嫂，俺到那酒务儿里避雪去来。（做见科）哥哥支揖。

店小二　请家里坐吃酒去。秀才，你哪里人氏？

周荣祖　哥哥，我哪得那钱来买酒吃！小生是个穷秀才，三口儿探亲去来，不想遇着一天大雪，身上无衣，肚里无食，一径的来这里避一避儿。哥哥，怎生可怜见咱？

店小二　哪一个顶着房子走哩，你们且进来避一避儿。

（周荣祖做同进科）

周荣祖　大嫂，你看这雪越下的紧了也。

（唱）【倘秀才】

饿的我肚里饥失魂丧魄，冻的我身上冷无颜落色。

这雪呵，偏向俺穷汉身边乱洒来。

（带云）大嫂

（唱）你看雪深埋脚面，风紧透人怀，我忙将这孩儿的手揣。

店小二　（做叹科）你看这三口儿，身上无衣，肚里无食；偌大的风雪，到俺店肆中避避。哪里不是积福处？家里来，家

里来。我见这个人身上单寒,我早晨间供养的利市酒三盅儿,我与那秀才盅酒吃。兀那秀才,俺与你盅酒吃。

周荣祖 哥哥,我哪里得那钱钞来买酒吃?

店小二 俺不要你钱钞。我见你身上单寒,与你盅酒吃。

周荣祖 哥哥说不要小生钱,则这等与我盅酒吃,多谢了哥哥。(做吃酒科)好酒也。

(唱)【**滚绣球**】

见哥哥酒斟着磁盏台,

香浓也胜琥珀,

哥哥也你莫不道小人现钱多卖,

问甚么新醉茅柴。

(带云)这酒呵,

(唱)赛中山宿酝开,

笑兰陵高价抬,

不枉了唤作那凤城春色,

(带云)我饮一杯呵,

(唱)恰便似重添上一件锦胎。

(带云)这雪呵,

(唱)似千团柳絮随风舞,

(带云)我恰才咽下这杯酒去呵,

(唱)可又早两朵桃花上脸来,

便觉得和气开怀。

张　氏 秀才,恰才谁与你酒吃来?

周荣祖 是那卖酒的哥哥,见我身上单寒,可怜见我,与我了盅酒吃。

张　氏 我这一会儿身上寒冷不过,你怎生问那卖酒的讨一盅酒儿也我吃,可也好也。

周荣祖 大嫂,羞人答答,教我怎生问他讨酒吃?(做对店小二揖科）哥哥，我那浑家问我哪里吃酒来，我便道："卖酒的哥哥见我身上单寒，与了我一盏酒儿吃。"她便道："我身上冷不过，怎生再讨得半盏酒儿吃，可也好也。"

店小二　你娘子也要盏酒吃，来、来、来，俺舍这盏酒儿与你娘子吃罢。

周荣祖　多谢了哥哥。大嫂，我讨了一盏酒来，你吃，你吃。

长　寿　爹爹，我也要吃一盏。

周荣祖　儿也，你着我怎生问他讨那？（又做揖科）哥哥，我那孩儿道："爹爹，你哪里得这酒与奶奶吃来？"我便道："那卖酒的哥哥又与了我一盏儿吃。"我那孩儿便道："怎生再讨的一盏儿我吃，可也好也。"

店小二　这等，你一发搬在俺家中住罢。

周荣祖　哥哥，哪里不是积福处！

店小二　来、来、来，俺再与你这一盏儿酒。

周荣祖　多谢了哥哥。孩儿，你吃、你吃。

店小二　比及你这等贫呵，把这小的儿与了人家可不好？

周荣祖　我怕不肯！但未知我那浑家心里何如？

店小二　你和你那娘子商量去。

周荣祖　大嫂，恰才那卖酒的哥哥道："似你这等饥寒，将你那孩儿与了人可不好？"

张　氏　若与了人，倒也强似冻饿死了。只要那一份人家养的活，便与他去罢。

周荣祖　（做见店小二科）哥哥，俺浑家肯把这个小的与了人家也。

店小二　秀才，你真个要与人？

周荣祖　是，与了人罢。

店小二　我这里有个财主要，我如今领你去。

周荣祖　他家里有儿子么？

店小二　　他家儿女并没一个儿哩。

周荣祖　　（唱）【倘秀才】

卖与个有儿女的是孩儿命衰，

卖与个无子嗣的是孩儿大采，

撞着个有道理的爹娘是孩儿修福来。

（带云）哥哥，

（唱）你救孩儿一身苦，强似把万僧斋，

越显的你个哥哥敬客。

店小二　　既是这等，你两口儿则在这里，我叫那买孩儿的人来。

（做向古门叫科）陈先生在家么？

〔陈德甫上。

陈德甫　　店小二，你唤我做甚么？

店小二　　你前日吩咐我的事，如今有个秀才，要卖他小的，你看去。

陈德甫　　在哪里？

店小二　　则这个便是。

陈德甫　　（陈德甫做看科）是一个有福的孩儿也。

周荣祖　　先生支揖。

陈德甫　　君子恕罪。敢问秀才哪里人氏？姓甚名谁？因何就肯卖了这孩儿？

周荣祖　　小生曹州人氏，姓周名荣祖，字伯成。因家业凋零，无钱使用，将自己亲儿情愿过房与人为儿。先生，你可作成小生咱。

陈德甫　　兀那君子，我不要这孩儿。这里有个贾老员外，他寸男尺女皆无，若是要了你这孩儿，他有泼天也似家缘家计，久后就是你这孩儿的。你跟将我来。

周荣祖　　不知在哪里住？我跟将哥哥去。

〔携张氏同长寿下。

店小二　　他三口儿跟的陈先生去了也。待我收拾了铺面，也到员外家看看去。

〔下。

〔贾仁同婆婆上。

贾　仁　　兀的不富贵杀我也。常言道："人有七贫八富"，信有之也。自家贾老员外的便是。这里也无人。自从与那一份人家打墙，刨出一石槽金银来，那主人也不知道，都被我悄悄地搬运家来，盖起这房廊、屋舍、解典库、粉房、磨房、油房、酒房，做的生意都如水也似的长将起来。我如今旱路上有田，水路上有船，人头上有钱，哪一个敢叫我做穷贾儿？皆以员外呼之。但是一件，自从有这家私，娶的个浑家也有好几年了，争奈寸男尺女皆无，空有那鸦飞不过的田产，教把哪一个承领？（做叹科）我平昔间一文也不使，半文也不用，我可不知怎生来这么悭吝苦克？若有人问我要一贯钞呵，哎呀，就如同挑我一条筋相似。如今又有一等人叫我做悭贾儿，这也不必提起。我这解典库里有一个门馆先生，叫做陈德甫，他替我家收钱举债。我数番家吩咐他，或儿或女寻一个来，与我两口儿喂眼。

婆　婆　　员外，你既吩咐了他，必然访得来也。

贾　仁　　今日下着偌大的雪，天气有些寒冷。下次小的每，少少的酾些热酒儿来，则撕只水鸡腿儿来，我与婆婆吃一盅波。

〔陈德甫同周荣祖、张氏、长寿上。

陈德甫　　秀才，你且在门首等着，我先过去与员外说知。（做见科）

贾　仁　　陈德甫，我数番家吩咐你，教你寻一个小的，怎这般不会干事？

陈德甫　　员外，且喜有一个小的哩。

贾　仁　　　有在哪里？

陈德甫　　　现在门首。

贾　仁　　　他是个甚么人？

陈德甫　　　他是个穷秀才。

贾　仁　　　秀才便罢了，甚么穷秀才！

陈德甫　　　这个员外，有哪个富的来卖儿女哪！

贾　仁　　　你教他过来我看。

陈德甫　　　（陈德甫出）兀那秀才，你过去把体面见员外者。

周荣祖　　　（做揖科）先生，你须是多与我些钱钞。

陈德甫　　　你要的他多少？这事都在我身上。

周荣祖　　　大嫂，你看着孩儿，我见员外去也。（做入科）员外支揖。

贾　仁　　　兀那秀才，你哪里人氏？姓甚名谁？

周荣祖　　　小生曹州人氏，姓周名荣祖，字伯成。

贾　仁　　　住了。我两个眼里偏生见不得这穷厮。陈德甫，你且着他靠后些，饿虱子满屋飞哩。

陈德甫　　　秀才，你依着员外靠后些。他那有钱的是这等性儿。

周荣祖　　　（做出科）大嫂，俺这穷的好不气长也。

贾　仁　　　陈德甫，咱要买他这小的，也索要立一纸文书。

陈德甫　　　你打个稿儿。

贾　仁　　　我说与你写：立文书人周秀才，因为无钱使用，口食不敷，难以度日，情愿将自己亲儿某人，年几岁，卖与财主贾老员外为儿。

陈德甫　　　谁不知你有钱，只要员外够了，又要那"财主"两字做甚么？

贾　仁　　　陈德甫，是你抬举我哩，我不是财主，难道叫我穷汉？

陈德甫　　　是、是、是，财主，财主。

贾　仁	那文书后头写道：当日三面言定，付价多少。立约之后，两家不许反悔。若有反悔之人，罚宝钞一千贯与不悔之人使用。恐后无凭，立此文书，永远为照。
陈德甫	是了，反悔之人罚宝钞一千贯。他这正钱可是多少？
贾　仁	这个你莫要管我，我是个财主，他要的多少，我指甲里弹出来的，他可也吃不了。
陈德甫	是、是、是，我与那秀才说去。（做出科）秀才，员外着你立一纸文书哩。
周荣祖	哥哥，可怎生写那？
陈德甫	他与你个稿儿：今有过路周秀才，因为无钱使用，将自己亲儿，年方几岁，情愿卖与财主贾老员外为儿。
周荣祖	先生，这财主两字也不消的上文书。
陈德甫	他要这样写，你就写了罢。
周荣祖	便依着写。
陈德甫	这文书不打紧，有一件要紧，他说后面写着：如有反悔之人，罚宝钞一千贯与不反悔之人。
周荣祖	先生，那反悔的罚宝钞一千贯，我这正钱可是多少？
陈德甫	知他是多少？秀才，你则放心，恰才他也曾说来，他说"我是个巨富的财主，要的多少，他指甲里弹出来的，着你吃不了哩。"
周荣祖	先生说的是，将纸笔来。
张　氏	秀才，咱这恩养钱可曾议定多少？你且慢写着。
周荣祖	大嫂，恰才先生不说来，他是个巨富的财主，他那指甲里弹出来的，俺每也吃不了，则管里问他多少怎的？ （唱）【滚绣球】 　　我这里急急的研了墨浓，便待要轻轻的下了笔划。
长　寿	爹爹，你写甚么哩？

周荣祖　　我儿也，我写的是借钱的文书。

长　寿　　你说借哪一个的？

周荣祖　　儿也，我写了可与你说。

长　寿　　我知道了也。你在那酒店里商量，你敢要卖了我也！

周荣祖　　呀！儿也，这是我不得已委实无奈。

长　寿　　（做哭科）可知道无奈。则是活便一处活，死便一处死，怎下的卖了我也！

周荣祖　　（哭）呀！儿也，想着俺子父的情呀，

（唱）可着我班管难抬。

这孩儿情性乖，

是他娘肠肚摘下来。

今日将俺这子父情可都撇在九霄云外，

则俺这三口儿生扢扎两处分开。

张　氏　　怎下的撇了我这亲儿，兀的不痛杀我也！

周荣祖　　（哭唱）做娘的伤心惨惨刀剜腹，做爹的滴血簌簌泪满腮，

恰便似郭巨般活把儿埋。

（做写科）这文书写就了也。

陈德甫　　周秀才，你休烦恼。我将这文书与员外看去。（做入科）员外，他写了文书也。你看。

贾　仁　　将来我看："今有立文书人周秀才，因为无钱使用，衣食不敷，难以度日，情愿将自己亲儿长寿，年七岁，卖与财主贾老员外为儿。"写得好，写得好。陈德甫，你则叫那小的过来，我看看咱。

陈德甫　　我领过那孩儿来与员外看。（见周荣祖）秀才，员外要看你那孩儿哩。

周荣祖　　儿也，你如今过去，他问你姓甚么，你说我姓贾。

长　寿　　我姓周。

周荣祖　　姓贾。

长　寿　　便打杀我也则姓周。

周荣祖　　（哭科）儿也！

陈德甫　　我领这孩儿过去。员外，你看好个孩儿也。

贾　仁　　这小的是好一个孩儿也。我的儿也，你今日到我家里，那街上的人问你姓甚么，你便道我姓贾。

长　寿　　我姓周。

贾　仁　　姓贾。

长　寿　　我姓周。

贾　仁　　（做打科）这弟子孩儿养杀也不坚，婆婆，你问他。

婆　婆　　好儿也，明日与你做花花袄子穿。有人问你姓甚么，你道我姓贾。

长　寿　　便大红袍与我穿，我也则姓周。

婆　婆　　（打科）这弟子孩儿养杀也不坚。

陈德甫　　他父母不曾去哩，可怎么便下的打他？

长　寿　　（叫科）爹爹，他每打杀我也！

周荣祖　　（做听科）我那儿怎生这等叫？他可敢打俺孩儿也！

　　　　　（唱）【倘秀才】

　　　　　　　俺儿也差着一个字千般的见责，

　　　　　那员外好狠也！

　　　　　（唱）那员外伸着五个指十分的便掴，

　　　　　　　打的他连耳通红半壁腮。

　　　　　　　说又不敢高声语，

　　　　　　　哭又不敢放声来，

　　　　　　　他则是偷将那泪揩。

　　　　　（做叫科）陈先生，陈先生，早打发俺每去波。

陈德甫　　（陈德甫出见）是，我着员外打发你去。

周荣祖	先生，天色渐晚，误了俺途程也。
陈德甫	（入见科）员外，且喜，且喜，有了儿也。
贾　仁	陈德甫，那秀才去了么？改日请你吃茶。
陈德甫	哎呀，他怎么肯去？员外还不曾与他恩养钱哩。
贾　仁	甚么恩养钱？随他与我些便罢。
陈德甫	这个员外，他为无钱才卖这个小的，怎么倒要他恩养钱哪？
贾　仁	陈德甫，你好没分晓！他因为无饭的养活儿子，才卖与我。如今要在我家吃饭，我不问他要恩养钱，他倒问我要恩养钱？
陈德甫	好说。他也辛辛苦苦养这小的，与了员外为儿，专等员外与他些恩养钱，做盘缠回家去也。
贾　仁	陈德甫，他若不肯，便是反悔之人，你将这小的还他去，教他罚一千贯宝钞来瓦解。
陈德甫	怎么倒与你一千贯钞？员外，你则与他些恩养钱去。
贾　仁	陈德甫，那秀才敢不要，都是你捣鬼？
陈德甫	怎么是我捣鬼？
贾　仁	陈德甫，看你的面皮，待我与他些。下次小的每开库。
陈德甫	好了。员外开库哩。周秀才，你这一场富贵不小也。
贾　仁	拿来。你兜着，你兜着。
陈德甫	我兜着。与他多少？
贾　仁	与他一贯钞。
陈德甫	他这等一个孩儿，怎么与他一贯钞？忒少。
贾　仁	一贯钞上面有许多的宝字，你休看的轻了。你便不打紧，我便似挑我一条筋哩！倒是挑我一条筋也熬了，要打发出这一贯钞，更觉艰难。你则与他去，他是个读书的人，他有个要不要也不见的。

陈德甫	我便依着你,且拿与他去。(做出见科)秀才你休慌,安排茶饭哩。这个是员外打发你的一贯钞。
张　氏	我几盆儿水洗的孩儿偌大,可怎生与我一贯钞!便买个泥娃娃儿,也买不的。
周荣祖	想我这孩儿呀,

(唱)【滚绣球】

也曾有三年乳十月胎,

似珍珠掌上抬;

甚工夫养得他偌大,

须不是半路里拾的婴孩。

(做叹科,唱)

我虽是穷秀才,

他觑人忒小哉!

哪些个公平买卖,

量这一贯钞值甚钱财!

(带云)员外,你的意思我也猜着你了。

陈德甫	你猜着甚的?
周荣祖	(唱)他道我贪他香饵终吞钩,我则道留下青山怕没柴,拚的个搠笔巡街。
张　氏	还了我孩儿,我们去罢。
陈德甫	你且慢些,我见员外去。
周荣祖	天色晚也,休斗小生耍。
陈德甫	(入科)员外,还你这钞。
贾　仁	陈德甫,我说他不要么。
陈德甫	他嫌少,他说买个泥娃娃儿也买不的。
贾　仁	那泥娃娃儿会吃饭么?
陈德甫	不是这等说,哪个养儿女的算饭钱来?

也曾有三年乳十月胎，似珍珠掌上抬；
甚工夫养得他偌大，须不是半路里拾的婴孩。

贾　仁　　陈德甫，也着你做人哩。常言道："有钱不买张口货"。因他养活不过，方才卖与人。我不要他还饭钱也够了，倒要我的宝钞？我想来，都是你背地里调唆他。我则问你怎么与他钞来？

陈德甫　　我说："员外与你钞。"

贾　仁　　可知他不要哩，你轻看我这钞了。我教与你，你把这钞高高的抬着，道："兀那穷秀才，贾老员外与你宝钞一贯。"

陈德甫　　抬的高杀，也则是一贯钞。员外，你则快些打发他去罢。

贾　仁　　罢！罢！罢！小的每开库，再拿一贯钞来与他。（做与钞科）

陈德甫　　员外，你问他买甚么东西哩，一贯一贯添。

贾　仁　　我则是两贯，再也没的添了。

陈德甫　　我且拿与他去。（做出见科）秀才，你放心，员外安排茶饭哩。秀才，那头里是一贯钞，如今又添你一贯钞。

周荣祖　　先生，可怎生只与我两贯，我几盆儿水洗的孩儿偌大，先生休斗小生耍。

陈德甫　　嗨！这都是领来的不是了！我再见员外去。（做入科）员外，他不肯。

贾　仁　　不要闲说，白纸上写着黑字儿哩："若有反悔之人，罚宝钞一千贯与不悔之人使用。"这便是他反悔，你着他拿一千贯钞来。

陈德甫　　他有一千贯时，可便不卖这小的了！

贾　仁　　哦！陈德甫，你是有钱的！你买么？快领了去，着他罚一千贯钞来与我。

陈德甫　　员外，你添也不添？

贾　仁　　不添。

陈德甫　你真个不添？
贾　仁　真个不添。
陈德甫　员外，你又不肯添，那秀才又不肯去，教我中间做人也难。便好道"君子成人之美，不成人之恶。"罢！罢！罢！员外，我在你家两个月，该与我两贯饭钱，我如今问员外支过，凑着你这两贯，共成四贯，打发那秀才回去。
贾　仁　哦！要支你的饭钱凑上四贯钱，打发那穷秀才去，这小的还是我的。陈德甫，你原来是个好人。可则一件，你那文簿上写的明白，道陈德甫先借过两个月饭钱，计两贯。
陈德甫　我写得明白了。（做出见科）来、来、来，秀才，你可休怪。员外是个悭吝苦克的人，他说一贯也不添。我问他支过两月的馆钱，凑成四贯钞，送与秀才。这的是我替他出了两贯哩。秀才休怪。
周荣祖　这等，可不难为了你？
陈德甫　秀才，你久后则休忘了我陈德甫。
周荣祖　贾员外则与我两贯钱，这两贯是先生替他出的。这等呵，倒是赍发了小生也。

（唱）【倘秀才】

　　如今这有钱的度量呵，
　　做不得三江也那四海，
　　便受用呵，
　　多不到十年五载，
　　我骂你个勒揹穷民狠员外。
　　或是有人家典缎匹，
　　或是有人家当镮钗，
　　你则待加一倍放解。

贾　仁　（做出瞧科）这穷厮还不去哩！

周荣祖　　（唱）【赛鸿秋】

　　　　　　　快离了他这公孙弘东阁门程外，

张　氏　　秀才，俺今日撇下了孩儿，不知何日再得相见也？

周荣祖　　大嫂，去罢。

　　　　　　（唱）再休想汉孔隔北海开尊待。

陈德甫　　秀才，这两贯钞是我与你的。

周荣祖　　先生此恩，异日必当重报。

　　　　　　（唱）多谢你范尧夫肯付舟中麦，

　　　　　　（带云）那员外呵，

　　　　　　（唱）怎不学庞居士豫放来生债？

贾　仁　　（做揪住，怒科）这厮骂我，好无礼也。

周荣祖　　（唱）他、他、他，则待掐破我三思台。

贾　仁　　（做推正末科）你这穷弟子孩儿，还不走哩。

周荣祖　　（唱）他、他、他，可便撅破我天灵盖。

贾　仁　　下次小的每，呼狗来咬这穷弟子孩儿。

周荣祖　　（做怕科）大嫂，我与你去罢。

　　　　　　（唱）走、走、走，早跳出了齐孙膑这一座连环寨。

陈德甫　　秀才休怪，你慢慢的去，休和他一般见识。

张　氏　　秀才，俺行动些儿波。

周荣祖　　（唱）【随煞】

　　　　　　　别人家便当的一周年下架容赎解，

　　　　　　（带云）这员外呵，

　　　　　　（唱）他巴到那五个月还钱本利该。

　　　　　　　纳了利从头儿再取索，

　　　　　　　还了钱文书上厮混赖。

　　　　　　　似这等无仁义愚浊的却有财，

　　　　　　　偏着俺的德行聪明的嚼齑菜。

这八个字穷通怎的排,
则除非天打算日头儿轮到来。
发背疔疮是你这富汉的灾,
禁口伤寒着你这有钱的害。
有一日贼打劫火烧了您院宅,
有一日人连累抄没了旧钱债。
恁时节合着锅无钱买米些,
忍饥饿街头做乞丐,
这才是你家破人亡见天败。

贾　仁　你这穷弟子孩儿,还不走哩。
周荣祖　员外,
　　　　(唱)你还这等苦克瞒心骂我来,
　　　　　　直待要犯了法遭了刑你可便恁时节改。
　　　　〔同张氏下。
贾　仁　陈德甫,那厮去了也。他去则去,敢有些怪我?
陈德甫　可知哩。
贾　仁　陈德甫,生受你。本待要安排一杯酒致谢,我可也忙,不得工夫。后堂中盒子里有一个烧饼,送与你吃茶罢。
　　　　〔同下。

第三折

〔贾长寿领兴儿上。〕

贾长寿 （诗云）一生衣饭不曾愁，赢得人称贾半州。
何事老亲能善病，教人终日皱眉头。
自家贾长寿便是。父亲是贾老员外，叫做贾仁，母亲亡化已过。靠着祖宗福德，有泼天也似的家缘家计。俺父亲则生的我一个，人口顺都唤我做钱舍。我见一日不使三五两银子过不去。岂知俺父亲他一文也不使，半文也不用，这等悭吝的紧。俺枉叫做钱舍，不得钱在手里，不曾用的个快活。近日俺父亲染病，不能动止。兴儿，我许下东岳泰安神州烧香去，与俺父亲说知，多将些钱钞，等我去还愿。兴儿，跟着我见父亲去来。

〔下。〕

〔贾长寿同兴儿扶贾仁上。〕

贾 仁 哎呀，害杀我也。（做叹科）过日月好疾也！自从买了这个小的，可早二十年光景。我便一文不使，半文不用。这小的他却痴迷愚滥，只图穿吃，看的那钱钞便土块般相似，他可不疼。怎知我多使了一个钱，便心疼杀了我也！

贾长寿 父亲，你可想甚么吃哪？

贾 仁 我儿也，你不知我这病是一口气上得的。我那一日想烧鸭儿吃，我走到街上，那一个店里正烧鸭子，油渌渌的。我推买那鸭子，着实的抓了一把，恰好五个指头抓的全全的。我来到家，我说盛饭来我吃，一碗饭我一咂一个指头，四碗饭咂了四个指头。我一会瞌睡上来，就在这板凳上，不想睡着了，被个狗舔了我这一个指头，我着了一口气，就成了这个病，罢、罢、罢！我往常间一文不使，半文不用。我今病重，左右是个死人了，我可也破一破悭，使些钱。我儿，我想豆腐吃哩。

贾长寿 可买几百钱？

贾　仁 买一个钱的豆腐。

贾长寿 一个钱只买得半块豆腐，把与哪个吃？兴儿，你买一贯钞罢。

贾　仁 只买十文钱的豆腐。

兴　儿 他则有五文钱的豆腐，记下账，明白讨还罢。

贾　仁 我儿，恰才见你把十文钱都与那卖豆腐的了？

贾长寿 他还欠着我五文哩，改日再讨。

贾　仁 寄着五文，你可问他姓甚么？左邻是谁？右邻是谁？

贾长寿 父亲，你要问他邻舍怎的？

贾　仁 他假使搬的走了，我这五文钱问谁讨？

贾长寿 直是这等。父亲，你孩儿趁父亲在日，画一轴喜神，着子孙后代供养着。

贾　仁 我儿也，画喜神时不要画前面，则画背身儿。

贾长寿 父亲，你说的差了，画前面才是，可怎么画背身的？

贾　仁 你哪里知道，画匠开光明，又要喜钱。

贾长寿 父亲，你也忒算计了。

贾　仁 我儿，我这病觑天远，入地近，多分是死的人了。我儿，你可怎么发送我？

贾长寿 若父亲有些好歹呵，你孩儿买一个好杉木棺材与父亲。

贾　仁 我的儿，不要买，杉木价高，我左右是死的人，晓的甚么杉木、柳木！我后门头不有那一个喂马槽，尽好发送了！

贾长寿 那喂马槽短，你偌大一个身子，装不下。

贾　仁　　　哦，槽可短，要我这身子短，可也容易。使斧子来把我这身子拦腰剁做两段，折叠着，可不装下也！我儿也，我嘱咐你，那时节不要咱家的斧子，借别人家的斧子剁。

贾长寿　　父亲，俺家里有斧子，可怎么问人家借？

贾　仁　　你哪里知道，我的骨头硬，若使我家斧子剁卷了刃，又得几文钱钢！

贾长寿　　直是这等。父亲，你孩儿要上庙与父亲烧香去，与我些钱钞。

贾　仁　　我儿，你不去烧香罢了。

贾长寿　　孩儿许下香愿多时了，怎好不去？

贾　仁　　哦，你许下愿来，这等，与你一贯钞去。

贾长寿　　少。

贾　仁　　两贯。

贾长寿　　少。

贾　仁　　罢、罢、罢，与你三贯，可忒多了。我儿，这一桩事要紧，我死之后休忘记讨还那五文钱的豆腐。

〔下。

兴　儿　　小哥，不要听那老员外。你自去开库，拿着十个金子、十个银子，一千贯钞，我跟着你烧香去来。

贾长寿　　兴儿，你说得是。我开了库，取了十个金子、十个银子、一千贯钞，到庙上烧香去来。

〔同兴儿下。

〔庙祝上。

庙　祝　　（诗云）官清司吏瘦，神灵庙主肥。

　　　　　　　　有人来烧纸，则抢大公鸡。

　　　　　小道是东岳泰安州庙祝。明日三月二十八日，是东岳圣帝诞辰，多有远方人来烧香。我扫的庙宇干净，看有甚么人来。

〔周荣祖同张氏上。

周荣祖 叫化咱,叫化咱……可怜见俺天涯无倚,无主无靠,卖了亲儿,无人养济,长街上可有那等舍贫的爹爹、奶奶呵!

(唱)【商调】【集贤宾】

　　我可便区区的步行离了汴梁,

(带云)这途路好远也!

(唱)过了些山隐隐更和这水茫茫。

　　盼了些州城县镇,

　　经了些店道村坊。

　　遥望那东岱岳万丈巅峰,

　　怎不见泰安州四面儿墙匡?

婆婆,这前面不是东岳爷爷的庙哩?

(唱)这不是仁安殿盖造的接上苍,

　　掩映着紫气红光。

　　正值他春和三月天,

(带云)婆婆,

(唱)早来到仙阙五云乡。

(唱)【逍遥乐】

　　这的是人间天上,

　　烧是的御赐名香,

　　盖的是那敕修的这庙堂。

　　我则见不断头客旅经商,

　　还口愿百二十行。

　　听的道是儿愿爹爹寿命长,

　　又见那校椅上顶戴着亲娘。

　　我这里千般感叹,万种凄惶,百样思量。

庙官哥哥,俺两口儿一径来还愿的,赶烧炷儿头香,暂借

庙　　祝	一坨儿田地，与我歇息咱。
庙　　祝	这老人家好苦恼也。既是还香愿的，我也做些好事，你老两口儿就在这一塌儿干净处安歇，明日绝早起来，烧了头香去罢。
周荣祖	谢了哥哥。婆婆，我和你在此安歇，明日赶一炷头香咱。
张　　氏	佛啰，俺那长寿儿也！

〔贾长寿同兴儿上。

贾长寿	兴儿，你看这庙上人好不多哩！
兴　　儿	小哥，咱每来迟，那前面早下的满了也。
贾长寿	天色已晚，我们拣个干净处安歇。兴儿，这搭儿干净处，被两口叫化的倒在这里，你打起那叫化的去。
兴　　儿	兀那叫化的，你且过一壁。
周荣祖	你是哪个？
兴　　儿	这弟子孩儿，钱舍也不认的？（做打科）
周荣祖	哎呀，钱舍打杀我也。
庙　　祝	这厮无礼，甚么钱舍？家有家主，庙有庙主，他老子哪里做官来，叫做钱舍？徒弟，拿绳子来绑了他送官去。
兴　　儿	庙官，你不要闹，我与你一个银子，借这坬儿田地，等俺歇息咱。
庙　　祝	哦，你与我这个银子，借这里坐一坐？我说老弟子孩儿，你便让钱舍这里坐一坐儿！自家讨打吃！
周荣祖	俺这无钱的好不气长也。
张　　氏	老的，咱每依着他那边歇罢。
周荣祖	（唱）【金菊香】

　　这的是雕梁画栋圣祠堂，
　　又不是锦帐罗帏你的卧房，
　　怎这般厮推厮抢赶我在半壁厢？

兴　儿　　你这老弟子孩儿，口里唠唠叨叨的，还说甚么哩？

周荣祖　　（唱）你、你、你，全不顾我这鬓雪鬟霜，

　　　　　你这厮还要打谁？婆婆，你向前着，我不信。

　　　　　（唱）你可敢便打、打、打这个八十岁病婆娘？

　　　　　庙官哥哥，一个甚么钱舍，将俺老两口儿赶出来了。

庙　祝　　他是钱舍，你两个让他些便了。俺明日要早起，自去睡也。
〔下〕

贾长寿　　你这老弟子孩儿，你告诉那庙官便怎的？我富汉打杀你这穷汉，只当拍杀个苍蝇相似。

　　　　　（唱）【醋葫芦】

　　　　　　　你道是没钱的好受亏，有钱的好使强。

　　　　　　　你和俺须同村共疃近邻庄。

兴　儿　　你这叫化的不强嘴哩。

周荣祖　　（唱）俺也是钱里生来钱里长，怎便打得俺一个不知方向！

　　　　　　　你须不是泰安州官府到此压坛场。

兴　儿　　官便不是官，叫做钱舍。

周荣祖　　俺这无钱的好不气长也。

张　氏　　老的，你与他争甚么，俺每将就在那边歇罢。

周荣祖　　（唱）【梧叶儿】

　　　　　　　这都是俺前生业，

　　　　　　　可着俺便今世当，

　　　　　　　莫不是曾烧着甚么断头香？

　　　　　　　揾不住腮边泪，

　　　　　　　挠不着心上痒，

　　　　　　　割不断俺业情肠。

　　　　　（带云）哎！俺那长寿儿也，

　　　　　（唱）我端的可便才合眼，又早眠，思梦想。

〔贾仁扮魂上。〕

贾　仁　自家贾仁的便是。那正主儿来了，俺今日着他父子团圆，双手交还了罢。（做叹科）那小的哪里知道是他的老子？这老子哪里知道是他的儿子？我与他说知。兀那老子，那个不是你的儿子？

周荣祖　（做认科）俺那长寿儿也。

（贾长寿打科）

〔贾仁又上。〕

贾　仁　兀那小的，那个不是你老子？

贾长寿　（做叫科）父亲，父亲，父亲。

周荣祖　哎！哎！哎！

贾长寿　兴儿，与我打这老弟子孩儿。

兴　儿　这叫化的好无礼也。

周荣祖　你叫我三声父亲，我应你三声，你怎生打我那？

（唱）【后庭花】

你不肯冬三月开暖堂，

你不肯夏三月舍义浆。

则你那情狠身中病，

则你那心平便是海上方。

您爷呵，休想道是安康，

稳情取无人埋葬。

泪汪汪甚人来守孝堂，

急慌慌为亲爷来献香。

我痛杀杀身躯儿无倚仗，

他絮叨叨还口愿都是谎。

我骨胀胀傍人谁尽让，

他气昂昂不做好勾当。

（唱）【柳叶儿】

　　他也似个人模人样，

　　衒一片不本分的心肠。

　　有一朝打在你头直上，

　　天开眼无轻放，

　　天还报有灾殃，

　　稳情取家破人亡。

贾长寿　天色明了也。兴儿，随俺烧香去来。（做上香科）东岳爷爷，可怜见俺父亲患病在床，但得神明保佑，指日平安。俺贾长寿情愿烧三年香，望东岳爷爷鉴察咱。

周荣祖
张　氏　（合）阿嚏！

贾长寿　则愿俺的父亲无病无痛。

周荣祖　（又打嚏科）阿嚏。

贾长寿　则愿俺的父亲无灾无难。

周荣祖　（又打嚏科）阿嚏。

张　氏　老的，咱们早些烧香去。

周荣祖　（做拜科）东岳爷爷，则愿俺长寿儿无病无痛。

贾长寿　（做打嚏科）阿嚏。

周荣祖　则愿俺长寿儿无灾无难。

贾长寿　（又做打嚏科）阿嚏。

周荣祖　则愿俺长寿儿早早相见咱。

贾长寿　（又做打嚏科）阿嚏。

〔兴儿上。

兴　儿　阿嚏，阿嚏。

〔庙祝上。

庙　祝　阿嚏，阿嚏。

贾长寿　　兴儿,打那老弟子孩儿。

兴　儿　　你这叫化的,快走过一边去。

周荣祖　　(做哭科)俺那长寿儿也。

　　　　(唱)【高过浪来里煞】

　　　　　　但得见亲生儿俺可也不似这凄惶,

　　　　　　他、他、他,明欺负俺无人侍养。

　　　　(做哭科)俺那长寿儿也。

　　　　(唱)想着俺长寿儿来,

　　　　　　也和他都一般家血气方刚。

　　　　(带云)婆婆,

　　　　(唱)则俺这受苦的糟糠,

　　　　　　卖儿呵也合将咱拦当。

　　　　　　俺可甚么养小防备老,

　　　　　　栽树要阴凉。

　　　　　　想着俺那忤逆的儿郎,

　　　　　　便成人也不认爷娘。

　　　　　　有一日激恼了穹他,

　　　　　　要整顿着纲常,

　　　　　　你可不怕那五六月的雷声骨碌碌只在半空里响。

　　　　(唱)【尾声】

　　　　　　为一家父母昌,

　　　　　　生下辈子孙旦。

　　　　　　灵椿一株老,

　　　　　　丹桂五枝芳。

　　　　　　古贤人教子有义方,

　　　　　　您家里出不的个伯俞泣杖,

　　　　　　量你个看钱奴也学不的窦十郎。

〔同张氏下。〕

贾长寿　　兴儿，烧罢香也，随俺回家去来。
〔同下。〕

第四折

〔店小二上。〕

店小二　　（诗云）不是自家没主顾，争奈酒酸长似醋。
　　　　　　　　这回若是又酸香，不如放倒望竿做豆腐。
　　　　　自家店小二的便是。开开门面，挑起望子，看有甚么人来。
〔周荣祖同张氏上。〕

周荣祖　　婆婆，俺烧罢香也，回家去来。

张　氏　　老的，俺和你行动些儿咱。

周荣祖　　（唱）【越调】【半鹌鹑】
　　　　　　赛五岳灵神，为一人圣慈。
　　　　　　总四海神州，受千年祭祀。
　　　　　　护百二山河，掌七十四司。
　　　　　　献香钱，火醮纸。
　　　　　　积善的长生，造恶的便死。

　　　　　（唱）【紫花儿序】
　　　　　　一个那颜回短命，一个那盗跖延年，
　　　　　　一个那伯道无儿。
　　　　　　人都道威灵有验，正直无私，劝化的人心慈。
　　　　　　现如今神祠东岱岳新添一个速报司，
　　　　　　大刚来祸无虚至。

　　　　只要你恶事休行，
　　　　择其这善者从之。
　　（张氏做心疼科）

周荣祖　婆婆，你做甚么？

张　氏　老的也，我一阵急心疼，你哪里讨一杯儿酒来我吃。

周荣祖　你害急心疼，我去那酒店里讨一盅酒去咱。哥哥，俺这婆婆害急心疼呵，

店小二　对门那一家儿有这急心疼的药，施舍与人，你问他讨一服去。

周荣祖　是真个？俺去对门讨一服儿急心疼药去来。
　　〔同张氏下。

店小二　大清早起，利市也不曾发，这两个老的就来叫化酒吃，被我支他对门讨药去了。便心疼杀她，也不干我事。我自前后执料去也。
　　〔下。
　　〔陈德甫上。

陈德甫　自家陈德甫的便是。过日月好疾也，自从贾老员外买了那个小的，今经可早二十年光景了。老员外一生悭吝苦克，今亡逝已过。那小的长立成人，比他父亲在日，家私越增添了。他父亲在日，人都叫他做钱舍，如今那小的仗义疏财，比老员外甚的不同，人都叫他做小员外。老夫一向在他家上些帐目，这几年间精神老惫，只得辞了馆，开着一个小小药铺，施舍些急心疼的药。虽则普济贫人，然也有病好的，酬谢我些药钱，我老夫也不敢辞，好将来做药本。今日铺里闲坐，看有甚么人来。
　　〔周荣祖同张氏上。

周荣祖　（见科）先生可怜见，我那婆婆害急心疼，说先生施的好

	药，好汉不揣，求一服儿咱。（做揖科）
陈德甫	老人家免礼。有、有、有，我这一服药与你那婆婆吃了，登时间就好。则要你与我传名，我叫做陈德甫。
周荣祖	多谢了。先生叫做陈德甫，陈德甫……婆婆，这陈德甫名字好熟也！
张　氏	老的，咱卖孩儿时做保人的，不是陈德甫？
周荣祖	是真人。我过去认他波。（做认科）陈德甫先生，原来你也这般老了也。
陈德甫	这老儿就来诈熟也。
周荣祖	（唱）【小桃红】 　　你这般雪盔白发鬓如丝。
陈德甫	你说的是几时的话？
周荣祖	（唱）我说的是二十年前事。
陈德甫	兀那老的，你哪里人氏？姓甚名谁？
周荣祖	（唱）你问我姓甚名谁哪里人氏？
陈德甫	你因何认得老夫来？
周荣祖	（唱）说起来痛嗟咨。 　　常言道："闻钟始觉山藏寺"， 　　这搭儿里曾卖了一个小厮。
陈德甫	你莫不是卖儿子的周秀才么？
周荣祖	（唱）我常记得你个恩人名字。
陈德甫	你还记得我赍发你那两贯钱么？
周荣祖	（唱）我怎敢便忘了你那周急济贫时？
陈德甫	秀才，你欢喜咱。你那孩儿贾长寿，如今长立成人了也。
周荣祖	贾老员外好么？
陈德甫	老员外亡化过了也。
周荣祖	死得好！死得好！打俺孩儿的那妇人有么？

陈德甫	那婆婆早些死了也。
周荣祖	死得好,死得好。

（唱）【鬼三台】

则他这庞居士,

世做的亏心事,

恨不把穷民勒死。

满口假悲慈,

可曾有半文儿布施?

（带云）想他两贯钞强买俺孩儿时节,还要与俺算饭钱哩。

（唱）空掌着精金响钞百万资,

偏没个寸男尺女为继嗣。

俺倒不如郭巨埋儿,

也强似明达卖子。

陈先生,俺那长寿孩儿好么?

陈德甫	贾员外的万贯家财,都是你的孩儿贾长寿掌把着,人皆叫他做小员外哩。
周荣祖	陈先生可怜见,着俺那孩儿来厮见一面,可也好也?
陈德甫	你要见他,待我寻他去。
贾长寿	自家贾长寿的便是。自从泰安庙烧香回来,父亲亡逝过了,如今营葬已毕,无甚么事,去望陈德甫叔叔走一遭。（做撞见科）叔叔,我一径来望你也。
陈德甫	小员外,你欢喜咱。
贾长寿	俺喜从何来?
陈德甫	我老实地说与你知。你当初原不是贾老员外的儿子。你父亲是周秀才,偶在打员外家经过,我是保见人,将你卖与那员外为儿。你今日长立成人,现有你的一双父母在这里,要与你相见。我说兀的做甚,二十年来把你瞒,老夫

	说着尚心酸。可怜你生身父母饥寒死，直与陌路傍人做一般。（做见科）则这两个，便是你的父亲母亲，你拜他咱。
贾长寿	（做认科）这是我父亲母亲？住、住、住，泰安神州，我打的不是你来？
周荣祖	婆婆，泰安神州打俺的，不是这厮么？
张　氏	俺认的，他正叫做钱舍哩。
周荣祖	（唱）【调笑令】
	俺待和这厮，厮探的见官司，
	不徕，俺只问你这般殴打亲爷甚意思？
	无非倚恃着钱神，把俺相轻视。
贾长寿	俺着实是不认得你。
周荣祖	噤声。到今日呵，
	（唱）可早知一家无二，父子们厮见非同造次，
	（带云）婆婆，
	（唱）想他也只是个忤逆的孩儿。
陈德甫	端的怎生来？老人家请息怒。
周荣祖	我告他去。
陈德甫	小员外，似此怎了也？
贾长寿	叔叔，你不知道，我在泰安神州打了他来。他如今要告我去，我如今与他些东西，买嘱他罢。
陈德甫	与他甚么东西？
贾长寿	（出砌末科）我与他一匣子金银，只买一个不言语。
陈德甫	怎么买个不言语？
贾长寿	他若不告我，我便将这一匣子金银都与他；若告我，我拚的把这金银官府上下打点使用，我也不见得便输与他。
陈德甫	小员外，你放心，我和他说去。（见周荣祖）老人家，你见这一匣子金银么？那小员外要与你买个不言语。

周荣祖　　怎生是买个不言语？

陈德甫　　你若是不告他呵，把这匣金银与你；你若告他呵，将这金银去官府上下打点使用，他也没事。两桩儿随你自拣去。

周荣祖　　婆婆，孩儿在泰安神州打俺时节，他也不认得俺。

张　氏　　你个爱钱的老弟子孩儿。

周荣祖　　将钥匙来打了这锁，待我看这银子咱。（做看，惊科）这银子上凿着"周奉记"，周奉记？可不原是俺家的来！

陈德甫　　怎生是你家的？

周荣祖　　俺祖公公正叫做周奉记哩。

（唱）【幺篇】

　　猛觑了这字，是俺正明师，

　　想祖上留传到此时。

　　是儿孙合着俺儿孙使，

　　若不沙，怎题着公公名氏！

（带云）贾员外，贾员外，

（唱）亏了他二十年用心把钥匙，

　　也则是看守俺祖上的金赀。

〔店小二上。

店小二　　闻得小员外认着了他亲爷亲娘，我去看咱。（做见科）老人家，你那婆婆害急心疼，可好了么？

周荣祖　　多谢哥哥，俺婆婆好了也。想起二十年前，曾在你店里，你不舍与我三盅儿酒吃么？

店小二　　小子没记性，这远年的账都忘了也。

周荣祖　　孩儿，你依着我者：陈德甫先生二十年前曾为你赍发俺两贯钞，俺如今拿这两个银子谢他。

陈德甫　　我则是两贯钞，怎好换你两个银子？那贾老员外一生爱钱，也不曾赚得这等厚利，这个我老夫决不敢当。

周荣祖　　（唱）【天净沙】

　　　　　　若不是陈先生肯把恩施，
　　　　　　俺周荣祖争些和雪里停尸。
　　　　　　则这两贯钞俺念兹在兹，
　　　　　　常恐怕报不得你故人之赐，
　　　　　　又何须苦苦推辞。

陈德甫　　多谢了老员外。

周荣祖　　卖酒的哥哥，我当日吃了你三盅酒，如今还你这一个银子。

店小二　　这个小子也不敢受。

周荣祖　　（唱）【秃厮儿】

　　　　　　论你个小本钱茶坊酒肆，
　　　　　　有甚么大度量仗义轻施，
　　　　　　你也则可怜俺饥寒穷路不自支。
　　　　　　如今这银一个，
　　　　　　酬谢你酒三卮，
　　　　　　也见俺的情私。

店小二　　这等，小子收了，多谢老员外。

周荣祖　　孩儿，这多余的银子，你与我都散与那贫难无倚的。可是为何？这二十年来俺骂的那财主每多了也。

　　　　　　（唱）【圣药王】

　　　　　　为甚么骂这厮，骂那厮，
　　　　　　他道俺贫儿到底做贫儿。
　　　　　　又谁知彼一时，此一时，
　　　　　　这家私原是俺家私，
　　　　　　相对喜滋滋。

贾长寿　　父亲，你孩儿都依你便了。

张　氏　　俺一家同到泰安神州回香去来。

周荣祖　（唱）【收尾】
　　　　　　这的是贫穷富贵皆轮至。（做笑科）
陈德甫　老员外，你笑甚来？
周荣祖　俺不笑别的，
　　　　　（唱）笑则笑贾员外一文不使。
　　　　　　　单为这口衔垫背几文钱，
　　　　　　　险送了拽布拖麻孝顺子。
〔灵派侯上。
灵派侯　周荣祖，你如今省悟了么？这二十年光景，你可都看见了也。
周荣祖　（周荣祖同众拜伏科）是哪方神圣降临，愚民不知，乞赐指示。
灵派侯　吾神乃灵派侯是也。你一行都跪着，听吾神吩咐：
　　　　　（词云）想为人禀命生于世，但做事不可瞒天地。
　　　　　　　　贫与富前定不能移，笑愚夫枉使欺心计。
　　　　　　　　周秀才卖子受艰难，贾员外悭吝贪财贿。
　　　　　　　　若不是陈德甫仔细说分明，怎能够周奉记父子重相会。
〔同下。

题目：穷秀才卖嫡亲儿男
正名：看钱奴买冤家债主

〔剧终〕

唐明皇秋夜梧桐雨

白　朴

剧目说明

《唐明皇秋夜梧桐雨》（简名《梧桐雨》），白朴作。白朴，（1226—1306年），初名恒，字仁甫，一字太素，号兰谷，祖籍隩州（今山西河曲县附近），后徙居真定（今河北正定县），晚岁寓居金陵（今南京市）。父亲白华为金宣宗三年（1215年）进士，仲父白贲为金章宗泰和间进士，白家与元好问父子为世交，过从甚密。1232年蒙古大军围攻金都时，白华随金哀宗出奔，白朴则与母留在南京。后来，母亲死于浩劫之中，白朴幸得元好问的抚养和教育，得以成人。幼年的惨痛经历使得后来的白朴终身不仕元朝，而以亡国遗民自适，以词赋为专门之业，用歌声宣泄自己胸中的郁积。

据钟嗣成《录鬼簿》著录，白朴写过十六种剧本，其中《唐明皇游月宫》《汉高祖斩白蛇》《苏小小月夜钱塘梦》《薛琼琼月夜银筝怨》《祝英台死嫁梁山伯》《楚庄王夜宴绝缨会》《秋江风月凤凰船》《崔护谒浆》《高祖归庄》《萧翼智赚兰亭记》《阎师道赶江江》等十一种已佚；《韩翠颦御水流红叶》《李克用箭射双雕》仅存残折；现在仅存《唐明皇秋夜梧桐雨》《裴少俊墙头马上》《董秀英花月东墙记》三种。

《梧桐雨》在《录鬼簿》《太和正音谱》《永乐大典目录》中并著。四折一楔子，末本，正末扮李隆基。剧名取自白居易《长恨歌》"秋雨梧桐叶落时"诗句。此剧受到白居易《长恨歌》、陈鸿《长恨歌传》、姚汝能《安禄山事迹》、郭湜《高力士外传》、王仁裕《开元天宝遗事》等作品的影响，借敷衍唐明皇杨贵妃的情事，寄托历史兴亡的感慨。

　　剧写：安禄山失误军机当斩，幽州节度使张守珪惜其骁勇，解送京师取圣断。唐明皇对安禄山不仅赦其罪责，还委以渔阳节度使的重任。安禄山又被杨贵妃收为义子，并与贵妃私通。二人私情被杨国忠识破。又因杨国忠曾反对安禄山任平章政事，安对杨一直耿耿于怀。适逢七夕，李隆基在长生殿设乞巧宴，赐给杨玉环金钗、钿盒，盟誓永为夫妻。正当二人在沉香亭畔沉浸于霓裳歌舞中时，安禄山为抢贵妃，反兵攻至长安，明皇仓皇逃蜀。途径马嵬（wéi）驿，大军不前，兵谏请诛杨国忠兄妹。明皇无奈，只得忍痛命贵妃于佛堂自缢。后李隆基还都为太上皇，在西宫悬挂贵妃像，朝夕哭奠，无限伤感，难以成寐。

　　本剧心理刻画细腻传神，曲文清新隽永，是元杂剧中文采派的代表作品。末折以夜雨闻铃作结，渲染悲剧气氛，衬托李隆基凄凉的内心世界，尤见成功。前人对此剧评价甚高，明末孟称舜《古今名剧合选·酹江集》评《梧桐雨》曰："此剧与《孤雁汉宫秋》格套既同，而词华亦足相敌。一悲而豪，一悲而艳；一如秋空唳鹤，一如春月啼鹃。使读者一愤一痛，淫淫乎不知泪之何从，固是填词家巨手也。"清人李调元说："元人咏马嵬事无虑数十家，白仁甫《梧桐雨》剧为最。"（《雨村曲话》）。王国维《人间词话》曰："白仁甫《秋夜梧桐》剧，沉雄悲壮，为元曲冠冕。"

　　此剧对清人洪升的传奇戏曲《长生殿》影响很大。昆曲、川剧有《密誓》《马嵬坡》《回銮改葬》《惊梦》等流传。

现存明代李开先刻《改定元贤传奇》本、顾曲斋《古杂剧》本、继志斋《元明杂剧》本、脉望馆校《古名家杂剧》本、明代臧懋循《元曲选》本、明代孟称舜《古今名剧合选·酹江集》本。另有王季思编《全元戏曲》本、王文才《白朴戏曲集校注》本、王学奇等《元曲选校注》本、徐沁君等《元曲四大家名剧选》本等。现以《元曲选》为底本，参校上述各本。

（陈建平整理）

人物表：

唐玄宗　　正末扮演，即李隆基，又称唐明皇。

杨贵妃　　旦扮演，本名杨玉环，后被玄宗册封为贵妃。

安禄山　　净扮演，初为失机边将，后被升为渔阳节度使，
　　　　　发动"安史之乱"。

张守珪　　冲末扮演，幽州节度使，初为安禄山上级。

陈玄礼、张九龄、高力士、李林甫等

楔　子

〔张守珪引卒子上。〕

张守珪　（诗云）坐拥貔貅镇朔方，每临塞下受降王。

　　　　　　太平时世辕门静，自把雕弓数雁行。

　　　　某姓张，名守珪，现任幽州节度使。幼读儒书，兼通韬略，为藩镇之名臣，受心膂之重寄。且喜近年以来，边烽息警，军士休闲。昨日奚契丹部擅杀公主，某差捉生使安禄山率兵征讨，不见来回话。左右，辕门前觑者，等来时报复我知道。

卒　子　　理会的。

〔安禄山上。〕

安禄山　自家安禄山是也。积祖以来，为营州杂胡，本姓康工。母阿史德，为突厥觋者，祷于轧荦山战斗之神而生某。生时有光照穹庐，野兽皆鸣，遂名为轧荦山。后母改嫁安延偃，乃随安姓，改名安禄山。开元年间，延偃携某归国，遂蒙圣恩，分隶张守珪部下。为某通晓六蕃言语，膂力过人，现任捉生讨击使。昨因奚契丹反叛，差我征讨。自恃勇力深入，不料众寡不敌，遂致丧师。今日不免回主帅，别作道理。早来到府门首也。左右，报复去，道有捉生使安禄山来见。

（卒报科）

张守珪　着他进来。

（安禄山做见科）

张守珪 安禄山,征讨胜败如何?

安禄山 贼众我寡,军士畏怯,遂至败北。

张守珪 损军失机,明例不宥。左右,推出去,斩首报来。

(卒推出科)

安禄山 (大叫)主帅不欲灭奚契丹耶?奈何杀壮士!

张守珪 放他回来。

(安禄山回科)

张守珪 某也惜你骁勇,但国有定法,某不敢卖法市恩,送你上京,取圣断,如何?

安禄山 谢主帅不杀之恩。

〔安禄山被押下。

张守珪 安禄山去了也。

(诗云)须知生杀有旗牌,只为军中惜将才。
　　　　不然斩一胡儿首,何用亲烦圣断来。

〔张守珪下。

〔唐玄宗引杨贵妃、高力士、杨国忠、宫娥上。

唐玄宗 寡人唐玄宗是也。自高祖神尧皇帝起兵晋阳,全仗我太宗皇帝,灭了六十四处烟尘,一十八家擅改年号,立起大唐天下。传高宗、中宗,不幸有宫闱之变。寡人以临淄郡王领兵靖难,大哥哥宁王让位于寡人。即位以来,二十余年,喜的太平无事。赖有贤相姚元之、宋璟、韩休、张九龄同心致治,寡人得遂安逸。六宫嫔御虽多,自武惠妃死后,无当意者。去年八月中秋,梦游月宫见嫦娥之貌,人间少有。昨寿邸杨妃,绝类嫦娥,已命为女道士;既而取入宫中,策为贵妃,居太真院。寡人自从太真入宫,朝歌暮宴,无有虚日。高力士,你快传旨排宴,梨园子弟奏乐,寡人消遣咱。

高力士	理会的。

〔张九龄押安禄山上。〕

张九龄	（诗云）调和鼎鼐理阴阳，位列鹓班坐省堂。
	四海承平无一事，朝朝曳履侍君王。
	老夫张九龄是也，南海人氏。早登甲第，荷圣恩直做到丞相之职。近日，边帅张守珪解送失机蕃将一人，名安禄山。我见其身躯肥矮，语言利便，有许多异相。若留此人，必乱天下。我今见圣人，面奏此事。早来到宫门前也。（入见科）臣张九龄见驾。
唐玄宗	卿来有何事？
张九龄	近日边臣张守珪解送失机蕃将安禄山，例该斩首，未敢擅便，押来请旨。
唐玄宗	你引那蕃将来我看。
张九龄	（引安禄山见科）这就是失机蕃将安禄山。
唐玄宗	一员好将官也。你武艺如何？
安禄山	臣左右开弓，一十八般武艺，无有不会；能通六蕃言语。
唐玄宗	你这等肥胖，此胡腹中何所有？
安禄山	惟有赤心耳。
唐玄宗	丞相，不可杀此人，留他做个白衣将领。
张九龄	陛下，此人有异相，留他必有后患。
唐玄宗	卿勿以王夷甫识石勒，留着怕做甚么！兀那左右，放了他者。
	（做放科）
安禄山	（起，谢）谢主公不杀之恩。（做跳舞科）
唐玄宗	这是甚么？
安禄山	这是胡旋舞。
杨贵妃	陛下，这人又矬矮，又会旋舞，留着解闷倒好。

唐玄宗　　贵妃，就与你做义子，你领去。
杨贵妃　　多谢圣恩。
　　　　　〔同安禄山下。
张九龄　　国舅，此人有异相，他日必乱唐室，衣冠受祸不小。老夫老矣，国舅恐或见之，奈何？
杨国忠　　待下官明日再奏，务要屏除为妙。
唐玄宗　　不知后宫中为甚么这般喧笑？左右，可去看来回话。
宫　娥　　是贵妃娘娘与安禄山做洗儿会哩。
唐玄宗　　既做洗儿会，取金钱百文，赐他做贺礼。就与我宣禄山来，封他官职。
　　　　　〔宫娥拿金钱下。
　　　　　〔安禄山上。
安禄山　　（见驾科）谢陛下赏赐，宣臣哪厢使用？
唐玄宗　　宣卿来不为别，卿既为贵妃之子，即是朕之子，白衣不好出入宫掖，就加你为平章政事者。
安禄山　　谢了圣恩。
杨国忠　　陛下，不可，不可！安禄山乃失律边将，例当处斩，陛下免其死足矣。今给事宫庭，已为非宜，有何功勋，加为平章政事？况胡人狼子野心，不可留居左右。望陛下圣鉴。
张九龄　　杨国忠之言，陛下不可不听。
唐玄宗　　你可也说的是。安禄山，且加你为渔阳节度使，统领蕃汉兵马，镇守边庭，早立军功，下次升擢。
安禄山　　感谢圣恩。
唐玄宗　　卿休要怨寡人，这是国家典制，非轻可也呵！
　　　　　（唱）【仙吕】【端正好】
　　　　　　　则为你不曾建甚奇功，便教你做元辅，
　　　　　　　满朝中都指斥銮舆。

眼见的平章政事难停住,寡人待定夺些别官禄。

(唱)【幺篇】

且着你做节度渔阳去,破强寇永镇幽都。

休得待国家危急才防护;

常先事设权谋,收猛将保皇图。

分铁券,赐丹书,

怎肯便辜负了你这功劳簿。

〔唐玄宗同下。

安禄山 圣人回宫去了也。我出的宫门来。叵耐杨国忠这厮,好生无礼,在圣人前奏准,着我做渔阳节度使,明升暗贬。别的都罢,只是我与贵妃有些私事,一旦远离,怎生放的下心。罢、罢、罢!我这一去,到的渔阳,练兵秣马,别作个道理。

正是:画虎不成君莫笑,安排牙爪好惊人。

〔安禄山下。

第一折

〔杨贵妃引宫娥上。

杨贵妃 妾身杨氏,弘农人也。父亲杨玄琰,为蜀州司户。开元二十二年,蒙恩选为寿王妃。开元二十八年八月十五日,乃主上圣节,妾身朝贺。圣上见妾貌类嫦娥,令高力士传旨度为女道士,住内太真宫,赐号太真。天宝四年,册封为贵妃,半后服用,宠幸殊甚。将我哥哥杨国忠加为丞相,姊妹三人封做夫人,一门荣显极矣。近日,边庭送一蕃将来，名安禄山。此人猾黠，能奉承人意，又能胡旋舞，圣人赐与妾为义子，出入宫掖。不期我哥哥杨国忠看出破绽，奏准天子，封他为渔阳节度使，送上边庭。妾心中怀想，不能再见，好是烦恼人也。今日是七月七夕，牛女相会，人间乞巧令节。已曾吩咐宫娥，排设乞巧筵在长生殿，妾身乞巧一番。宫娥，乞巧筵设定不曾？

宫　娥　已完备多时了。

杨贵妃　咱乞巧则个。

〔唐玄宗引宫娥挑灯拿砌末上。

唐玄宗　寡人今日朝回无事，一心只想着贵妃。已令在长生殿设宴，庆赏七夕。内使，引驾去来。

（唱）【仙吕】【八声甘州】

朝纲倦整，寡人待痛饮昭阳，烂醉华清。

却是吾当有幸，

一个太真妃倾国倾城。

珊瑚枕上两意足，翡翠帘前百媚生。

夜同寝，昼同行，

恰似鸾凤和鸣。

寡人自从得了杨妃，真所谓朝朝寒食，夜夜元宵也。

（唱）【混江龙】

晚来乘兴，

一襟爽气酒初醒。

松开了龙袍罗扣，偏斜了凤带红鞓。

侍女齐扶碧玉辇，宫娥双挑绛纱灯。

顺风听，一派箫韶令。

（内作吹打喧笑科）

唐玄宗　是哪里这等喧笑？

| 宫　娥 | 是太真娘娘在长生殿乞巧排宴哩。 |
| 唐玄宗 | 众宫娥，不要走的响，待寡人自看去。 |

唐玄宗　（唱）多咱是胭娇簇拥，粉黛施呈。

（唱）【油葫芦】

报接驾的宫娥且慢行，
亲自听，上瑶阶，那步近前楹。
悄悄蹙蹙款把纱窗映，
扑扑簌簌风飐珠帘影。
我恰待行，打个吃挣。
怪玉笼中鹦鹉知人性，
不住的语偏明。

鹦　鹉	（叫）万岁来了，接驾。
杨贵妃	（惊）圣上来了！（做接驾科）
唐玄宗	（唱）【天下乐】

则见展翅忙呼万岁声，惊的那娉婷将銮驾迎。
一个晕庞儿画不就，描不成。
行的一步步娇，生的一件件撑，
一声声似柳外莺。

卿在此做甚么？

| 杨贵妃 | 今逢七夕，妾身设瓜果之会，问天孙乞巧哩。 |
| 唐玄宗 | （看科）排设的是好也。 |

（唱）【醉中天】

龙麝焚金鼎，花萼插银瓶。
小小金盆种五生，
供养着鹊桥会丹青帧，把一个米来大蜘蛛儿抱定。
搀夺尽六宫庞幸，
更待怎生般智巧心灵。

|||(与杨贵妃砌末科)这金钗一对，钿盒一枚，赐与卿者。

杨贵妃　　(接科)谢了圣恩也。

唐玄宗　　(唱)【金盏儿】

　　　　　我着绛纱蒙，翠盘盛。

　　　　　两般礼物堪人敬，

　　　　　趁着这新秋节令赐卿卿。

　　　　　七宝金钗盟厚意，百花钿盒表深情。

　　　　　这金钗儿教你高耸耸头上顶，

　　　　　这钿盒儿把你另巍巍手中擎。

杨贵妃　　陛下，这秋光可人，妾待与圣驾亭下闲步一番。

唐玄宗　　(做同行科，唱)【忆王孙】

　　　　　瑶阶月色晃疏棂，

　　　　　银烛秋光冷画屏。

　　　　　消遣此时此夜景，

　　　　　有禾步闲庭，

　　　　　苔浸的凌波罗袜冷。

　　　　　这秋景与四时不同。

杨贵妃　　怎见的与四时不同？

唐玄宗　　你听我说。

　　　　　(唱)【胜葫芦】

　　　　　露下天高夜气清，风掠得羽衣轻，

　　　　　香惹丁东环佩声。

　　　　　碧天澄净，银河光莹，

　　　　　只疑是身在玉蓬瀛。

杨贵妃　　今夕牛郎织女相会之期，一年只是得见一遭，怎生便又分离也？

唐玄宗　　(唱)【金盏儿】

露下天高夜气清，风掠得羽衣轻，香惹丁东环佩声。
碧天澄净，银河光莹，只疑是身在玉蓬瀛。

　　　　　他此夕把云路凤车乘，银汉鹊桥平。

　　　　　不甫能今夜成欢庆，

　　　　　枕边忽听晓鸡鸣。

　　　　　却早离愁情脉脉，别泪雨泠泠。

　　　　　五更长叹息，则是一夜短恩情。

杨贵妃　他是天宫星宿，经年不见，不知也曾相忆否？

唐玄宗　他可怎生不想来？

　　　　（唱）【醉扶归】

　　　　　暗想那织女分，牛郎命，

　　　　　虽不老，是长生。

　　　　　他阻隔银河信杳冥，

　　　　　经年度岁成孤另。

　　　　　你试向天宫打听，

　　　　　他绝害了些相思病。

杨贵妃　妾身得侍陛下，宠幸极矣；但恐容貌日衰，不得似织女长久也！

唐玄宗　（唱）【后庭花】

　　　　　偏不是上列着星宿名，下临着尘世生。

　　　　　把天上姻缘重，将人间恩爱轻。

　　　　　各办着真诚，天心必应，

　　　　　量他每何足称。

杨贵妃　妾想牛郎织女，年年相见，天长地久。只是如此，世人怎得似他情长也。

唐玄宗　（唱）【金盏儿】

　　　　　咱日日醉霞觥，夜夜宿银屏；

　　　　　他一年一日，见把佳期等。

　　　　　若论着多多为胜，

咱也合赢。

我为君王犹妄想，你做皇后尚嫌轻。

可知道斗牛星畔客，回首问前程。

杨贵妃 妾蒙主上恩宠无比，但恐春老花残，主上恩移宠衰，使妾有龙阳泣鱼之悲，班姬题扇之怨，奈何！

唐玄宗 妃子，你说哪里话！

杨贵妃 陛下，请示私约，以坚终始。

唐玄宗 咱和你去那处说话去。

（做行科，唱）【醉中天】

我把你半軃的肩儿凭，

她把个百媚脸儿擎。

正是金阙西厢叩玉扃，悄悄回廊静。

靠着这招彩凤、舞青鸾、金井梧桐树影，

虽无人窃听，

也索悄声儿海誓山盟。

妃子，朕与卿尽今生偕老；百年以后，世世永为夫妇。神明鉴护者！

杨贵妃 谁是盟证？

唐玄宗 （唱）【赚煞尾】

长如一双钿盒盛，

休似两股金钗另，

愿世世姻缘注定。

在天呵，做鸳鸯比并，

在地呵，做连理枝生。

月澄澄银汉无声，

说尽千秋万古情。

咱各办着志诚，

你道谁为显证，

有今夜渡天河相见女牛星。

〔唐玄宗下。

第二折

〔安禄山引众将上。

安禄山　某安禄山是也。自到渔阳，操练蕃汉人马，精兵现有四十万，战将千员。如今明皇年已昏眊，杨国忠、李林甫播弄朝政。我今只以讨贼为名，起兵到长安，抢了贵妃，夺了唐朝天下，才是我平生愿足。左右，军马齐备了么？

众　将　都齐备了。

安禄山　着军政司先发檄一道，说某奉密旨讨杨国忠等。随后令史思明领兵三万，先取潼关，直抵京师，成大事如反掌耳！

众　将　得令。

安禄山　今日天晚，明日起兵。

（诗云）统精兵直指潼关，料唐家无计遮拦。

　　　　单要抢贵妃一个，非专为锦绣江山。

〔安禄山下。

〔唐玄宗引高力士，郑观音抱琵琶，宁王吹笛，花奴打羯鼓，黄翻绰执板，捧杨贵妃上。

唐玄宗　今日新秋天气，寡人朝回无事，妃子学得霓裳羽衣舞，同往御园中沉香亭下，闲耍一番。早来到也。你看这秋来风物，好是动人也呵！

（唱）【中吕】【粉蝶儿】

　　　　　天淡云闲，
　　　　　列长空数行征雁。
　　　　　御园中夏景初残：
　　　　　柳添黄，荷减翠，秋莲脱瓣。
　　　　　坐近幽兰，
　　　　　喷清香玉簪花绽。
　　（带云）早到御园中也。虽是小宴，倒也整齐。
　　（唱）【叫声】
　　　　　共妃子喜开颜，
　　　　　等闲，等闲，
　　　　　御园中列肴馔。
　　　　　酒注嫩鹅黄，茶点鹧鸪斑。
　　（唱）【醉春风】
　　　　　酒光泛紫金盅，茶香浮碧玉盏。
　　　　　沉香亭畔晚凉多，把一搭儿亲自拣、拣。
　　　　　粉黛浓妆，管弦齐列，绮罗相间。
　　〔使臣上。
使　臣　（诗云）长安回望绣成堆，山顶千门次第开。
　　　　　　　　一骑红尘妃子笑，无人知是荔枝来。
　　　　小官四川道差来使臣。因贵妃娘好啖鲜荔枝，遵奉诏旨，特来进鲜。早到朝门外了。宫官，通报一声，说四川使臣来进荔枝。
　　　　（做报科）
唐玄宗　引他进来。
使　臣　（见驾科）四川道使臣进贡荔枝。
唐玄宗　（看科）妃子，你好食此果，朕特令他及时进来。
杨贵妃　是好荔枝也。

唐玄宗　　（唱）【迎仙客】

　　　　　　香喷喷正甘,

　　　　　　娇滴滴色初绽,

　　　　　　只疑是九重天谪来人世间。

　　　　　　取时难,得后悭。

　　　　　　可惜不近长安,

　　　　　　因此上教驿使把红尘践。

杨贵妃　　这荔枝颜色娇嫩,端的可爱也。

唐玄宗　　（唱）【红绣鞋】

　　　　　　不则向金盘中好看,

　　　　　　便宜将玉手擎餐,

　　　　　　端的个绛纱笼罩水晶寒。

　　　　　　为甚教寡人醒醉眼,

　　　　　　妃子晕娇颜,

　　　　　　物稀也人见罕。

高力士　　请娘娘登盘,演一回霓裳之舞。

唐玄宗　　依卿奏者。

　　　　　　（杨贵妃做舞,众乐撺掇科）

唐玄宗　　（唱）【快活三】

　　　　　　嘱咐你仙音院莫怠慢,

　　　　　　道与你教坊司要迭办。

　　　　　　把个太真妃扶在翠盘间,

　　　　　　快结束,宜妆扮。

　　　　　　（唱）【鲍老儿】

　　　　　　双撮得泥金衫袖挽,

　　　　　　把月殿里霓裳按,

　　　　　　郑观音琵琶准备弹,

早搭上鲛绡襟。

贤王玉笛，花奴羯鼓，韵美声繁。

宁王锦瑟，梅妃玉箫，嘹亮循环。

（唱）【古鲍老】

屹剌剌撒开紫檀，

黄翻绰向前手拈板。

低低的叫声玉环，

太真妃笑时花近眼。

红牙箸趁五音、击着梧桐案，

嫩枝柯犹未干、更带着瑶琴音泛，

卿呵，你则索出几点琼珠汗。

（杨贵妃舞科）

唐玄宗 （唱）【红芍药】

腰鼓声干，罗袜弓弯，

玉佩叮咚响珊珊，

即渐里舞鞚云鬟。

施呈你蜂腰细，燕体翻，

作两袖香风拂散。

（带云）卿倦也，饮一杯酒者。

（唱）寡人亲捧杯，玉露甘寒，

你可也莫得留残，

拚着个醉醺醺直吃到夜静更阑。

（杨贵妃饮酒科）

〔李林甫上。

李林甫 小官李林甫是也，现为左丞相之职。今早飞报将来，说安禄山反叛，军马浩大，不敢抵敌，只得见驾。（做见驾科）

唐玄宗 丞相有何事这等慌促？

李林甫　　边关飞报，安禄山造反，大势军马杀将来了。陛下，承平日久，人不知兵，怎生是好？

唐玄宗　　你慌做甚么！

（唱）【剔银灯】

只不过奏说边庭上造反，

也合看空便，

觑迟疾紧慢。

等不得俺筵上笙歌散，

可不气丕丕冒突天颜！

那些个齐管仲郑子产，

敢待做假忠孝龙逢比干？

李林甫　　陛下，如今贼兵已破潼关，哥舒翰失守逃回，目下就到长安了，京城空虚，决不能守，怎生是好？

唐玄宗　　（唱）【蔓菁菜】

险些儿慌杀你个周公旦，

李林甫　　陛下，只因女宠盛，谗夫昌，惹起这刀兵来了。

唐玄宗　　（唱）你道我因歌舞坏江山？

你常好是占奸，

早难道羽扇纶巾笑谈间，破强虏三十万。

既贼兵压境，你众官计议，选将统兵，出征便了。

李林甫　　如今京营兵不满万，将官衰老，如哥舒翰名将，尚且支持不住，哪一个是去得的？

唐玄宗　　（唱）【满庭芳】

你文武两班，

空更些乌靴象简，

金紫罗襴。

内中没个英雄汉，

　　　　　扫荡尘寰。
　　　　　惯纵的个无徒禄山，
　　　　　没揣的撞过潼关，
　　　　　先败了哥舒翰。
　　　　　疑怪昨宵向晚，
　　　　　不见烽火报平安。
　　　卿等有何计策，可退贼兵？

李林甫　安禄山部下，蕃汉兵马四十余万，皆是以一当百，怎与他拒敌？莫若陛下幸蜀，以避其锋，待天下兵至，再作计较。

唐玄宗　依卿所奏。便传旨，收拾六官嫔御，诸王百官，明日早起，幸蜀去来。

杨贵妃　（作悲科）妾身怎生是好也！

唐玄宗　（唱）【普天乐】
　　　　　恨无穷，愁无限。
　　　　　争奈仓猝之际，避不得蓦岭登山。
　　　　　銮驾迁，成都盼。
　　　　　更哪堪泸水西飞雁，
　　　　　一声声送上雕鞍。
　　　　　伤心故园，西风渭水，落日长安。

杨贵妃　陛下，怎受得途路之苦？

唐玄宗　寡人也没奈何哩！
　　　（唱）【啄木儿尾】
　　　　　端详了你上马娇，怎支吾蜀道难！
　　　　　替你愁那嵯峨峻岭连云栈，
　　　　　自来驱驰可惯，
　　　　　几程儿挨得过剑门关？
　　　〔同下。

第三折

〔陈玄礼上。

陈玄礼 （诗云）世受君恩统禁军，天颜喜怒得先闻。
太平武备皆无用，谁料狂胡起战尘。
某右龙武将军陈玄礼是也。昨因逆胡安禄山倡乱，潼关失守。昨日宰臣会议，大驾暂幸蜀川，以避其锋。今早飞报说，贼兵离京城不远。圣主令某统领禁军护驾，军马点就多时，专候大驾起行。

〔唐玄宗引杨贵妃及杨国忠、高力士并太子、扈驾郭子仪、李光弼上。

唐玄宗 寡人眼不识人，致令狂胡作乱。事出急迫，只得西行避兵，好伤感人也呵！

（唱）【双调】【新水令】
五方旗招飐日边霞，
冷清清半张銮驾。
鞭佅鸟，镫慵踏，
回首京华，
一步步放不下。

（带云）寡人深居九重，怎知闾阎贫苦也！

（唱）【驻马听】
隐隐天涯，
剩水残山五六搭；
萧萧林下，

　　　　　坏垣破屋两三家。

　　　　　秦川远树雾昏花，

　　　　　灞桥柳风潇洒。

　　　　　煞不如碧窗纱，晨光闪烁鸳鸯瓦。

　　〔父老上。

父　老　　圣上，乡里百姓叩头。

唐玄宗　　父老有何话说？

父　老　　官阙，陛下家居；陵寝，陛下祖墓，今舍此欲何之？

唐玄宗　　寡人不得已，暂避兵耳。

父　老　　陛下既不肯留，臣等愿率子弟，从殿下东破贼，取长安。若愉下与至尊皆入蜀，使中原百姓，谁为之主？

唐玄宗　　父老说的是。左右，宣我儿近前来者。

　　　　　（太子做见科）

唐玄宗　　众父老说，中原无主，留你东还，统兵杀贼。就令郭子仪、李光弼为元帅，后军分拨三千人，跟你回去，你听我说。

　　　　　（唱）【沉醉东风】

　　　　　父老每忠言听纳，教小储君专任征伐。

　　　　　你也合分取些社稷忧，怎肯教别人把江山霸？

　　　　　将这颗传国宝你行留下，

太　子　　儿子只统兵杀贼，岂敢便登天位？

唐玄宗　　（唱）剿除了贼徒，救了国家，更避甚称孤道寡？

太　子　　既为国家重事，儿子领诏旨，率领郭子仪、李光弼回去也。

　　　　　（做辞驾科）（众军不行科）

唐玄宗　　（唱）【庆东原】

　　　　　前军疾行动，因甚不进发？

　　　　　（众军呐喊科）

唐玄宗　　（唱）一行人觑了皆惊怕。

　　　　　嗔忿忿停鞭立马，恶噉噉披袍贯甲，明飙飙掣剑离匣，
　　　　　齐臻臻雁行班排，密匝匝鱼鳞似亚。

陈玄礼　众军士说，国有奸邪，以致乘舆播迁；君侧之祸不除，不能敛戢众志。

唐玄宗　这是怎么说？

　　　　（唱）【步步娇】

　　　　　寡人呵万里烟尘，你也合嗟讶，
　　　　　就势儿把吾当唬，国家又不曾亏你半掐。
　　　　　因甚军心有争差？
　　　　　问卿咱，为甚不说半句儿知心话？

陈玄礼　杨国忠专权误国，今又与吐蕃使者交通，似有反情，请诛之以谢天下。

唐玄宗　（唱）【沉醉东风】

　　　　　据着杨国忠合该万剐，
　　　　　斗的个禄山贼乱了中华。
　　　　　是非寡人股肱难弃舍，更兼与妃子骨肉相牵挂。
　　　　　断遣尽枉展污了五条刑法，
　　　　　把他剥了官职，贬做穷民，也是阵杀，
　　　　　允不允，陈玄礼将军鉴察！

　　　　（众军怒喊科）

陈玄礼　陛下，军心已变，臣不能禁止，如之奈何？

唐玄宗　随你罢！

　　　　（众杀杨国忠科）

唐玄宗　（唱）【雁儿落】

　　　　　数层枪，密匝匝，
　　　　　一声喊，山摧塌。
　　　　　原来是陈将军号令明，把杨国忠施行罢。

（众军仗剑拥上科）

唐玄宗　（唱）【拨不断】

语喧哗，

闹交杂，

六军不进屯戈甲。

把个马嵬坡簇合沙，

又待做甚么？唬的我战钦钦遍体寒毛乍。

（带云）吃紧的军随印转，将令威严；兵权在手，主弱臣强。卿呵，

（唱）则你道波，寡人是怕也那不怕！

杨国忠杀了，您众军不进，却为甚的？

陈玄礼　国忠谋反，贵妃不宜供奉，愿陛下割恩正法。

唐玄宗　（唱）【搅筝琶】

高力士，道与陈玄礼休没高下，

岂可教妃子受刑罚？

她见请受着皇后中宫，兼踏着寡人御榻。

她又无罪过，颇贤达。

须不似周褒姒举火取笑，纣妲己敲胫觑人。

早间把他个哥哥坏了，总便有万千不是，看寡人也合饶过她，

怎一地胡拿！

高力士　贵妃诚无罪，然将士已杀国忠，贵妃在陛下左右，岂敢自安。愿陛下审思之，将士安，则陛下安矣。

唐玄宗　（唱）【风入松】

只不过凤箫羯鼓间琵琶，

忽剌剌板撒红牙。

假若更添个六幺花十八，

>　　　　哪些儿是败国亡家！
>　　　　可知道陈后主遭着杀伐，
>　　　　皆因唱《后庭花》。

杨贵妃　　妾死不足惜，但主上之恩，不曾报得，数年恩爱，教妾怎生割舍？

唐玄宗　　妃子，不济事了，六军心变，寡人自不能保。

（唱）【胡十八】
>　　　　似恁地对咱，多应来变了卦。
>　　　　见俺留恋着她，
>　　　　龙泉三尺手中拿。
>　　　　便不将她刺将，也将她吓杀。
>　　　　更问甚陛下，大古是知重俺帝王家？

陈玄礼　　愿陛下早割恩正法。

杨贵妃　　陛下，怎生救妾身一救？

唐玄宗　　寡人怎生是好？

（唱）【落梅风】
>　　　　眼儿前不甫能栽起合欢树，
>　　　　恨不得手掌里奇擎着解语花，
>　　　　尽今生翠鸾同跨。
>　　　　怎生般爱她看待她，
>　　　　怎下的教横拖在马嵬坡下！

陈玄礼　　禄山反逆，皆因杨氏兄妹；若不正法，以谢天下，祸变何时得消？望陛下乞与杨氏，使六军马踏其尸，方得凭信。

唐玄宗　　她如何受的？高力士，引妃子去佛堂中，令其自尽，然后教军士验看。

高力士　　有白练在此。

唐玄宗　　（唱）【殿前欢】

　　　　　　她是朵娇滴滴海棠花，

　　　　　　怎做得闹荒荒亡国祸根芽？

　　　　　　再不将曲弯弯远山眉儿画，

　　　　　　乱松松白鬓堆鸦。

　　　　　　怎下的碜磕磕马蹄儿脸上踏，

　　　　　　则将细袅袅咽喉掐，

　　　　　　早把条长挽挽素白练安排下。

　　　　　　她那里一身受死，我痛煞煞独力难加。

高力士　　娘娘去罢，误了军行。

杨贵妃　　（回望科）陛下好下的也！

唐玄宗　　卿休怨寡人！

　　　　（唱）【沽美酒】

　　　　　　没乱杀，怎救拔？

　　　　　　没奈何，怎留她？

　　　　　　把死限俄延了多半霎，

　　　　　　生各支勒杀，

　　　　　　陈玄礼闹交加。

　　〔高力士引杨贵妃下。

唐玄宗　　（唱）【太平令】

　　　　　　怎的教酩子里题名单骂，

　　　　　　脑背后着武士金瓜。

　　　　　　教几个鲁莽的宫娥监押，

　　　　　　休将那软款的娘娘惊吓。

　　　　　　你呀，见她，问咱，可怜见唐朝天下。

　　〔高力士持杨贵妃衣上。

高力士　　娘娘已赐死了，六军进来看视。

　　　　（陈玄礼率众马践科）

唐玄宗　（做哭科）妃子，闪杀寡人也呵！

　　　　　（唱）【三煞】
　　　　　　　　不想你马嵬坡下今朝化，
　　　　　　　　没指望长生殿里当时话。

　　　　　（唱）【太清歌】
　　　　　　　　恨无情卷地狂风刮，
　　　　　　　　可怎生偏吹落我御苑名花！
　　　　　　　　想她魂断天涯，
　　　　　　　　作几缕儿彩霞。
　　　　　　　　天哪！
　　　　　　　　一个汉明妃远把单于嫁，
　　　　　　　　只不过泣西风泪湿胡笳。
　　　　　　　　几曾见六军厮践踏，
　　　　　　　　将一个尸首卧黄沙？

唐玄宗　（做拿汗巾哭科）妃子不知哪里去了，只留下这个汗巾儿，好伤感人也！

　　　　　（唱）【二煞】
　　　　　　　　谁收了锦缠联窄面吴绫袜，
　　　　　　　　空感叹这泪斑斓拥项鲛绡帕。

　　　　　（唱）【川拨棹】
　　　　　　　　痛怜她不能够水银灌玉匣，
　　　　　　　　又没甚彩女监宫娃，
　　　　　　　　拽布拖麻，
　　　　　　　　奠酒浇茶。
　　　　　　　　只索浅土儿权时葬下，
　　　　　　　　又不及选山陵，将墓打。

　　　　　（唱）【鸳鸯煞】

黄埃散漫悲风飒,

碧云黯淡斜阳下。

一程程水绿山青,一步步剑岭巴峡。

唱道感叹情多,恓惶泪洒,

早得升遐,

休休却是今生罢。

这个不得已的官家,

哭上逍遥玉骢马。

〔唐玄宗同下。

第四折

〔高力士上。

高力士 自家高力士是也。自幼供奉内宫,蒙主上抬举,加为六宫提督太监。往年主上悦杨氏容貌,命某取入宫中,宠爱无比,封为贵妃,赐号太真。后来逆胡称兵,伪诛杨国忠为名,逼的主上幸蜀。行至中途,六军不进。右龙武将军陈玄礼奏过,杀了国忠,祸连贵妃。主上无可奈何,只得从之,缢死马嵬驿中。今日贼平无事,主上还国,太子做了皇帝。主上养老,退居西宫,昼夜只是想贵妃娘娘。今日教某挂起真容,朝夕哭奠。不免收拾停当,在此伺候咱。

〔唐玄宗上。

唐玄宗 寡人自幸蜀还京,太子破了逆贼,即了帝位。寡人退居西宫养老,每日只是思量妃子。教画工画了一轴真容供养着,每日相对,越着烦恼也呵!

（做哭科，唱）【正宫】【端正好】

　　自从幸西川还京兆，

　　甚的是月夜花朝！

　　这半年来白发添多少，

　　怎打叠愁容貌！

（唱）【幺篇】

　　瘦岩岩不避群臣笑，

　　玉仪儿将画轴高挑。

　　荔枝花果香檀桌，目觑了伤怀抱。

（做看真容科，唱）【滚绣球】

　　险些把我气冲倒，

　　身谩靠，

　　把太真妃放声高叫。

　　叫不应，雨泪嚎咷。

　　这待诏手段高，

　　画的来没半星儿差错。

　　虽然是快染能描，

　　画不出沉香亭畔回鸾舞，花萼楼前上马娇，

　　一段儿妖娆。

（唱）【倘秀才】

　　妃子呵，

　　常记得千秋节华清宫宴乐，七夕会长生殿乞巧。

　　誓愿学连理枝比翼鸟，

　　谁想你乘彩凤返丹霄，命夭！

（带云）寡人越看越添伤感，怎生是好！

（唱）【呆骨朵】

　　寡人有心待盖一座杨妃庙，

争奈无权柄谢位辞朝。

则俺这孤辰限难熬,

更打着离恨天最高。

在生时同衾枕,不能够死后也同棺椁。

谁承望马嵬坡尘土中,可惜把一朵海棠花零落了。

（带云）一会儿身子困乏,且下这亭子去闲行一会咱。

（唱）【白鹤子】

那身离殿宇,信步下亭皋。

见杨柳袅翠蓝丝,芙蓉拆胭脂萼。

（唱）【幺】

见芙蓉怀媚脸,遇杨柳忆纤腰。

依旧的两般儿点缀上阳宫,她管一灵儿潇洒长安道。

（唱）【幺】

常记得碧梧桐阴下立,红牙箸手中敲。

她笑整缕金衣,舞按霓裳乐。

（唱）【幺】

到如今翠盘中荒草满,芳树下暗香消。

空对井梧阴,不见倾城貌。

（做叹科）寡人也怕闲行,不如回去来。

（唱）【倘秀才】

本待闲散心追欢取乐,倒惹的感旧恨天荒地老。

快快归来凤帏悄,

甚法儿挨今宵?

懊恼!

（带云）回到这寝殿中,一弄儿助人愁也。

（唱）【芙蓉花】

淡氤氲篆烟袅,

昏惨刺银灯照。

玉漏迢迢,

才是初更报。

暗觑清宵,

盼梦里她来到。

却不道口是心苗,

不住的频频叫。

(带云)不觉一阵昏迷上来,寡人试睡些儿。

(唱)【伴读书】

一会家心焦躁,

四壁厢秋虫闹。

忽见掀帘西风恶,遥观满地阴云罩。

俺这里披衣闷把帏屏靠,

业眼难交。

(唱)【笑和尚】

原来是滴溜溜绕闲阶败叶飘,

疏刺刺刷落叶被西风扫,

忽鲁鲁风闪得银灯爆。

厮琅琅鸣殿铎,扑簌簌动朱箔,吉丁当玉马儿向檐间闹。

(做睡科,唱)【倘秀才】

闷打颏和衣卧倒,软兀剌方才睡着。

〔杨贵妃上。

杨贵妃	妾身贵妃是也。今日殿中设宴,宫娥,请主上赴席咱。
唐玄宗	(唱)忽见青衣走来报,道太真妃将寡人邀,宴乐。
	(见杨贵妃科)妃子,你在哪里来?
杨贵妃	今日长生殿排宴,请主上赴席。

唐玄宗　吩咐梨园子弟齐备着。

〔杨贵妃下。

唐玄宗　（做惊醒科）呀！原来是一梦。分明梦见妃子，却又不见了。

（唱）【双鸳鸯】

　　斜軃翠鸾翘，浑一似出浴的旧风标，

　　映着云屏一半儿娇。

　　好梦将成还惊觉，半襟情湿鲛绡。

（唱）【蛮姑儿】

　　懊恼，

　　窨约。

　　惊我来的又不是楼头过雁，砌下寒蛩，檐前玉马，

　　架上金鸡；是兀那窗儿外梧桐上雨潇潇。

　　一声声洒残叶，一点点滴寒梢，

　　会把愁人定虐。

（唱）【滚绣球】

　　这雨呵，又不是救旱苗，

　　润枯草，洒开花萼，谁望道秋雨如膏。

　　向青翠条，

　　碧玉梢，碎声儿忔剥，增百十倍，歇和芭蕉。

　　子管里珠连玉散飘千颗，平白地瀽瓮番盆下一宵，

　　惹得人心焦。

（唱）【叨叨令】

　　一会价紧呵，似玉盘中万颗珍珠落；

　　一会价响呵，似玳筵前几簇笙歌闹；

　　一会价清呵，似翠岩头一派寒泉瀑；

　　一会价猛呵，似绣旗下数面征鼙操。

　　兀的不恼杀人也么哥！则被他诸般儿雨声相聒噪。

（唱）【倘秀才】

这雨一阵阵打梧桐叶凋，

一点点滴人心碎了。

枉着金井银床紧围绕，

只好把泼枝叶做柴烧，锯倒。

（带云）当初妃子舞翠盘时，在此树下，寡人与妃子盟誓时，亦对此树。今日梦境相寻，又被它惊觉了。

（唱）【滚绣球】

长生殿那一宵，

转回廊，说誓约，

不合对梧桐并肩斜靠，

尽言词絮絮叨叨。

沉香亭那一朝，按霓裳，舞六幺，

红牙箸击成腔调，

乱宫商闹闹吵吵。

是兀那当时欢会栽排下，今日凄凉厮辏着，暗地量度。

高力士 主上，这诸样草木，皆有雨声，岂独梧桐？

唐玄宗 你哪里知道，我说与你听者。

（唱）【三煞】

润蒙蒙杨柳雨，凄凄院宇侵帘幕。

细丝丝梅子雨，装点江干满楼阁。

杏花雨红湿栏干，梨花雨玉容寂寞。

荷花雨翠盖翩翩，豆花雨绿叶萧条。

都不似你惊魂破梦，助恨添愁，彻夜连宵。

莫不是水仙弄娇，蘸杨柳洒风飘？

（唱）【二煞】

咻咻似喷泉瑞兽临双沼，

刷刷似食叶春蚕散满箔。

乱洒琼阶，水传宫漏，飞上雕檐，酒滴新槽。

直下的更残漏断，枕冷衾寒，烛灭香消。

可知道夏天不觉，把高凤麦来漂。

（唱）【黄钟煞】

顺西风低把纱窗哨，

送寒气频将绣户敲。

莫不是天故半人愁闷搅？

前度铃声响栈道。

似花奴羯鼓调，

如伯牙《水仙操》。

洗黄花润篱落，渍苍苔倒墙角。

渲湖山漱石窍，浸枯荷溢池沼。

沾残蝶粉渐消，洒流萤焰不着。

绿窗前促织叫，声相近雁影高。

催邻砧处处捣，助新凉分外早。

斟量来这一宵，雨和人紧厮熬。

伴铜壶点点敲，雨更多泪不少。

雨湿寒梢，泪染龙袍，不肯相饶。

共隔着一树梧桐直滴到晓。

题目： 安禄山反叛兵戈举　陈玄礼拆散鸾凤侣
正名： 杨贵妃晓日荔枝香　唐明皇秋夜梧桐雨

〔剧终〕

裴少俊墙头马上

白　朴

剧目说明

《裴少俊墙头马上》（简名《墙头马上》），白朴作。本剧在《录鬼簿》《太和正音谱》中并著。

全剧四折，旦本，正旦扮李千金。事本白居易《井底引银瓶》，剧本大大地丰富了原诗的内容，通过李千金和裴少俊悲欢离合的爱情故事，歌颂了青年男女自主婚姻的合理性，猛烈抨击了以裴行俭为代表的封建卫道士，表现了"只要姻缘天配合，何必区区结彩楼"的个性解放思想。剧写：工部尚书裴行俭之子裴少俊代父到洛阳买花栽子，适逢洛阳总管李世杰之女李千金立于花园墙头观景，二人一见钟情，相约夜会后花园。欢会之际，被嬷嬷发现，要将裴少俊送官究办，李千金央求嬷嬷放她与裴少俊逃走。两人私奔后，李千金藏在裴家后花园，生下一双儿女。七年后，裴行俭游园时发现李千金及其儿女，怒斥李千金是"倡优酒肆之家"，"你比无盐败坏风俗，做的个男游九郡，女嫁三夫"，逼迫少俊写休书，要将李千金赶出家门。李千金毫不妥协，据理反抗，裴尚书又叫她石上磨簪，银瓶汲水，如瓶坠簪折，便要其留下子女回娘家。在裴尚书的威胁逼迫下，李千金被迫独自回归洛阳。不久，少俊中了进士，官任洛阳县尹。一家三代五口人齐到李千金家认亲，李千金执意不允，后因儿女啼哭哀求，才同意与裴少俊重归于好。

剧本成功地塑造了李千金大胆泼辣、勇于追求自由的形象。有别于其他杂剧中的大家闺秀，李千金敢于蔑视封建礼教而私奔，还敢于为自己的行为辩护，有民间市井女子的泼辣特征。和一般怀春少女不同的是，她更加看重人格的尊严。如第三折，面对裴尚书的污蔑，她理直气壮地宣称"我则是裴少俊一个""这姻缘也是天赐的"，强调自己行为的合理和人格的纯洁。第四折中，她拒绝裴家父子，拒绝梦寐以求的婚配，正是受损害者作出的抗争。她对少俊并非没有感情，但为了维护自己的尊严，她甚至不惜割舍这段感情。所以，剧中渴望美好爱情的李千金，所看重的又不仅仅是爱情。由于李千金注重维护自己的理想和人格，因此，她敢于把封建道德和封建伦理，统统扔到脑后，理直气壮地掌握自己的命运，表现出坚毅倔强的个性。

作者善于在激烈的戏剧冲突中塑造性格鲜明的人物形象。李千金的上述形象就是在一系列矛盾斗争中逐步凸显的。第二折中，她与裴少俊的约会被奶妈发现，要送官府治罪，她以死抗争；第三折中，裴行俭辱骂她是娼妓，她据理力争；第四折中，裴少俊要求复婚，她讽刺他"读五车书会写休书"等，都突出了千金勇敢、泼辣的性格，塑造了一个勇敢追求自由爱情、自主婚姻的女性形象。

作者还擅长运用对比方法突出主要人物形象。李千金勇于抗争的坚强性格，正是在裴少俊、裴行俭等人物的对比下显现出来的。在第三折，裴行俭威吓要将千金、少俊送到官府治罪，少俊无奈被迫写下休书，而千金却从容镇定，主动争取。少俊的软弱与千金的坚强形成对比。在第四折，裴行俭已退职为民，并发现千金原来是皇亲国戚，便上门赔礼，请求千金与少俊复婚。而李千金始终坚持自主婚姻的合理性，裴行俭的虚伪与李千金的真诚亦形成鲜明对比，突出了主人公李千金的形象。

全剧结构严谨，情节变化合情合理。曲词本色通俗，真实生动，而且性格化。后人对此剧多有赞赏。青木正儿在《元人杂剧概论》中评曰："曲辞典丽，可与《西厢记》相比，而女主人公的性格，又比《西厢记》的更为热情、果敢、意志坚强。结构则直截简明，而并不平板。第四折团圆那一场的紧张，尤其写得出色。"今人有改编本，昆剧、京剧、越剧、黄梅戏等不少剧种均有演出。俞振飞、言慧珠主演的昆曲《墙头马上》，在1963年，还被拍成了戏曲电影流传至今。

现存脉望馆校《古名家杂剧》本、明代臧懋循《元曲选》本、明代孟称舜《古今名剧合选·酹江集》本。另有王季思编《全元戏曲》本、王文才《白朴戏曲集校注》本、王学奇等《元曲选校注》本、徐沁君等《元曲四大家名剧选》本等。现以《元曲选》为底本，参校《古名家杂剧》本、《古今名剧合选·酹江集》本。

（陈建平整理）

人物表：

李千金　　旦扮演，美丽多情，出身富贵，有反抗精神。

裴少俊　　生扮演，风流倜傥，情感专一，儒弱寡信，但知错能改。

裴尚书　　冲净扮演，裴少俊之父。

李总管　　外扮演，李千金之父。

梅香、李夫人、张千、嬷嬷等

第一折

〔裴尚书引老旦扮夫人上。

裴尚书 （诗云）满腹诗书七步才，绮罗衫袖拂香埃。

今生坐享荣华福，不是读书哪里来？

老夫工部裴尚书裴行俭是也。夫人柳氏，孩儿少俊。方今唐高宗即位仪凤三年。自去年驾幸西御园，见花木狼藉，不堪游赏，奉命前往洛阳，不问权豪势要之家，选拣奇花异卉，和买花栽子，趁时栽接。为老夫年高，奏过官里，教孩儿少俊承宣驰驿，代某前去。自新正为始，得了六日宣限，那的是老夫有福处。少俊三岁能言，五岁识字，七岁草字如云，十岁吟诗应口，才貌两全，京师人每呼为少俊。年当弱冠，未曾娶妻，不亲酒色。如今差他出去公干，万无一失。教张千服侍舍人，在一路上休教他胡行，替俺买花栽子去来。

〔裴尚书下。李总管上。

李总管 老夫姓李，双名世杰，乃李广之后，当今皇上之族，嫡亲三口儿，夫人张氏，有女孩儿小字千金，年方一十八岁，尤善女工，深通文墨，志量过人，容颜出世。老夫前任京兆留守，因讽谏则天，谪降洛阳总管。老夫当初曾与裴尚书议结婚姻，只为宦路相左，遂将此事都不提起了。如今左司家勾唤我，今日便行，留下夫人与孩儿，紧守闺门。待我回来，另议亲事，未为迟也。

〔李总管下。

〔裴少俊引张千上。

裴少俊 小生是工部裴尚书舍人裴少俊。自三岁能言，五岁识字，七岁草字如云，十岁吟诗应口，才貌两全，京师人每呼为少俊。年当弱冠，未曾娶妻，惟亲诗书，不通女色。承宣驰驿，前来洛阳，不问权豪势要之家，名园佳圃，选拣奇花，和买花栽子。就用一车装送，来日起程。今日乃三月初八日，上巳节令，洛阳王孙士女，倾城玩赏。张千，咱每也同你看去来。

〔裴少俊下。

〔李千金领梅香上。

李千金 妾身李千金是也。今日是三月上巳，良辰佳节，是好春景也呵！

梅　香 小姐，观此春天，真好景致也。

李千金 梅香，你觑着围屏上佳人才子，士女王孙，是好华丽也。

梅　香 小姐，佳人才子为甚都上屏障，非同容易也呵！

李千金 （唱）【仙吕】【点绛唇】

　　往日夫妻，凤缘仙契。

　　多才艺，倩丹青写入屏围，真乃是画出个蓬莱意。

梅　香 小姐看这围屏，有个主意：梅香猜着了也，少一个女婿哩！

李千金 （唱）【混江龙】

　　我若还招得个风流女婿，

　　怎肯教费工夫学画远山眉。

　　宁可教银釭高照，锦帐低垂；

　　菡萏花深鸳并宿，梧桐枝隐凤双栖。

　　这千金良夜，一刻春宵，

　　谁管我衾单枕独数更长，则这半床锦褥枉呼做鸳鸯被。

梅　香	等老相公回来呵，寻一门亲事，可不好也。
李千金	（唱）流落的男游别郡，耽搁的女怨深闺。
梅　香	小姐，这几日越消瘦了。
李千金	（唱）【油葫芦】

　　　　　　我为甚消瘦春风玉一围，又不曾染病疾，

　　　　　　近新来宽褪了旧时衣。

| 梅　香 | 夫人道，小姐不快时，少做女工，胜服汤药。 |
| 李千金 | （唱）害的来不疼不痛难医治，吃了些好茶好饭无滋味， |

　　　　　　似舟中载倩女魂，天边盼织女期。

　　　　　　这些时困腾腾，每日家贪春睡，

　　　　　　看时节针线强收拾。

　　　（唱）【天下乐】

　　　　　　我可便提起东来忘了西，

| 梅　香 | 昨日几家来问亲，小姐不语怎么？ |
| 李千金 | （唱）咱萱堂又虚着面皮， |

　　　　　　至如个穷人家，孩儿到十六七，

　　　　　　或是谁家来问亲，哪家来做媒，

　　　　　　你教女孩羞答答说甚的？

| 梅　香 | 今日上巳，王孙士女，宝马香车，都去郊外玩赏去了，咱两个去后花园内看一看来。 |
| 李千金 | （做行科）梅香，将着纸墨笔砚，咱去来。 |

　　　（唱）【哪吒令】

　　　　　　本待要送春向池塘草萋，

　　　　　　我且来散心到荼蘼架底，

　　　　　　我待教寄身在蓬莱洞里。

　　　　　　蹙金莲红绣鞋，荡湘裙鸣环佩，转过那曲槛之西。

　　　（唱）【鹊踏枝】

怎肯道负花期，惜芳菲。

粉悴胭憔，他绿暗红稀。

九十日春光如过隙，

怕春归又早春归。

（唱）【寄生草】

柳暗青烟密，

花残红雨飞。

这人、人和柳浑相类，花心吹得人心碎，

柳眉不转蛾眉系。

为甚西园陡恁景狼藉？

正是东君不管人憔悴！

（唱）【幺篇】

榆散青钱乱，梅攒翠豆肥。

轻轻风趁蝴蝶队，

霏霏雨过蜻蜓戏，融融沙暖鸳鸯睡。

落红踏践马蹄尘，残花酝酿蜂儿蜜。

〔裴少俊骑马引张千上。

裴少俊 方信道洛阳花锦之地，休道城中有多少名园。（做点花本科）你觑这一所花园。（做见李千金惊科）一所花园。呀，一个好姐姐！

李千金 （见裴少俊科）呀，一个好秀才也！

（唱）【金盏儿】

兀那画桥西，猛听的玉骢嘶。

便好道杏花一色红千里，

和花掩映美容仪。

他把乌靴挑宝镫，玉带束腰围，真乃是能骑高价马，

会着及时衣。

便好道杏花一色红千里,和花掩映美容仪。
他把乌靴挑宝镫,玉带束腰围,真乃是能骑高价马,会着及时衣。

裴少俊　　你看她雾鬓云鬟，冰肌玉骨；花开媚脸，星转双眸。只疑洞府神仙，非是人间艳冶。

梅　香　　小姐，你听来。

李千金　　（唱）【后庭花】
　　　　　　　　休道是转星眸上下窥，
　　　　　　　　恨不得倚香腮左右偎。
　　　　　　　　便锦被翻红浪，罗裙作地席。

梅　香　　小姐休看他，倘有人看见。

李千金　　（唱）既待要暗偷期，咱先有意，
　　　　　　　　爱别人可舍了自己。

梅　香　　小姐，你却顾盼他，他可不顾盼你哩。

张　千　　（做催科）舍人，休要惹事，咱城外去看来。

裴少俊　　四目相觑，各有眷心，从今以后，这相思须害也。

张　千　　（做催打马科）舍人去罢。

裴少俊　　如此佳丽美人，料她识字，写个简帖儿嘲拨她。张千，将纸笔来，看她理会的么。（做写料）张千，将这简帖儿与那小姐去。

张　千　　舍人使张千去，若有人撞见，这顿打可不善也。

裴少俊　　我教你，有人若问呵，则说俺买花栽子，不妨事。若见那小姐，说俺舍人教送与你。

张　千　　舍人，我去。

裴少俊　　那小姐喜欢，你便招手唤我，我便来；若是抢白，你便摆手，我便走。

张　千　　我知道。（做见张千金科）小姐，你这后花园里有卖花栽子么？

梅　香　　这里花栽子谁要买？

张　千　　俺那舍人要买。（做招手）

裴少俊　　（望科）谢天地，事已谐矣！

梅　香　　（做叫科）小姐，那两个人拿过一张儿纸来，不知写甚么，小姐看咱！

李千金　　（做念诗科）只疑身在武陵游，流水桃花隔岸羞。
　　　　　　　　　咫尺刘郎肠已断，为谁含笑倚墙头。

　　　　　　梅香，将纸笔来。（做写科）梅香，我央你咱，你勿阻我。将这一首诗送与那舍人。

梅　香　　小姐，教我送这诗与谁去也？诗中意怎生？见那秀才道甚的？则怕有人撞见怎了？

李千金　　好姐姐，你与我走一遭去。

梅　香　　你往常打我骂我，今日为甚的央我？着我寄与谁？

李千金　　（唱）【幺篇】
　　　　　　　　你道是情词寄与谁，我道来新诗权做媒。
　　　　　　　　我映丽日墙头望，他怎肯袖春风马上归。
　　　　　　　　怕的是外人知，你便叫天叫地，
　　　　　　　　哎！小梅香好不作美。

梅　香　　这简帖我送与老夫人去。

李千金　　梅香，我央及你，要告老夫人呵，可怎了！

梅　香　　你慌么？

李千金　　可知慌哩。

梅　香　　你怕么？

李千金　　可知怕哩。

梅　香　　我斗你耍哩。

李千金　　则被你唬杀我也。

梅　香　　（送裴少俊科）俺小姐上复舍人，看这首诗咱。

裴少俊　　（看科）（诗云）深闺拘束暂闲游，手拈青梅半掩羞。
　　　　　　　　　莫负后园今夜约，月移初上柳梢头。

	李千金作。这小姐有倾城之态，出世之才，可为囊箧宝玩。
梅　香	俺小姐道来，今夜后园中赴期，休得失信。
裴少俊	张千，俺打哪里过去？
张　千	跳墙过去！
梅　香	（转向李千金科）小姐，他待跳墙来也！
李千金	（唱）【赚煞】

　　这一堵粉墙儿低，

　　这一带花阴儿密。

　　与你个在客的刘郎说知：

　　虽无那流出胡麻香饭水，比天台山到径抄直。

　　莫疑迟，等的那斗转星移，

　　休教这印苍苔的凌波袜儿湿。

　　将湖山困倚，把角门儿虚闭，

　　这后花园权做武陵溪。

〔李千金下。

| 裴少俊 | 惭愧！这一场喜事，非同小可。只等得天晚，便好赶约去也。（诗云）偶然间两相窥望，引逗的春心狂荡。 |

　　　　今夜里早赴佳期，成就了墙头马上。

〔裴少俊下。

第二折

〔李夫人同嬷嬷上。

| 李夫人 | 老身是李相公夫人。相公左司家唤的去了，不见回来。今日老身东阁下探妗子回来，身子有些不快。天色晚也，梅 |

香，绣房中道与小姐，休教她出来。嬷嬷收拾前后，我歇息去也。

〔李夫人下。裴少俊上。

裴少俊　我回到这馆驿安下，心中闷倦，哪里有心去买花栽子。巴不得天晚了也，我如今与小姐赴期去来。

〔裴少俊下。

〔李千金同梅香上。

李千金　今日因去后园中看花，墙头见了那生，四目相视，各有此心，将一个简帖儿约今夜来赴期。我回到绣房中，梅香，不知夫人睡去也不曾？

梅　香　我去看来。

〔下。

（李千金做睡科）

梅　香　（梅香推科）小姐，小姐！

李千金　（醒科）我正好做梦哩。

梅　香　你梦见甚么来？

李千金　（唱）【南吕】【一枝花】

　　　　睡魔缠缴得慌，别恨禁持得煞。
　　　　离魂随梦去，几时得好事奔人来。
　　　　一见了多才，口儿里念，心儿里爱，
　　　　合是姻缘簿上该。
　　　　则为画眉的张敞风流，掷果的潘郎稔色。

梅　香　今夜好歹来也，则管里作念的眼前活现。

李千金　（唱）【梁州第七】

　　　　早是抱闲怨，时乖运蹇；
　　　　又添这害相思，月值年灾。

（带云）休道是我，

	（唱）天若知道和天也害。
	梅香，这早晚多早晚也？
梅　香	是申牌时候了。
李千金	（唱）几时得月离海峤，才则是日转申牌。
梅　香	小姐，日头下去了，一天星月出来了。
李千金	（唱）怕露惊宿鸟，风弄庭槐。
	看银河斜映瑶阶，都不动纤细尘埃。
	月也，你本细如弓，一半儿蟾蜍，
	却休明如镜照三千世界，冷如冰浸十二瑶台。
	禁垆瑞霭，把剔团圞明月深深拜，
	你方便，我无碍。
	深拜你个嫦娥不妒色，你敢且半霎儿雾锁埋。
梅　香	这场事也非容易哩！
李千金	（唱）【牧羊关】
	待月帘微簌，迎风户半开；
	你看这场风月规划。
梅　香	怎生规划？
李千金	你与我接去。
梅　香	怕他不来！倒教我去接他。
李千金	（唱）就着这风送花香，笼月色。
梅　香	小姐，为甚么着我接他去？
李千金	（唱）你道为甚着你个丫环迎少俊，我则怕似赵杲送曾哀。
梅　香	这里线也似一条直路，怕他迷了道儿？
李千金	（唱）你道方径直如线，我道侯门深似海。
梅　香	你两个头目，自说话来。
李千金	（唱）【骂玉郎】
	相逢正是花溪侧，也须穿短巷过长街。

梅　香　　到那里便唤你来。

李千金　　（唱）又不比秦楼夜宴金钗客，这的担着利害，
　　　　　　　　把你那小性格且宁奈。

　　　　　（唱）【感皇恩】
　　　　　　　　咱这大院深宅，幽砌闲阶，
　　　　　　　　不比操琴堂，沽酒舍，看书斋。

梅　香　　迟又不是，疾又不是，怎生可是？

李千金　　（唱）教你轻分翠竹，款步苍台，
　　　　　　　　休惊起庭鸦喧，邻犬吠，怕院公来。

梅　香　　小姐，这来时可着多早晚也？

李千金　　（唱）【采茶歌】
　　　　　　　　把粉墙儿挨，角门儿开，
　　　　　　　　等夫人烧罢夜香来。
　　　　　　　　月色朦胧天色晚，鼓声才动角声哀。

梅　香　　我说与你，夫人已睡了也，一准不来了。今夜嬷嬷又在前面守着库房门哩。大色晚了，找点上灯，就接姐夫去。

〔裴少俊引张千上。

裴少俊　　张千，休大惊小怪的，你只在墙外等着。（做跳墙见科）梅香，我来了也。

梅　香　　我说去。小姐，姐夫来了也。你两个说话，我门首看着。

裴少俊　　小生是个寒儒，小姐不弃，小生杀身难报。

李千金　　舍人则休负心！

　　　　　（唱）【隔尾】
　　　　　　　　我推粘翠靥遮宫额，怕绰起罗裙露绣鞋。
　　　　　　　　我忙忙扯的鸳鸯被儿盖，
　　　　　　　　翠冠儿懒摘，画屏儿紧挨。
　　　　　　　　是他撒滞殢，把香罗带儿解。

〔嬷嬷上。〕

嬷　嬷　这早晚小姐房里有人说话，在窗下听咱。呀，果然有人，我去觑破他。

梅　香　小姐，吹灭了灯，嬷嬷来也！

嬷　嬷　吹灭了灯？我听的多时了也？你待走哪里去？

（裴少俊同李千金做跪科）

李千金　事做下来也，怎见父母！奶奶可怜见，你放我两个私走了罢，至死也不敢忘你。

嬷　嬷　兀的是不出嫁的闺女，教人营勾了身躯，可又随着他去。这汉子是谁家的？

裴少俊　小生是客寄书生，乞容宽恕。

嬷　嬷　俺这里不是嬴奸买俏去处。

李千金　（唱）【红芍药】

他承宣驰驿奉官差，来这里和买花栽。

又不是瀛洲方丈接蓬莱，远上天台。

比画眉郎多气概，骤青骢踏断章台。

嬷　嬷　都是这梅香小奴才勾引来的！

李千金　（唱）枉骂她偷寒送暖小奴才，要这般当面抢白。

嬷　嬷　不是这奴胎是谁？

李千金　（唱）【菩萨梁州】

是这墙头掷果裙钗，

马上摇鞭狂客。

说与你个聪明的奶奶，

送春情是这眼去眉来。

嬷　嬷　好！可羞也那不羞？眼去眉来，倒与真奸真盗一般，教官司问去。

李千金　（唱）则这女娘家直恁性儿乖，

嬷　嬷	你看上这穷酸饿醋甚么好？

           我待舍残生还却鸳鸯债，

           也谋成不谋败。

           是今日且停嗔过后改，怎做的奸盗拿获？

嬷　嬷　　你看上这穷酸饿醋甚么好？

李千金　　（唱）【牧羊关】

           龙虎也招了儒士，神仙也聘与秀才，

           何况咱是浊骨凡胎。

           一个刘向题倒西岳灵祠，一个张生煮滚东洋大海。

           却待要宴瑶池七夕会，便银汉水两分开！

           委实这乌鹊桥边女，舍不的斗牛星畔客。

嬷　嬷　　家丑事不可外扬。兀那汉子，我将你拖到宫中，不道的饶了你哩。

裴少俊　　嬷嬷，你要了我买花栽子的银子，教梅香唤将我来，咱就和你见官去来。

李千金　　（唱）【三煞】

           不肯教一床锦被权遮盖，

           可不道九里山前大会垓，

           绣房里血泊浸尸骸。

           解下这搂带裙刀，为你逼的我紧也便自伤残害，

           颠倒把你娘来赖。

梅　香　　你要他这秀才的银子，教我去唤将他来。便见夫人，也则实说。

嬷　嬷　　夫人也不信。

李千金　　（唱）你则是拾的孩儿落的摔，你待致命图财。

           （唱）【二煞】

           我怎肯掩残粉泪横眉黛，

           倚定门儿手托腮，山长水远几时来。

　　　　　　　且休说度岁经年，只一夜冰夜消瓦，
　　　　　　　凭时节知他是和尚在，钵盂在。
　　　　　　　他凭着满腹文章七步才，
　　　　　　　管情取日转千阶。

嬷　嬷　　亲的则是亲，若夫人变了心，可不枉送我这老性命。我如今和你商量，随你拣一件做：第一件，且教这秀才求官去，再来取你；不着，嫁了别人。第二件，就今夜放你两个走了，等这秀才得了官，那时依旧来认亲。

李千金　　嬷嬷，只是走的好。

　　　　　（唱）【黄钟尾】
　　　　　　　他折一枝丹桂群儒骇，怎肯十谒朱门九不开。

嬷　嬷　　若以后泄露出些风声，枉坏了一世前程，拆散了一双佳配。常言道："一岁使长百岁奴。"我耽着利害放您，则要一路上小心在意者。

李千金　　母亲年高，怎生割舍！

嬷　嬷　　夫人处有我在此，你自放心去罢。

李千金　　（同裴谢科）（唱）不是我敢为非敢作歹，
　　　　　　　他也有风情有手策；
　　　　　　　你也会圆成会分解，我也肯过从肯耽待。
　　　　　　　便锁在空房，嫁在乡外。
　　　　　　　你道父母年高老迈，
　　　　　　　哪里有女孩儿共爷娘相守到头白？
　　　　　　　女孩儿是你十五岁寄居的堂上客。
　　　　　〔同裴少俊、梅香下。

嬷　嬷　　他每去也。若夫人问时，说个谎道，不知怎生走了；料夫人必然不敢声扬。等待他日后再来认亲，也未迟哩。
　　　　　〔嬷嬷下。

第三折

〔裴尚书上。

裴尚书 自从少俊去洛阳买花栽子回来,今经七年。老夫常是公差,多在外,少在里。且喜少俊颇有大志,每日在后花园中看书,直等功名成就,方才娶妻。今日是清明节令,老夫待亲自上坟去,奈畏风寒,教夫人和少俊替祭祖去咱。

〔下。

〔裴少俊引院公上。

裴少俊 自离洛阳,同小姐到长安七年也。得了一双儿女,小厮儿叫做端端,女儿唤做重阳。端端六岁,重阳四岁,只在后花园中隐藏,不曾参见父母,皆是院公服侍,连宅里人也不知道。今日清明节令,父亲畏风寒,我与母亲郊外坟茔中祭奠去。院公在意照顾,怕老相公撞见。

院　公 哥哥,一岁使长百岁奴。这宅中谁敢提起个李字!若有一些差失,如同那赵盾便有灾难,老汉就是灵辄扶轮,王伯当与李密叠尸,为人须为彻。休道老相公不来,便来呵,老汉凭四方口,调三寸舌,也说将回去。我这是蒯文通、李左车。哥哥,你放心,倚着我呵,万丈水不教泄漏了一点儿。

裴少俊 若无疏失,回家多多赏你。

〔同下。

〔李千金引端端、重阳上。

李千金 自从跟了舍人来此呵,早又七年光景,得了一双儿女。过日月好疾也呵!

（唱）【双调】【新水令】
　　数年一枕梦庄蝶，
　　过了些不明白好天良夜。
　　想父母关山途路远，鱼雁信音绝。
　　为甚感叹咨嗟，
　　甚日得离书舍？

（唱）【驻马听】
　　凭男子豪杰，
　　平步上万里龙庭双凤阙；
　　妻儿真烈，
　　合该得五花官诰七香车。
　　也强如带满头花，向午门左右把状元接；
　　也强如挂拖地红，两头来往交媒谢。
　　今日个改换别，成就了一天锦绣佳风月。

我掩上这门，看有甚人来此。

〔院公持扫帚上。

院　公　哥哥祭奠去了，嫂嫂跟前回复去咱。（见科）嫂嫂，舍人祭奠去了。院公特地说与嫂嫂得知。

李千金　院公可要在意者，则怕老相公撞将来。

院　公　老汉有句话敢说么？今日清明节，有甚节令酒果，把些与老汉吃饱了，只在门首坐着，看有甚的人来。

（李千金与酒肉吃科）

院　公　夜来两个小使长把墙头上花都折坏了，今日休教出来，只教书房中耍，则怕老相公撞见。

李千金　（唱）【乔牌儿】
　　当拦的便去拦，我把你个院公谢。
　　想昨日被棘针都把衣袂扯，将孩儿指尖儿都抓破也。

| 端　端 | 奶奶，我接爹爹去来。 |
| 李千金 | 还未来哩！ |

（唱）【幺篇】

便将球棒儿撇，不把胆瓶借。

你哥哥，这其间未是他来时节，怎抵死的要去接？

| 院　公 | 我门口去吃了一瓶酒，一分节食，觉一阵昏沉。倚着湖山睡些儿咱！（端端打科）唬杀人也。小爷爷！你要到房里耍去。（又睡科，重阳打科）小奶奶，女孩家这般劣！（又睡科，二人齐打科）我告你去也，快书房里去！ |

〔裴尚书引张千上。

| 裴尚书 | 夫人共少俊祭奠去了，老夫心中闷倦，后花园内走一遭去，看孩儿做下的功课咱。（见院公）这老子睡着了。 |

（做打科）

院　公	（做醒、着扫帚打科）打你娘，那小厮！（做见慌科）
裴尚书	这两个小的是谁家？
端　端	是裴家。
裴尚书	是哪个裴家？
重　阳	是裴尚书家。
院　公	谁道不是裴尚书家花园，小弟子还不去！
重　阳	告我爹爹、奶奶说去。
院　公	你两个采了花木，还道告你爹爹、奶奶去？跳起凭公公来也，打你娘！（两人走科）你两个不投前面走，便往后头去？
端　端 重　阳	（见李千金科）我两人接爹爹去，见一老爹，问是谁家的。
李千金	孩儿也，我教你休出去，兀的怎了！
裴尚书	（做意科）这两个小的，不是寻常之家。这老子其中有诈，我且到堂上看来。

李千金　　（唱）【豆叶儿】

　　　　　　　接不着你哥哥，正撞见你爷爷。

　　　　　　　魄散魂消，肠慌腹热，手脚獐狂去不迭。

　　　　　　　相公把柱杖据详，院公把扫帚支吾，孩儿把衣袂掀者。

裴尚书　　咱房里去来。（到书房，李千金掩门科）更有谁家个妇人？

院　公　　这妇人折了俺花，在这房内藏来。

李千金　　（唱）【挂玉钩】

　　　　　　　小业种把桄门掩上些，

　　　　　　　道的跳天撅地十分岁。

　　　　　　　被老相公亲向园中撞见者，

　　　　　　　唬的我死临侵地难分说。

裴尚书　　拿得芙蓉亭上来。

李千金　　（唱）氲氲的脸上羞，扑扑的心头怯；

　　　　　　　喘似雷轰，烈似风车。

院　公　　这妇人折了两朵儿花，怕相公见，躲在这里。合当饶过，教家去。

李千金　　相公可怜见，妾身是少俊的妻室。

裴尚书　　谁是媒人？下了多少钱财？谁主婚来？

　　　　　（李千金做低头科）

裴尚书　　这两个小的是谁家？

院　公　　相公不合烦恼合欢喜。这的是不曾使一分财礼，得这等花枝般媳妇儿，一双好儿女，合做一个大筵席。老汉买羊去，大嫂，请回书房里去者。

裴尚书　　（怒科）这妇人决是介优酒肆之家！

李千金　　妾是官宦人家，不是下贱之人。

裴尚书　　嗜声！妇人家共人淫奔，私情来往，这罪过逢赦不赦。送与官司问去，打下你下半截来。

李千金　　（唱）【沽美酒】

　　　　　　本是好人家女艳冶，

　　　　　　便待要兴词讼发文牒，

　　　　　　送到官司遭痛决。

　　　　　　人心非铁，逢赦不该赦。

　　　　（唱）【太平令】

　　　　　　随汉走怎说三贞九烈，勘奸情八棒十挟。

　　　　　　谁识他歌台舞榭，甚的是茶房酒舍。

　　　　　　相公便把贱妾，

　　　　　　拷折下截，并不是风尘烟月。

裴尚书　　则打这老汉，他知情。

张　千　　这个老子，从来会勾大引小。

院　公　　相公，七年前舍人哥哥买花栽子时，都是这厮搬大引小，着舍人刀将来的。

张　千　　老子攀下我来也。

裴尚书　　是了，敢这厮也知情！

李千金　　（唱）【川拨棹】

　　　　　　赛灵辄，蒯文通，李左车；

　　　　　　都不似季布喉舌，王伯当尸叠。

　　　　　　更做道向人处无过背说，是和非须辩别。

裴尚书　　唤的夫人和少俊来者。

　　　　〔裴夫人、裴少俊上。

裴尚书　　你与孩儿通同作弊，乱我家法。

裴夫人　　老相公，我可怎生知道？

裴尚书　　这的是你后园中七年做下的功课！我送到官司，依律施行者。

裴少俊　　少俊是卿相之子，怎好为一妇人，受官司凌辱，情愿写与休书便了。告父亲宽恕。

李千金　　（唱）【七弟兄】

　　　　　　是那些劣撇，痛伤嗟也，

　　　　　　时乖运蹇遭磨灭。

　　　　　　冰清玉洁肯随邪，

　　　　　　怎生的拆开我连理同心结！

裴尚书　　我便似八烈周公，俺夫人似三移孟母。都因为你个淫妇，枉坏了我少俊前程，辱没了我裴家上祖。兀那妇人，你听者："你既为官宦人家，如何与人私奔？昔日无盐采桑于村野，齐王车过见了，欲纳为后同车。"而无盐曰："不可，禀知父母，方可成婚；不见父母，即是私奔。"呸！你比无盐败坏风俗，做的个男游九郡，女嫁三夫。

李千金　　我则是裴少俊一个。

裴尚书　　（怒）可不道"女慕贞洁，男效才良；聘则为妻，奔则为妾"。你还不归家去！

李千金　　这姻缘也是天赐的。

裴尚书　　夫人将你头上玉簪来。你若天赐的姻缘，问天买卦，将玉簪向上磨做了针儿一般细。不折了，便是天赐姻缘；若折了，便归家去也。

李千金　　（唱）【梅花酒】

　　　　　　他毒肠狠切，

　　　　　　丈夫又软揣些些，

　　　　　　相公又恶噷噷乖劣，

　　　　　　夫人又叫丫丫似蝎蜇。

　　　　　　你不去望夫石上变化身，筑坟台上立个碑碣。

　　　　　　待教我谩撒撒，愁万缕，闷千叠；

　　　　　　心似醉，意如呆；眼似瞎，手如瘸；轻拈掇，慢拿捻。

　　　　　（唱）【收江南】

呀！王吉叮当掂做了两三截，

有鸾胶难续玉簪折，则他这夫妻儿女两离别。

总是我业彻，也强如参辰日月不交接。

裴尚书　可知道玉簪折了也，你还不肯归家去？再取一个银壶瓶来，将着游丝系住，到金井内汲水。不断了，便是夫妻；瓶坠簪折，便归家去。

李千金　可怎了！

（唱）【雁儿落】

似陷人坑千丈穴，

胜滚浪千堆雪。

恰才石头上损玉簪，

又教我水底捞明月。

（唱）【得胜令】

冰弦断，便情绝；

银瓶坠，永离别。

把几口儿分两处；

裴尚书　随你再嫁别人去。

李千金　（唱）谁更待双轮辗四辙。

恋酒色淫邪，那犯七出的应拚舍；

享富贵豪奢，这守三从的谁似妾！

裴尚书　既然簪折瓶坠，是天着你夫妻分离。着这贼丑生与你一纸休书，便着你归家去。少俊，你只今日便与我收拾琴剑书箱，上朝求官应举去。将这一儿一女收留在我家。张千，便与我赶离了门者！

〔裴尚书下。

（裴少俊与李千金休书科）

李千金　少俊，端端，重阳，则被你痛杀我也！

（唱）【沉醉东风】
　　梦惊破情缘万结，
　　路迢遥烟水千叠。
　　常言道有亲娘有后爷，
　　无亲娘无疼热。
　　他要送我到官司，逞尽豪杰。
　　多谢你把一双幼女痴儿好觑者，我待信拖拖去也。
端端，重阳，儿也！你晓事些儿，我也不能够见你了也！
（唱）【甜水令】
　　端端共重阳，他须是你亲家枝叶。
　　孩儿也啼哭的似痴呆，这须是我子母情肠，厮牵厮惹，
　　兀的不痛杀人也！
（唱）【折桂令】
　　果然人生最苦是离别，方信道花发风筛，月满云遮。
　　谁更敢倒凤颠鸾，撩蜂剔蝎，打草惊蛇？
　　坏了咱墙头上传情简帖，折开咱柳阴中莺燕蜂蝶。
　　儿也咨嗟，女又拦截，既瓶坠簪折，咱义断恩绝！

张　千　娘子，你去了罢！老相公便着我回话哩。
李千金　少俊，你也须送我归家去来。
（唱）【鸳鸯煞】
　　休把似残花败柳冤仇结，
　　我与你生男长女填还彻。
　　指望则生同衾，死则共穴。
　　道题柱胸襟，当垆的志节，
　　也是前世前缘，今生今业。
　　少俊呵，与你干驾了会香车，
　　把这个没气性的文君送了也！

〔李千金下。

裴少俊 父亲，你好下的也。一时间将俺夫妻子父分离，怎生是好？张千，与我收拾琴剑书箱，我就上朝取应去。一面瞒着父亲，悄悄送小姐回到家中，料也不妨。

（诗云）石上磨玉簪，欲成中央折。
　　　　井底引银瓶，欲上丝绳绝。
　　　　两者可奈何，似我今朝别。
　　　　果若有天缘，终当做瓜葛。

〔裴少俊下。

第四折

〔李千金引梅香上。

李千金 自从裴少俊将我休弃了，回到洛阳，父母双亡，遗下几个使数和那宅舍庄田，依还的享用富贵不尽。则是撇下一双儿女，又未知少俊应举去，得官也不曾，好伤感人也！

（唱）【中吕】【粉蝶儿】
　　　帘卷虾须，冷清清绿窗朱户，闷杀我独自离居。
　　　落可便想金枷，思玉锁，风流的牢狱。

（内做鸟鸣科）谁叫你飞出巴蜀，叫离人"不如归去"。

（唱）【醉春风】
　　　家万里梦蝴蝶，月三更闻杜宇。
　　　则兀那墙头马上引起欢娱，
　　　怎想有这场苦、苦。
　　　都则道百媚千娇，送的人四分五落，两头三绪。

〔裴少俊上。

裴少俊　（诗云）亲捧丹书下九重，路人争识五花骢。
　　　　　　　　想来全是文章力，未必家门积善功。
　　　　小官裴少俊，自从上朝取应，一举状元及第，就除洛阳县尹之职。来到这洛阳城，我且换了衣服，跟寻我那李千金小姐去。问人来，则这里便是李总管家，府门首兀的不是梅香。小姐在家么？

梅　香　（见科）我则做不知。我这里有甚么小姐！这个汉子不达时务，你这里立地，我家去见。（见李千金科）你欢喜也！姐夫在门首。

李千金　这妮子又胡说！果然是他，你看他穿着甚么衣服哩？

梅　香　他穿着秀才的衣服。小姐，真个我不说谎。

李千金　可怎生穿着秀才衣服！
　　　　（唱）【满庭芳】
　　　　　　长安应举，羞归故里，懒睹乡闾。
　　　　　　他那里谈天口喷珠玉，
　　　　　　一划的者也之乎；
　　　　　　他那三昧手能修手模，读五车书会写休书。
　　　　　　教斋长休题柱，
　　　　　　想他人有怨语，兀的不笑杀汉相如。

裴少俊　梅香进去了就不出来，我自过去。（做见旦科）小姐，间别无恙？今日还来寻你，依旧和你相好，重做夫妻。

李千金　裴少俊，你是说甚么话！
　　　　（唱）【普天乐】
　　　　　　你待结绸缪，我怕遭刑狱。
　　　　　　我人心似铁，他官法如炉。
　　　　　　娘并无那子母情，你爷怎肯相怜顾？

　　　　　　　问的个下惠先生无言语。

　　　　　　　他道我更不贤达，败坏风俗；

　　　　　　　怎做家无二长，男游九郡，女嫁三夫。

裴少俊　　小姐，我如今得了官也，我父亲致仕闲居。我特来认你，我就在此处为县尹。

李千金　　（唱）【迎仙客】

　　　　　　　你封为三品官，列着八椒图，

　　　　　　　你父亲告致仕，却离了京兆府。

　　　　　　　吏部里注定迁移，户部里革罢了俸禄。

　　　　　　　枉教他遥授着裴尚书，

　　　　　　　则好教管着那普天下姻缘簿。

裴少俊　　我则今日就搬将行李来。

李千金　　我这里住不得！

　　　　　（唱）【石榴花】

　　　　　　　常言道好客不如无，抢出夫又何如。

　　　　　　　我心中意气怎消除！

　　　　　　　你是窨付、负与、何辜？

　　　　　　　既为官怎脸上无羞辱？

裴少俊　　我与你是儿女夫妻，怎么不认我？

李千金　　（唱）你道我不识亲疏。

　　　　　　　虽然是眼中没的珍珠处，

　　　　　　　也须知略辩个贤愚。

裴少俊　　这是我父亲之命，不干我事。

李千金　　（唱）【斗鹌鹑】

　　　　　　　一个是八烈周公，一个是三移孟母。

　　　　　　　我本是好人家孩儿，不是娼人家妇女，

　　　　　　　也是行下春风望夏雨。

	待要做眷属，枉坏了少俊前程，辱没了你裴家上祖！
裴少俊	小姐，你是个读书聪明的人，岂不闻"子甚宜其妻，父母不说出。子不宜其妻，父母曰'是善事我。'则行夫妇之礼焉，终身不衰。"
李千金	裴少俊，你是不知，听我说与你咱。

（唱）【上小楼】

恁母亲从来狠毒，恁父亲偏生嫉妒。

治国忠直，操守廉能，可怎生做事糊涂！

幸得个鸾凤交，琴瑟谐，夫妻和睦，

不似你裴尚书替儿嫌妇。

〔裴尚书引夫人、端端、重阳上。

裴尚书	老夫裴尚书。我问人来，这便是我李总管家府里。听的少俊孩儿得了官，授本处县尹，媳妇儿不肯认他。我引着两个孩儿同老夫人，可早来到也。左右，报复去，道裴尚书在于门首。

（祗候报科）

裴少俊	呀！父亲在门首，我接去。父亲，你孩儿得了官也，授本处县尹；媳妇不肯相认，道我当初休了她来。
裴尚书	孩儿在哪里？（见李千金科）儿也，谁知道你是李世杰的女儿，我当初也曾议亲来，谁知道你暗合姻缘。你可怎生不说你是李世杰的女儿，我则道你是优人娼女。我如今和夫人、两个孩儿，牵羊担酒，一径的来替你赔话，可是我不是了。左右，将酒来，你满饮此一杯。
李千金	（唱）【幺篇】

他把酒盏儿擎，我便把"认"字儿许？

裴夫人	你看我的面皮，我替你抬举的两个孩儿偌大也，你认了俺者。

端 端 重 阳	（合）奶奶，你认了俺者。
李千金	（唱）赤紧的陶母熬煎，曾参错见，太公跋扈。 　　　一个儿，一个女，都一时啼哭， （带云）哎！儿，则被你想杀我也！ （唱）须是俺断不了子母肠肚。
裴尚书	哎！你认了我罢。
李千金	你休了我，我断然不认！
裴尚书	你既不认，引着孩儿回去。
端 端 重 阳	（合）奶奶，你好狠也，则被你痛杀我也！你若不认，要我两个性命怎的？我两个死了罢。
李千金	我待不认来呵，不干你两个事，罢，罢，罢！我认了罢。公公，婆婆，你受媳妇几拜。
裴尚书	既是孩儿认了，将酒来！我与你庆喜，你满饮一杯者。
李千金	（拜受科，唱）【十二月】 　　　这是你自来的媳妇， 　　　今日参拜公姑。 　　　索甚擎壶执盏，又怕是定计铺谋。 　　　猛见了玉簪银瓶，不由我不想起当初。 （唱）【尧民歌】 　　　呀！只怕簪折瓶坠写休书，
裴尚书	孩儿，旧话休提。
李千金	（唱）他那里做小伏低劝芳醑，将一杯满饮醉模糊。
裴少俊	小姐，须索欢喜咱。
李千金	（唱）有甚心情笑欢娱，跨也波蹰。 　　　贼儿胆底虚，又怕似赶我归家去。

裴尚书 孩儿也,您当初等我来问亲,可不好;你可瞒着我私奔来宅内,你又不说是李世杰的女儿。

李千金 父亲,自古及今,则您孩儿私奔哩?

（唱）【耍孩儿】

　　告爹爹奶奶听分诉,

　　不是我家丑事,将今喻古。

　　只一个卓王孙气量卷江湖,

　　卓文君美貌无如。

　　她一时窃听求凰曲,

　　异日同乘驷马车,也是她前生福。

　　怎将我墙头马上,偏输却沽酒当垆。

（唱）【煞尾】

　　今日个五花诰准应言,七香车谈笑取。

　　愿普天下姻眷皆完聚,

　　荷着万万岁当今圣明主。

裴尚书 今日夫妻团圆,杀羊造酒,做庆喜的筵席。

（诗云）从来女大不中留,马上墙头亦好逑。

　　　　只要姻缘天配合,何必区区结彩楼。

题目： 李千金月下花前

正名： 裴少俊墙头马上

〔剧终〕

破幽梦孤雁汉宫秋

马致远

剧目说明

《破幽梦孤雁汉宫秋》(简名《汉宫秋》),马致远作。马致远(1250?—1321年至1324年之间),字千里,号东篱,以示效陶渊明之意,大都(北京)人。曾任江浙行省务官。生平事迹不详。据其现存的散曲,可知马致远早年曾追求功名,济世报国;中年宦途多艰,牢骚满腹;晚年归隐林泉,求仙慕道。马致远加入过"元贞书会",与文士王伯成、李时中、卢挚、刘致,艺人花李郎、红字李二都有交往。他的杂剧受到当时人的推崇,有"曲状元"之誉,见明初贾仲明所写《凌波仙》吊词:"万花丛里马神仙,百世集中说致远,四方海内皆谈羡。战文场,曲状元,姓名香贯满梨园。"所作杂剧十五种。今存《汉宫秋》《青衫泪》《荐福碑》《陈抟高卧》《岳阳楼》《任风子》六种,以及与李时中等人合写的《黄粱梦》一种,另《误入桃源》存有佚曲。《汉宫秋》是其代表作。

《汉宫秋》在《录鬼簿》《太和正音谱》中并著。

此剧共四折一楔子,末本,正末扮汉元帝,演昭君出塞事。昭君事见《汉书·元帝纪》《后汉书·南匈奴传》《西京杂记》。剧写:汉元帝因后宫寂寞,听从毛延寿建议,派毛到民间选美。王昭君美貌异常，但因不肯贿赂毛延寿，被他在美人图上点上破绽，因此入宫后独处冷宫。汉元帝深夜偶然听到昭君弹琵琶，爱其美色，封她为明妃，又要将毛延寿斩首。毛延寿逃至匈奴，将昭君画像献给呼韩邪单于，让他向汉王索要昭君为妻。元帝舍不得昭君和番，但满朝文武怯懦自私，无力抵挡匈奴大军入侵，昭君为免刀兵之灾自愿前往，元帝忍痛送行。单于得到昭君后大喜，率兵北去。昭君不舍故国，在汉番交界的黑龙江里投水而死。单于为避免汉朝寻事，将毛延寿送还汉朝处治。汉元帝夜梦昭君而惊醒，又听到孤雁哀鸣，伤痛不已，后将毛延寿斩首以祭奠昭君。

  作品虽然写到君臣、民族之间的矛盾，但着重抒写的，却是家国衰败之痛，是在乱世中失去美好生活而生发的那种困惑、悲凉的人生感受。就此而言，《汉宫秋》与白朴的《梧桐雨》，有异曲同工之妙。

  汉元帝是作者着意营造的人物，他虽是一个高高在上的帝王，剧本却没有把他神化，而是显示了他作为一个人的思想和情感；可是他毕竟是一个帝王，于是作为人应该拥有的个人情感和作为人而不能拥有这份属于个人的情感的矛盾，便构成了元帝这一形象的深刻的内在矛盾冲突。和《梧桐雨》一样，本剧的故事冲突在第三折已达到高潮，第四折又掀起了新一轮的情感高潮，用幽深的宫苑、哀鸣的孤雁，与汉元帝落寞的心情互相衬托，酣畅淋漓地抒写出一个空有尊贵名分却又无法支配自己命运的人内心的悲凉与哀伤。整个戏，就在浓郁的悲剧氛围中结束，含蓄而深沉地传达出人生落寞、迷惘莫名的意境。

  元代的昭君戏，仅此剧得以流传，对后世影响甚大。明传奇有：陈宗爵《宁胡记》（残）、五域《紫召怨》（佚）、佚名《和戎记》（存）、陈与郊《昭君出塞》（存）；清杂剧有：薛旦《昭君梦》（存）、尤侗《吊琵琶》（存）；清传奇有《青冢记》（仅存二折),即传言至今的昆曲《昭君出塞》。

此剧有英译本、日译本。现存顾曲斋《古杂剧》本、继志斋《元明杂剧》本、明代陈与郊《古名家杂剧》本、明代臧懋循《元曲选》本、明代孟称舜《古今名剧合选·酹江集》本。另有王季思编《全元戏曲》本，王季思、顾学颉《元人杂剧选》本，王学奇等《元曲选校注》本，徐沁君等《元曲四大家名剧选》本。现以《元曲选》为底本，参校其他各本。

（陈建平整理）

人物表：

汉元帝　　正末扮演，皇帝。

王　嫱　　正旦扮演，王昭君，妃子。

毛延寿　　净扮演，宫廷画师。

番　王　　冲净扮演，呼韩邪单于。

尚　书　　朝廷命官。

常　侍　　皇上的侍从近臣。

番　使　　番王派来的使者。

黄　门　　宫门之内的郎官。

内　官　　太监。

番　兵

版本出处：王季思主编《全元戏曲》（二）人民文学出版社，1999版。

校对人：石瑞

楔 子

〔番王引部落上。

番　王　（诗云）毡帐秋风迷宿草，穹庐夜月听悲笳。
　　　　　　控弦百万为君长，款塞称藩属汉家。
某乃呼韩耶单于是也。若论俺家世，久居朔漠，独霸北方，以射猎为生，攻伐为事。大王曾避俺东徙，魏绛曾怕俺讲和。獯鬻猃狁，逐代易名：单于可汗，随时称号。当秦汉交兵之时，中原有事，俺国强盛，有控弦甲士百万。俺祖公冒顿单于，围汉高帝于白登七日，用娄敬之谋，两国讲和，以公主嫁俺国中。至惠帝、吕后以来，每代必循故事，以宗女归俺番家。宣帝之世，我众兄弟争立不定，国势稍弱。今众部落立我为呼韩耶单于，实是汉朝外甥。我有甲士十万，南移近塞，称藩汉室。昨曾遣使进贡，欲请公主，未知汉帝肯寻盟约否？今日天高气爽，众头目每，向沙堤射猎一番，多少是好！
正是：番家无产业，弓矢是生涯。
〔下。
〔毛延寿上。

毛延寿　（诗云）为人雕心雁爪，做事欺大压小。
　　　　　　全凭谄佞奸贪，一生受用不了。
某非别人，毛延寿的便是。现在汉朝驾下，为中大夫之职。因我百般巧诈，一味谄谀，哄得皇帝老头儿十分欢喜，言听计从。朝里朝外，哪一个不怕我，哪一个不敬我？我又学的一个法儿，只是教皇帝少见儒臣，多昵女色，我这宠幸才得牢固。道尤未了，圣驾早上。

〔汉元帝引内官、宫女上。

汉元帝 （诗云）嗣传十叶继炎刘，独掌乾坤四百州。
　　　　　　边塞久盟和议策，从今高枕已无忧。

某汉元帝是也。俺祖高皇帝，奋布衣，起丰沛，灭秦屠项，挣下这等基业。传到朕躬，已是十代。自朕嗣位以来，四海晏然，八方宁静。非朕躬有德，皆赖众文武扶持。自先帝晏驾之后，宫女尽放出宫去了。今后宫寂寞，如何是好！

毛延寿 陛下，田舍翁多收十斛麦，尚欲易妇，况陛下贵为天子，富有四海。合无遣官遍行天下，选择室女。不分王侯宰相、军民人家，但要十五以上，二十以下者，容貌端正，尽选将来，以充后宫，有何不可？

汉元帝 卿说的是。就加卿为选择使，赍领诏书一通，遍行天下刷选。将选中者各图形一轴送来，朕按图临幸。待卿成功回时，别有区处。

（唱）【仙吕】【赏花时】
　　　　四海平安绝士马，五谷丰登没战伐。
　　　　寡人待刷室女选宫娃，你避不的驰驱困乏。
　　　　看哪一个合属俺帝王家。

〔下。

第一折

〔毛延寿上。

毛延寿 （诗云）大块黄金任意抓,血海王条全不怕。
　　　　　　生前只要有钱财,死后哪管人唾骂。
某毛延寿,领着大汉皇帝圣旨,遍行天下,刷选室女,已选够九十九名。各家尽肯馈送,所得金银却也不少。昨日来到成都秭归县,选得一人,乃是王长者之女,名唤王嫱,字昭君。生得光彩射人,十分艳丽,真乃天下绝色。争奈她本是庄农人家,无大钱财。我问她要百两黄金,选为第一。她一则说家道贫穷,二则倚着她容貌出众,全然不肯。我本待退了她。（做忖科）不要倒好了她!眉头一纵,计上心来,只把美人图点上些破绽,到京师必定发入冷宫,叫她受苦一世。
正是:恨小非君子,无毒不丈夫。
〔下。
〔王嫱引二宫女上。

王　嫱 （诗云）一日承宣入上阳,十年未得见君王。
　　　　　　良宵寂寂谁来伴,唯有琵琶引兴长。
妾身王嫱,小字昭君,成都秭归人也。父亲王长者,平生务农为业。母亲生妾时,梦月入怀,复坠于地,后来生下妾身。年长一十八岁,蒙恩选充后宫。不想使臣毛延寿问妾身索要金银,不曾与他,将妾影图点破,不曾得见君王,现今退居永巷。妾身在家颇通丝竹,弹得几曲琵琶。

当此夜深孤闷之时，我试理一曲消遣咱。（做弹科）

〔汉元帝引内官提灯上。

汉元帝 某汉元帝。自从刷选室女入宫，多有不曾宠幸，煞是怨望咱。今日万机稍暇，不免寻宫走一遭，看哪个有缘的，得遇朕躬也呵。

（唱）【仙吕】【点绛唇】

车碾残花，玉人月下，吹箫罢。

未遇宫娃，是几度添白发。

（唱）【混江龙】

料必她竹帘不挂，望昭阳一步一天涯。

疑了些无风竹影，恨了些有月窗纱。

她每见弦管声中寻玉辇，恰便似斗牛星畔盼浮槎。

〔王嫱做弹科。

汉元帝 是那里弹的琵琶响？
内　官 是。
汉元帝 （唱）是谁人偷弹一曲，写出嗟呀？
内　官 快报去接驾。
汉元帝 不要。

（唱）莫便要忙传圣旨，报与她家。

我则怕乍蒙恩，把不定心儿怕，

惊起宫槐宿鸟、庭树栖鸦。

小黄门，你看是哪一宫的宫女弹琵琶，传旨去教她来接驾，不要惊吓着她。

内　官 （报科）兀那弹琵琶的是哪位娘娘？圣驾到来，急忙迎接者。

〔王嫱趋接科。

汉元帝 （唱）【油葫芦】

恕无罪，吾当亲问咱。

这里属哪位下？

休怪我不曾来往乍行踏。

我特来填还你这泪揾湿鲛绡帕，

温和你露冷透凌波袜。

天生下这艳姿，合是我宠幸她。

今宵画烛银台下，剥地管喜信爆灯花。

小黄门，你看那纱笼内烛光越亮了，你与我挑起来看咱。

（唱）【天下乐】

和她也弄着精神射绛纱。

卿家，你觑咱，则她那瘦岩岩影儿可喜杀。

|王　嫱|妾身早知陛下驾临，只合迎接。接驾不早，妾该万死。|
|汉元帝|（唱）迎头儿称妾身，满口儿呼陛下，必不是寻常百姓家。|

看了她容貌端正，是好女子也呵！

（唱）【醉中天】

将两叶赛宫样眉儿画，

把一个宜梳裹脸儿搭；

额角香钿贴翠花，一笑有倾城价。

若是越勾践姑苏台上见她，

那西施半筹也不纳，

更敢早十年败国亡家。

你这等模样出众，谁家女子？

|王　嫱|妾姓王名嫱，字昭君，成都秭归县人。父亲王长者。祖父以来务农为业，间阎百姓，不知帝王家礼度。|
|汉元帝|（唱）【金盏儿】|

我看你眉扫黛，鬓堆鸦，

腰弄柳，脸舒霞。

那昭阳到处难安插，

谁问你一梨两坝做生涯？

也是你君恩留枕簟，天教雨露润桑麻。

既不沙俺江山千万里，直寻到茅舍两三家。

看卿这等体态，如何不得近幸？

王　嫱　　妾父王长者，只生妾身，当初选时，使臣毛延寿索要金银，妾家贫寒无凑，故将妾眼下点成破绽，因此发入冷宫。

汉元帝　小黄门，你取那影图来看，

（黄门取图看科）

汉元帝　（唱）【醉扶归】

我则问那待诏别无话，

却怎么这颜色不加搽？

点得这一寸秋波玉有瑕。

端的是卿眇目，他双瞎？

便宣的八百姻娇比并她，

也未必强如俺娘娘带破赚丹青画。

小黄门，传旨说与金吾卫，便拿毛延寿斩首报来。

王　嫱　　陛下，妾父母在成都见隶民籍，望陛下恩典宽免，量与些恩荣咱。

汉元帝　这个容易。

（唱）【金盏儿】

你便晨挑菜，夜看瓜，春种谷，夏浇麻。

情取棘针门粉壁上除了差法，

你向正阳门改嫁的倒荣华。

俺官职颇高如村社长，这宅院则大似县官衙。

谢天地可怜穷女婿，再谁敢欺负俺丈人家！

近前来，听寡人旨，封你做明妃者。

王　嫱　　量妾身怎生消受的陛下恩宠！（做谢恩科）

汉元帝　　（唱）【赚煞】

　　　　　　且尽此宵情，休问明朝话。

王　嫱　　陛下明朝早早驾临，妾这里候驾。

汉元帝　　（唱）到明日，多管是醉卧在昭阳御榻。

王　嫱　　妾身贱微，虽蒙恩宠，怎敢奢望与陛下同榻？

汉元帝　　（唱）休烦恼，吾当且是耍，斗卿来便当真假。

　　　　　　恰才家辇路儿熟滑，怎下的真个长门再不踏！

　　　　　　明夜里西宫阁下，

　　　　　　你是必悄声儿接驾，我则怕六宫人攀例拨琵琶。

　　　　〔下。

王　嫱　　驾回了也。左右，且掩上宫门，我睡些去。

　　　　〔下。

第二折

〔番王引部落上。

番　王　　某呼韩单于。昨遣使臣款汉，请嫁公主与俺。汉皇帝以公主尚幼为辞，我心中好不自在。想汉家宫中，无边宫女，就与俺一个，打甚不紧？直将使臣赶回。我欲待起兵南侵，又恐怕失了数年和好。且看事势如何，别做道理。

〔毛延寿上。

毛延寿　　某毛延寿。只因刷选宫女，索要金银，将王昭君美人图点破，送入冷宫。不想皇帝亲幸，问出端的，要将我加刑。我得空逃走了，无处投奔。左右是左右，将着这一轴美人图，献与单于王，着他按图索要，不怕汉朝不与他。走了

数日，来到这里，远远地望见人马浩大，敢是穹庐也。（做问科）头目，你启报单于王知道，说汉朝大臣来投见哩。（卒报科）

番　王　　着他过来。（见科）你是甚么人？

毛延寿　某是汉朝中大夫毛延寿。有我汉朝西宫阁下美人王昭君，生得绝色。前者大王遣使求公主时，那昭君情愿请行，汉主舍不得，不肯放来。某再三苦谏，说："岂可重女色，失两国之好？"汉主倒要杀我。某因此带了这美人图，献与大王。可遣使按图索要，必然得了也。这就是图样。

番　王　　（进上看科）世间哪有如此女人！若得她做阏氏，我愿足矣。如今就差一番官，率领部从写书与汉天子，求索王昭君与俺和亲。若不肯与，不日南侵，江山难保。就一壁厢引控甲士，随地打猎，延入塞内，侦候动静，多少是好！

〔下。

〔王嫱引宫女上。

王　嫱　妾身王嫱，自前日蒙恩临幸，不觉又旬月。主上昵爱过甚，久不设朝。闻的升殿去了，我且向妆台边梳妆一会，收拾整齐，只怕驾来好服侍。（做对镜科）

〔汉元帝上。

汉元帝　自从西宫阁下得见了王昭君，使朕如痴似醉，久不临朝。今日方才升殿，等不得散了，只索再到西宫看一看去。

（唱）【南吕】【一枝花】

　　四时雨露匀，万里江山秀。
　　忠臣皆有用，高枕已无忧。
　　守着那皓齿星眸，争忍的虚白昼。
　　近新来染得些症候，

一半儿为国忧民，一半儿愁花病酒。

（唱）【梁州第七】

我虽是见宰相似文王施礼，

一头地离明妃，早宋玉悲秋。

怎奈她带天香着莫定龙衣袖。

她诸余可爱，所事儿相投；

消磨人幽闷，陪伴我闲游；

偏宜向梨花月底登楼，芙蓉烛下藏阄。

体态是二十年挑剔就的温柔，

姻缘是五百载该拨下的配偶，

脸儿有一千般说不尽的风流，

寡人乞求她左右，

她比那落伽山观自在无杨柳，见一面得长寿。

情系人心早晚休，则除是雨歇云收。

（做望见科）且不要惊着她，待朕悄悄地看咱。

（唱）【隔尾】

恁的般长门前抱怨的宫娥旧，

怎知我西宫下偏心儿梦境熟。

爱她晚妆罢，描不成画不就，尚对菱花自羞。

（做到王嫱背后看科）

（唱）我来到这妆台背后，

原来广寒殿嫦娥在这月明里有。

〔王嫱做见接驾科。

〔尚书、常侍上。

尚　书　（诗云）调和鼎鼐理阴阳，秉轴持钧政事堂。

只会中书陪伴食，何曾一日为君王。

某尚书令五鹿充宗是也。这个是内常侍石显。今日朝罢，

	有番国遣使来索王嫱和番，不免奏驾。来到西宫阁下，只索进去。（做见科）奏的我主得知：如今北番呼韩单于，差一使臣前来，说毛延寿将美人图献与他，索要昭君娘娘和番，以息刀兵。不然，他大势南侵，江山不可保矣。
汉元帝	我养军千日，用军一时。空有满朝文武，哪一个与我退得番兵！都是些畏刀避箭的，您不去出力，怎生教娘娘和番！
	（唱）【牧羊关】
	兴废从来有，干戈不肯休。
	可不食君禄，命悬君口。
	太平时卖你宰相功劳，有事处把俺佳人递流。
	你们干请了皇家奉，着甚的分破帝王忧？
	那壁厢锁树的怕弯着手，这壁厢攀栏的怕撷破了头。
尚　书	他外国说，陛下宠昵王嫱，朝纲尽废，坏了国家。若不与他，兴兵吊伐。臣想纣王只为宠妲己，国破身亡，是其鉴也。
汉元帝	（唱）【贺新郎】
	俺又不曾彻青霄，高盖起摘星楼。
	不说他伊尹扶汤，则说那武王伐纣。
	有一朝身到黄泉后，
	若和他留侯、留侯厮遘，你可也羞哪不羞？
	您卧重裀食列鼎，乘肥马衣轻裘。
	您须见舞春风嫩柳宫腰瘦，
	怎下的教她环佩影摇青冢月，琵琶声断黑江秋！
尚　书	陛下，咱这里兵甲不利，又无猛将与他相持，倘或疏失，如之奈何？望陛下割恩与他，以救一国生灵之命。

汉元帝　　（唱）【斗虾蟆】

当日个谁展英雄手，能枭项羽头，

把江山属俺炎刘？

全亏韩元帅九里山前战斗，十大功劳成就。

您也丹犀里头，枉被金章紫绶；

您也朱门里头，都宠着歌衫舞袖。

恐怕边关透漏，央及家人奔骤。

似箭穿着雁口，没个人敢咳嗽。

吾当僝僽，她也、她也红妆年幼无人搭救。

昭君共你每有甚么杀父母冤仇？

休、休，少不得满朝中都做了毛延寿！

我呵，

空掌着文武三千队，中原四百州，只待要割鸿沟。

陡恁的千军易得，一将难求！

常　侍　现今番使朝外等宣。

汉元帝　罢、罢、罢，教番使临朝来。

〔番使上。

番　使　（入见科）呼韩耶单于差臣南来，奏大汉皇帝：北国与南朝，自来结交和好，曾两次差人求公主不与。今有毛延寿，将一美人图献与俺单于。特差臣来，单索昭君为阏氏，以息两国刀兵。陛下若不从，俺有百万雄兵，刻日南侵，以决胜负。伏望圣鉴不错。

汉元帝　且教使臣馆驿中安歇去。

〔番使下。

汉元帝　您众文武商量，有策献来，可退番兵，免教昭君和番。大抵是欺娘娘软善，若当时吕后在日，一言之出，谁敢违拗！若如此，久已后也不用文武，只凭佳人平定天下便了。

（唱）【哭皇天】

你有甚事急忙奏，俺无那鼎镬边滚热油。

我道您文臣安社稷，武将定戈矛；您只会文武班头，

山呼万岁，舞蹈扬尘，道那声诚惶顿首。

如今阳关路上，昭君出塞；当日未央宫里，女主垂旒。

文武每，我不信你敢差排吕太后。

枉以后、龙争虎斗，都是俺鸾交凤友。

王 嫱　妾既蒙陛下厚恩，当效一死，以报陛下。妾情愿和番，得息刀兵，亦可留名青史。但妾与陛下闺房之情，怎生抛舍也！

汉元帝　我可知舍不得卿哩！

尚　书　陛下割恩断爱，以社稷为念，早早发送娘娘去罢。

汉元帝　（唱）【乌夜啼】

今日嫁单于，宰相休生受，

早则俺汉明妃有国难投，

它那里黄云不出青山岫。

投至两处凝眸，盼得一雁横秋。

单注着寡人今岁揽闲愁，王嫱这运添憔瘦。

翠羽冠，香罗绶，

都做了锦蒙头暖帽，珠络缝貂裘。

卿等今日先选送明妃到驿中，交付番使，待明日朕亲出灞陵桥，送饯一杯去。

尚　书　只怕使不得，惹外夷耻笑。

汉元帝　卿等所言，我都依着。我的意思，如何不依？好歹去送一送。我一会家只恨毛延寿那厮。

（唱）【三煞】

我则恨那忘恩咬主贼禽兽，

怎生不画在凌烟阁上头？

　　　　　紫台行都是俺手里的众公侯,

　　　　　有哪桩儿不共卿谋,哪件儿不依卿奏,

　　　　　争忍教第一夜梦迤逗?

　　　　　从今后不见长安望北斗,

　　　　　生扭作织女牵牛!

尚　书　　不是臣等强逼娘娘和番,奈番使定名索取。况自古以来,多有因女色败国者。

汉元帝　　(唱)【二煞】

　　　　　虽然似昭君般成败都皆有,

　　　　　谁似这做天子的官差不自由!

　　　　　情知他怎收那膘满的骅骝。

　　　　　往常时翠轿香兜,兀自倦朱帘揭绣,上下处要成就。

　　　　　谁承望月自空明水自流,恨思悠悠。

王　嫱　　妾身这一去,虽为国家大计,争奈舍不得陛下。

汉元帝　　(唱)【黄钟尾】

　　　　　怕娘娘觉饥时吃一块淡淡盐烧肉,

　　　　　害渴时喝一勺勺儿酪和粥。

　　　　　我索折一枝断肠柳,饯一杯送路酒。

　　　　　眼见得赶程途趁宿头,痛伤心重回首。

　　　　　则怕她望不见凤阁龙楼,今夜且则向灞陵桥畔宿。

〔下。

第三折

〔番使拥王嫱上,奏胡乐科。

王　嫱　妾身王昭君。自从选入宫中,被毛延寿将美人图点破,送入冷宫。甫能得蒙恩幸,又被他献与番王形像。今拥兵来索,待不去,又怕江山有失。没奈何将妾身出塞和番。这一去,胡地风霜,怎生消受也!自古道:"红颜胜人多薄命,莫怨春风当自嗟。"

〔汉元帝引文武内官上。

汉元帝　今日灞桥饯送明妃,却早来到也。

（唱）【双调】【新水令】

　　锦貂裘生改尽汉宫妆,

　　我则索看昭君图画模样。

　　旧恩金勒短,新恨玉鞭长。

　　本是对金殿鸳鸯,分飞翼怎承望!

您文武百官计议,怎生退了番兵,免明妃和番者?

（唱）【驻马听】

　　宰相每商量,大国使还朝多赐赏。

　　早是俺夫妻悒怏,小家儿出外也摇装。

　　尚兀自渭城衰柳助凄凉,共那灞桥流水添惆怅。

　　您偏不断肠。

　　想娘娘那一天愁都撮在琵琶上。

（做下马科）（与王嫱打悲科）

左右慢慢唱者,我与明妃饯一杯酒。

（唱）【步步娇】

您将那一曲阳关休轻放，

俺咫尺如天样。

慢慢捧玉觞，

朕本意待尊前挨些时光。

且休问劣了宫商，

您则与我半句儿俄延着唱。

番　使　请娘娘早行，天色晚了也。

汉元帝　（唱）【落梅风】

可怜俺别离重，你好是归去的忙。

寡人心先到他李陵台上。

回头儿却才魂梦里想，便休提贵人多忘。

王　嫱　妾这一去，再何时得见陛下？把我汉家衣服都留下者。

（诗云）正是：今日汉宫人，明朝胡地妾。

忍着主衣裳，为人作春色。（留衣服科）

汉元帝　（唱）【殿前欢】

说甚么留下舞衣裳，被西风吹散旧时香。

我委实怕宫车再过青苔巷，猛到椒房，

那一会想菱花镜里妆，

风流相，兜的又横心上。

看今日昭君出塞，几时似苏武还乡？

番　使　请娘娘行罢，臣等来多时了也。

汉元帝　罢、罢、罢，明妃，你这一去，休怨朕躬也。（做别科）我哪里是大汉皇帝！

（唱）【雁儿落】

我做了别虞姬楚霸王，全不见守玉关征西将。

哪里取保亲的李左车，送女客的萧丞相？

尚　书　　陛下不必挂念。

汉元帝　　（唱）【得胜令】

　　　　　　哪里也架海紫金梁？

　　　　　　枉养着那边庭上铁衣郎。

　　　　　　您也要左右人扶持，俺可甚糟糠妻不下堂！

　　　　　　您但提起刀枪，却早小鹿儿心头撞。

　　　　　　今日央及煞娘娘，怎做的男儿当自强！

尚　书　　陛下，咱回朝去罢。

汉元帝　　（唱）【川拨棹】

　　　　　　怕不待放丝缰，咱可甚鞭敲金镫响。

　　　　　　你管燮理阴阳，掌握朝纲。

　　　　　　治国安邦，展土开疆。

　　　　　　假若俺高皇，差你个梅香，背井离乡，卧雪眠霜。

　　　　　　若是他不恋您春风画堂，我便官封你一字王。

尚　书　　陛下，不必苦死留她，着她去了罢。

汉元帝　　（唱）【七兄弟】

　　　　　　说甚么大王不当恋王嫱，

　　　　　　兀良，怎禁她临去也回头望！

　　　　　　哪堪这散风雪旌节影悠扬，

　　　　　　动关山鼓角声悲壮。

　　　　　（唱）【梅花酒】

　　　　　　呀！

　　　　　　俺向着这回野悲凉：草已添黄，兔早迎霜；

　　　　　　犬褪得毛苍，人掤起缨枪；

　　　　　　马负着行装，车运着粮，打猎起围场。

　　　　　　她、她、她，伤心辞汉主；

　　　　　　我、我、我，携手上河梁。

她部从入穷荒，我銮舆返咸阳。

返咸阳，过宫墙；过宫墙，绕回廊；

绕回廊，近椒房；近椒房，月昏黄；

月昏黄，夜生凉；夜生凉，泣寒螀，绿纱窗；

绿纱窗，不量思。

（唱）【收江南】

呀！不思量除是铁心肠。

铁心肠也愁泪滴千行。

美人图今夜挂昭阳，

我那里从养，便是我高烧银烛照红妆。

尚　书　陛下回銮罢，娘娘去远了也。

汉元帝　（唱）【鸳鸯煞】

我则索大臣行说一个推辞谎，

又则怕笔尖儿那火编修讲。

不见她花朵儿精神，怎趁那草地里风光？

唱道伫立多时，徘徊半晌；

猛听的塞雁南翔，呀呀的声嘹亮。

却原来满目牛羊，

是兀那载离恨的毡车半坡里响。

〔下。

〔番王引部落拥王嫱上。

番　王　今日汉朝不弃旧盟，将王昭君与俺番家和亲。我将昭君封为宁胡阏氏，坐我正宫。两国息兵，多少是好。众将士，传下号令，大众起行，望北而去。（做行科）

王　嫱　（问）这里甚地面了？

番　使　这是黑龙江，番汉交界去处。南边属汉家，北边属我番国。

王　嫱　大王，借一杯酒，望南浇奠；辞了汉家，长行去罢。（做奠酒

　　　　　科）汉朝皇帝，妾身今生已矣，尚待来生也。（做跳江科）
　　　　〔番王惊救不及。

番　王　（叹科）嗨，可惜可惜！昭君不肯入番，投江而死。罢、
　　　　罢、罢，就葬在此江边，号为青冢者。我想来，人也死
　　　　了，枉与汉朝结下这般仇隙，都是毛延寿那厮搬弄出来
　　　　的。把都儿，将毛延寿拿下，解送汉朝处治。我依旧与汉
　　　　朝结和，永为甥舅，却不是好！
　　　　（诗云）则为他丹青画误了昭君，背汉主暗地私奔；
　　　　　　　将美人图又来哄我，要索取出塞和亲。
　　　　　　　岂知道投江而死，空落得一见消魂。
　　　　　　　似这等奸邪逆贼，留着他终是祸根。
　　　　　　　不如送他去汉朝哈剌，依还的甥舅礼，两国长存。
　　　　〔下。

第四折

　　　　〔汉元帝引内官上。

汉元帝　自家汉元帝。自从明妃和番，寡人一百日不曾设朝。今当此
　　　　夜景萧索，好生烦恼。且将这美人图挂起，少解闷怀也呵。
　　　　（唱）【中吕】【粉蝶儿】
　　　　　　　宝殿凉生，夜迢迢六宫人静。
　　　　　　　对银台一点寒灯，
　　　　　　　枕席间、临寝处，越显得吾身薄幸。
　　　　　　　万里龙廷，知他宿谁家一灵真性。
　　　　小黄门，你看炉香尽了，再添上些香。

（唱）【醉春风】

  烧尽御炉香，再添黄串饼。

  想娘娘似竹林寺不见半分形，则留下这个影、影。

  未死之时，再生之日，我可也一般恭敬。

一时困倦，我且睡些儿。

（唱）【叫声】

  高唐梦苦难成，

  哪里也爱卿、爱卿，却怎生无些灵圣？

  偏不许楚襄王枕上雨云情。

（做睡科）

〔王嫱上。

王　嫱　妾身王嫱，一番到北地，私自逃回。兀的不是我主人！陛下，妾身来了也。

〔番兵上。

番　兵　恰才我打了个盹，王昭君就偷走回去了。我急急赶来，进的汉宫，兀的不是昭君！（做拿王嫱下）

汉元帝　（醒科）恰才见昭君回来，怎生儿如何就不见了？

（唱）【剔银灯】

  恰才这搭儿单于王使命，呼唤俺那昭君名姓。

  偏寡人唤娘娘不肯灯前应，却原来是画上的丹青。

  猛听得仙音院凤管鸣，更说甚萧韶九成。

（唱）【蔓青菜】

  白日里无承应，

  教寡人不曾一觉到天明，

  做的个团圆梦境。

（雁现科）

（唱）却原来雁叫长门两三声，怎知道更有个人孤另。

（雁叫科）

（唱）【白鹤子】

多管是春秋高，筋力短，莫不是食水少，骨毛轻？

待去后，愁江南网罗宽；待向前，怕塞北雕弓硬。

（唱）【幺篇】

伤感似替昭君思汉主，哀怨似作薤露哭田横，

凄怆似和半夜梦歌声，悲切似唱三叠阳关令。

（雁叫科）则被那泼毛团叫的凄楚人也。

（唱）【上小楼】

早是我神思不安，又添个冤家缠定。

它叫得慢一会儿紧一声儿，和尽寒更。

不争你打盘旋，这搭里同声相应，

可不差讹了四时节令？

（唱）【幺篇】

你却待寻子卿、觅李陵，

对着银台，叫醒咱家，对影生情。

则俺那远乡的汉明妃虽然得命，

不见你个泼毛团也耳根清净。

（雁叫科）这雁儿呵。

（唱）【满庭芳】

又不是心中爱听，大古似林风瑟瑟，岩溜冷冷。

我只见山长水远天如镜，又生怕误了你途程。

见被你冷落了潇湘暮景，更打动我边塞离情，

还说甚雁过留声。

哪堪更瑶阶夜永，嫌杀月儿明。

黄　门	陛下省烦恼，龙体为重。
汉元帝	不由我不烦恼也。

我只见山长水远天如镜,又生怕误了你途程。
见被你冷落了潇湘暮景,更打动我边塞离情,还说甚雁过留声。

（唱）【十二月】

　　休道是咱家动情，你宰相每也生憎。

　　不比那雕梁燕语，不比那锦树莺鸣。

　　汉昭君离乡背井，知她在何处愁听！

（雁叫科）

（唱）【尧民歌】

　　呀呀的飞过蓼花汀，孤雁儿不离了凤凰城。

　　画檐间铁马响叮叮，宝殿中御榻冷清清。

　　寒也波更，萧萧落叶声，烛暗长门静。

（唱）【随煞】

　　一声儿绕汉宫，一声儿寄渭城；

　　暗添人白发成衰病，

　　直恁的吾家可也劝不省。

〔尚书上。

尚　书　今日早朝散后，有番国差使命绑送毛延寿来，说因毛延寿叛国败盟，致此祸衅。今昭君已死，情愿两国讲和。伏候圣旨。

汉元帝　既如此，便将毛延寿斩首祭献明妃。着光禄寺大排筵席，犒赏来使回去。

（诗云）叶落深宫雁叫时，

　　　　梦回孤枕夜相思。

　　　　虽然青冢人何在，

　　　　还为蛾眉斩画师。

题目：沉黑江明妃青冢恨

正名：破幽梦孤雁汉宫秋

〔剧终〕

半夜雷轰荐福碑

马致远

剧目说明

《半夜雷轰荐福碑》（简名《荐福碑》）在《录鬼簿》《太和正音谱》中并著。

全剧四折一楔子，末本，正末扮张镐。本剧在《冷斋夜话》《续墨客挥犀》《尧山堂外纪》等书中有关雷击荐福碑的记载基础上，扩展、加工而成。剧写：穷书生张镐流落到潞州长子县张家庄上教书为生。朋友范仲淹见其贫苦，写下三封荐书，让他去投靠达官显贵。不料，第一封信投出后，黄员外见信当晚就患病身亡；第二封信还未到达，就传来团练副使刘仕林的死讯。张镐自叹命蹇，无心再去扬州刺史宋公序处投第三封信。而此时范仲淹为张镐谋到的官职又被张家庄庄主张浩混赖去，途中二张相遇，张浩为去后患，欲害死张镐，侍从赵实暗中放走张镐。张浩为杀人灭口，又欲加害赵实，被路经此处的宋公序看到，将二人一并带走。张镐与赵实分手后，淹留于荐福寺内，长老拟将庙内颜真卿亲书《荐福碑》文拓印卖钱，资助张镐进京。而荐福碑又于半夜被雷电轰碎。张镐走投无路，正欲撞树自杀，范仲淹赶到，携其至京，面君对策，被点为头名状元，并被宋公序招赘为婿。

本剧结构紧凑，剧情跌宕起伏，曲文富有抒情色彩，集中反映了作者怀才不遇的牢骚和宿命的人生观，也反映出元代中下层知识分子郁郁不得志的愤懑不平。剧中多处表现出对社会现状的不满，直抒官路被阻的愤懑胸臆，如："这壁拦住贤路，那壁又挡住仕途。如今这越聪明越受聪明苦，越痴呆越享了痴呆福，越糊涂越有了糊涂富。则这有银的陶令不休官，无钱的子张学干禄。"（第一折）清人梁廷楠《曲话》评此曲曰："此虽愤时嫉俗之言，然言之最为痛快，读至此不泣数行下者，几希矣。"

主人公张镐是一个自恃有才却穷愁潦倒、倒霉透顶的书生，他的遭遇正是元代知识分子的典型写照。张镐对在仕宦无门、穷途末路时的怨愤之情的抒发，正是元代以马致远为代表的中下层儒生愤愤不平心理的表达："我本是那一介寒儒，半生埋没红尘路。则我这七尺身躯，可怎生无一个安身处？""则这断简残编孔圣书，常则是养蠹鱼。我去这六经中枉下了死工夫。冻杀我也《论语》篇、《孟子》解、《毛诗》注，饿杀我也《尚书》云、《周易》传、《春秋》疏。"（第一折）

第三折雷轰石碑一段曲辞，力透纸背，尤为曲家所称赏。青木正儿《元人杂剧概说》曰："此剧材料虽极简单，但作者善使针线，曲折变化，发展和结束，写得也工巧，曲辞充满着书卷气。如第三折雷雨轰碎石碑的一段曲辞，力量实在很大。故不失其为佳剧。"明代沈璟《双鱼记》的情节，取自此剧。

现存继志斋《元明杂剧》本、明代陈与郊《古名家杂剧》本、明代臧懋循《元曲选》本、明代孟称舜《古今名剧合选·酹江集》本。另有王季思编《全元戏曲》本，王学奇等《元曲选校注》本，徐沁君等《元曲四大家名剧选》本，萧善因等《马致远集》本。现以《元曲选》为底本，参校其他各本。

（陈建平整理）

人物表：

范仲淹　　冲末扮演，朝廷命官，天章阁学士。

宋公序　　外扮演，范仲淹的朋友。

张　浩　　净扮演，庄家。

张　镐　　正末扮演，穷书生。

宋小姐　　正旦扮演，宋公序的女儿，后嫁给张镐为妻。

学　生　　张镐的学生。

黄夫人　　旦扮演，黄员外妻子。

使　官　　朝中的使官。

行　者　　路人。

龙　神　　南海龙神。

赵　实　　曳刺。

长　老　　荐福寺长老。

版本出处：王季思主编《全元戏曲》（二）人民文学出版社，1999版。

校 对 人：石瑞

第一折

〔范仲淹同宋公序上。

范仲淹 （诗云）龙楼凤阁九重城，新筑沙堤宰相行。
　　　　　　我贵我荣君莫羡，十年前是一书生。
老夫姓范名仲淹字希文，累蒙擢用，颇有政声。今谢圣恩可怜，除老夫为天章阁学士之职。这个是老夫幼年朋友，姓宋名公序。还有一个同堂小弟，姓张名镐字邦彦。老夫自登仕途以来，与兄弟张镐数载不能相会，未知进取功名也，流落四方？老夫常切切于心，拳拳在念。今奉圣人命，着老夫江南采访贤士，宋公序所除扬州为理。只今日俺两个便索登程去也。

宋公序 哥哥，您兄弟已行，别无他事，只有一女，未曾许聘他人。哥哥可有甚么好亲事保举，将来就劳哥哥主婚，成就这门亲事。

范仲淹 相公放心。我有一同堂小弟张镐，论此生的才学，不在老夫之下。我若有书呈到于相公跟前，便成就了这门亲事。

宋公序 多谢哥哥，您兄弟谨领。则今日辞了哥哥，便往扬州之任走一遭去。
〔先下。

范仲淹 宋公序去了也。老夫不敢久停住，则今便往江南采访贤士走一遭去来。
〔下。
〔张浩上。

张　浩　（诗云）段段田苗接远村，太公庄上戏儿孙。
　　　　　　　庄农只得锄刨刀，答贺天公雨露思。
　　　　自家是个庄家，姓张名浩字仲泽，在张家庄居住。广有庄田，牛羊孳畜不知其数，我做个大户。近新来有一个秀才，到我这庄上。我问他名字，他也姓张，名镐字邦彦。此人满腹文章，留在庄上教些学生读书。我偷听他几句言语"知之为知之，不知为不知"。我今日无甚事，看了田禾，我去书房里望那秀才，走一遭去。
　　　　〔下。
　　　　〔张镐引学生上。

张　镐　小生汴京人氏，姓张名镐字邦彦，幼小父母双亡。我有八拜至交的哥哥，乃是范仲淹。他为翰林学士之职，数载不曾相见。小生飘零湖海，流落天涯。在于潞州长子县张家庄上，有一人姓张名浩字仲泽，他见我和他同名同姓，留我在他庄上教着几个蒙童度日。张镐，几时是你那发达的时节也呵！
　　　　（唱）【仙吕】【点绛唇】
　　　　　　我本是那一介寒儒，半生埋没红尘路。
　　　　　　则我这七尺身躯，可怎生无一个安身处？
　　　　（唱）【混江龙】
　　　　　　常言道七贫七富，我便似阮籍般依旧哭穷途。
　　　　　　我住着半间儿草舍，再谁承望三顾茅庐。
　　　　　　则我这饭甑有尘生计拙，越越的门庭无径旧游疏。
　　　　（带云）常言道"三寸舌为安国剑，五言诗作上天梯。"
　　　　（唱）既有这上天梯，可怎生不着我这青霄步？
　　　　　　我可便望兰堂画阁，划地着我瓮牖桑枢。
　　　　学生每，门首觑着，看有甚么人来。

学　生　　理会的。
　　　　　〔范仲淹上。
范仲淹　　老夫范学士。自离了汴京，随咱采访贤士，来到这潞州长子县，打听的我那兄弟张镐在于张家庄上教学。老夫直来到此处，探望我那兄弟走一遭去。可早来到也。祗候人接了马者。学童，你师父在家么？
学　生　　师父家里有。
范仲淹　　你报复去，道有范学士特来相访。
学　生　　（报）有范学士在于门首。
张　镐　　道有请。
范仲淹　　贤弟别来无恙？
张　镐　　哥哥请坐，受您兄弟两拜。
　　　　　（唱）【后庭花】
　　　　　　　　哥哥也，咱可便相识了数载余。
　　　　　　　　哎，你个故人音信疏；
　　　　　　　　远阻隔三千里。
　　　　　　　　你可便近新来安乐无？
　　　　　比及哥哥来，我早知道了也。
范仲淹　　兄弟，我又不曾有书信来，你如何知道？
张　镐　　（唱）我昨夜看文书，猛抬头，疑怪它这灯花儿结聚，
　　　　　　　　今日个果门迎你个长者车。
范仲淹　　贤弟，论你高才大德，博学广文，为何不进取功名，划地在此教学为生，可是主何意？
张　镐　　哥哥，你兄弟一言难尽！
　　　　　（唱）【油葫芦】
　　　　　　　　则这断简残编孔圣书，常则是养蠹鱼。
　　　　　　　　我去这六经中枉下了死工夫。

冻杀我也《论语》篇、《孟子》解、《毛诗》注，
饿杀我也《尚书》云、《周易》传、《春秋》疏。
比及道河出图、洛出书，怎禁那水牛背上乔男女，
端的可便定害杀这个汉相如！

（唱）【天下乐】

这世里难乘驷马车，想贤也波愚，不并居。
我干受了漏星堂半世活地狱。

范仲淹　你积攒下些甚么囊箧？

张　镐　（唱）我浑攒下不到六七斤家麻，五四斗家粟，
几时能够播清风一万古？

范仲淹　贤弟受窘。你肯谒托一两个朋友呵，必有济惠。得些盘费，
进取功名，可不好哪！

张　镐　哥哥，如今难投托人，今人与古人不同。

（唱）【哪吒令】

当日个结交有周瑜鲁肃，
当日个量宽有王阳贡禹，
今日个义让无管仲鲍叔。
则我这运未通、时难遇，枉了狂图。

（唱）【鹊踏枝】

我如今带儒冠，着儒服，
知他我那命里有公侯也伯子男乎？
我左右来无一个去处，
天也，则索阁落里韬椟藏诸！

范仲淹　兄弟也，你是看书的人，便好道"富家不用买良田，书中
自有千钟粟；安居不用架高堂，书中自有黄金屋；出门莫
恨无人随，书中车马多如簇；娶妻莫恨无良媒，书中有女
颜如玉。"前贤遗语，道的不差也。

张　镐　（唱）【寄生草】
想前贤语，总是虚。
可不道"书中车马多如簇"，
可不道"书中自有千钟粟"，
可不道"书中有女颜如玉"；
则见他白衣便得一个状元郎，哪里是绿袍儿赚了书生处。

（唱）【幺篇】
这壁拦住贤路，那壁又挡住仕途。
如今这越聪明越受聪明苦，
越痴呆越享痴呆福，越糊涂越有了糊涂富！
则这有银的陶令不休官，无钱的子张学干禄。

（唱）【六幺序】
我想那今世里真男子，更和那大丈夫，
我战钦钦拨尽寒炉。
则这失志鸿鹄，久困鳌鱼，倒不如那等落落之徒。
枉短檠三尺挑寒雨，消磨尽这暮景桑榆。
我少年已被儒冠误，羞归故里，懒睹乡闾。

（唱）【幺篇】
则这寒儒，则索村居，
教伴哥读书，牛表描朱。
为甚么怕去长安应举？
我伴着伙士大夫，穿着些百衲衣服，半露皮肤。
天公与小子何辜，问黄金谁买《长门赋》？
好不直钱也者也之乎！
我平生正直无私曲，一任着小儿簸弄，山鬼揶揄。

范仲淹　贤弟，似此训蒙呵，几时是你发达时节也！

张　镐　　您兄弟吃这些学生每定害杀我也。

（唱）【金盏儿】

出来的越顽愚，忒乖疏；

便有文宣王哲剑难拘束。

一个个拴缚着纸毽子，一个个装画闷葫芦。

一个撮着那布裙踏竹马，一个舒着那臁肕跳灰驴。

他每那里省的鸦窝里出凤雏，

您兄弟常则是油瓮里捉鲇鱼。

范仲淹　　兄弟，请你那东道出来，我和他厮见。（请科）

〔张浩上。

张　浩　　我如今无甚事，学堂里望那张镐去。

张　镐　　老兄，我哥哥范学士来在此，你和他厮见咱。（做见科）

范仲淹　　老兄，贤弟在此多蒙垂顾。

张　浩　　知之为知之，不知为不知。

张　镐　　小牛往常曾说，此便是小生的哥哥范学士。

张　浩　　多劳相公远降，有失迎迓。知之为知之，不知为不知。

范仲淹　　贤弟，这厮也是个愚理之人。

张　镐　　哥哥，量他何足道哉！

（唱）【醉扶归】

这厮蠢则蠢家豪富，富则富腹中虚。

（带云）哥哥，

（唱）便道东道和门馆德不孤，

他纯经义不词赋，他识字呵不抵死十分看书；

他则是个中选的锄田户。

张　浩　　老相公请坐，我执料些茶饭去。知之为知之，不知为不知。

〔下。

范仲淹　　兄弟，你身边有何功课。

张　镐　　您兄弟积下万言长策,哥哥你试看咱。

范仲淹　兄弟,我将此万言长策献上圣人,保举你为官,意下如何?

张　镐　　此处岂你兄弟久远安身之地?

范仲淹　兄弟,既然你要转动,我与你三封书,投托三个人去。头一封书洛阳黄员外,你投托他去。他见我书呈,你那衣食盘费都在此封书上。第二封书是黄州团练副使刘仕林。他见我书呈必有厚赠。这第三封书是最要紧,是扬州太守宋公序,你下到这封书呵,休说你那盘缠鞍马,就是前程事,都在此封书上。兄弟也,你着意者。你若不得第时,权在张家庄上住,我着人来取你为官。你意下如何?

张　镐　　多谢哥哥赐我这三封书。我辞别东家,便索长行也。

〔张浩上。

张　浩　　弟子孩儿不中用,烧着一只鹅,却揭开锅盖,可被它飞地去了。

张　镐　　长者,小生在此多多混践。着众学生各自还家去,等我回时,可教他再来读书。哥哥,小弟收拾了琴剑书箱,便索起程也。

（唱）【赚煞】

您兄弟先谒信安君,后记扬州牧,

看小子今番命福。

你兄弟一片功名心更速,

岂不闻光阴如过隙白驹。

我将这护身符,你着我变几贯青蚨。

（带云）长者。

（唱）我投人须投大丈夫。

则这新丰一旅,将着马周来不遇。

（带云）哥哥,你可放心也。

| | （唱）你看我专等常何的那一纸荐贤书。
| | 〔下。
| 范仲淹 | 兄弟去了也。长者恕罪。老夫就将这万言长策去献与圣人，保举兄弟为官。不敢久停久住。祗候将马来，别处采访贤士走一遭去来。
| | 〔同下。

楔　子

〔黄夫人上。

| 黄夫人 | 妾身是黄员外的浑家。是好烦恼人也！昨日有个秀才投下一封书，俺员外接过书呈看罢，不知怎生，当夜晚间，员外害急心疼亡了。兀的不痛杀我也！
| | 〔张镐上。
| 张　镐 | 自从张家庄上与哥哥约别之后，小生一径地来到洛阳，投奔那黄员外。昨日下了书呈，在店肆中安下。今日无甚事，黄外宅上走一遭去。哦，可怎生门首挂着纸钱哪？（做唤门科）门里有人吗？
| 黄夫人 | 是谁？
| 张　镐 | 小生是昨日下书的张秀才。
| 黄夫人 | 你是那下书的？兀那秀才，你听者，自从你昨日下了书呈，将俺员外急心疼一夜，妨杀了。今日有甚脸上我门来？你若入门时，抓了你那脸。猝风暴雨，不入寡妇之门。你快回去！
| 张　镐 | 谁死了？

黄夫人　　员外死了。

张　镐　　（做哭科）张镐，你好命薄也呵！哥哥与我三封书，头一封书投与洛阳黄员外，昨日下了书，一夜急心疼死了那员外也。小生不避驱驰，索往黄州投着团练副使刘仕林走一遭去罢。

（唱）【仙吕】【赏花时】

　　我恰做访戴山阴王子猷，

　　身似飘飘没缆舟，为活计拙如鸠。

　　则这客僧投寺宿，措大谒儒流。

（唱）【幺篇】

　　投至得千里书回碧树秋，

　　则怕这一夜霜天白发愁。

　　王粲谒荆州，我想那朝中故友，

　　休教我空倚定仲宣楼！

〔下。

第二折

〔范仲淹同使官上。

范仲淹　　老夫范学士。自从江南采贤士，到于朝中，老夫就将兄弟张镐所作万言长策献与圣人。谢圣恩可怜，就加张镐为吉阳县令。老夫本待亲身自去，争奈公事冗杂。老夫差一使命去加官赐赏。使命，你近前来，我嘱咐你：你去潞州长子县张家庄上，有一个是张镐，为他献了万言长策，圣人的命，加他为吉阳县令，叫他走马到任。小心在意，疾去

　　　　　早来。

　　　　　〔下。

使　官　　领了老相公言语，直到潞州长子县张家庄上，加官赐赏走一遭去。

　　　　　〔下。

　　　　　〔张浩上。

张　浩　　自家张浩。自从那张秀才散了学生，去了许多时也。我今日看了田禾，回来无甚事，且闲坐些儿则个。

　　　　　〔使官上。

使　官　　来到也。左右接了马者。张浩，听圣人的命。

张　浩　　呀！快装香来！知之为知之，不知为不知。（做跪科）

使　官　　张浩，为你献了万言长策，圣人见喜，加你为吉阳县令，叫你走马上任。谢恩！

张　浩　　（拜科）待茶饭了去。

使　官　　不必了，小官事忙。将马来，回圣人话去。

　　　　　〔下。

张　浩　　知之为知之，不知为不知。嗨，我几曾有那万言长策来？是那张镐的，错加了官也。且由他，有谁知道？我如今不可久停久住，收拾鞍马，便索理任去也。

　　　　　〔下。

　　　　　〔张镐上。

张　镐　　小生张镐。收拾琴剑书箱，且往黄州投奔团练使刘仕林走一遭去呵！

　　　　　（唱）【正宫】【端正好】

　　　　　　　恨天涯，空流落。

　　　　　　　投至到玉关外，我则怕老了班超。

　　　　　　　发了愿青霄有路终须到，

划地着我又上黄州道。

（唱）【滚绣球】

这一遭，下不着，

孔融好等你那弥衡一鸦。

哥也，我便似望鹏抟万里青霄。

你搬的我撒了学，置下袍，去这布衣中莽跳。

空着我绕朱门，恰便似燕子寻巢。

比及见这四方豪士频插手，我争如学五柳先生懒折腰，枉了徒劳。

小生幼年间攻习儒业，学成满腹文章，指望一举状元及第，峥嵘发达。谁想今日波波碌碌，受如此般辛勤也。

（唱）【叨叨令】

往常我青灯黄卷学王道，

划地来红尘紫陌寻东道。

如今十个九个人都道，

都道是七月八月长安道。

兀的不困杀人也么哥！看书生何日得朝闻道？

贫乃士之常。圣人道："君子固穷，小人穷斯滥矣。"

（唱）【滚绣球】

虽然我住破窑、使破瓢，

我犹自不改其乐，后来便为官也富而无骄。

洛阳书坐化了，黄州书自窨约。

比及那时节有一个秀才来投托，这世里谁似晏平仲善与人交？

到那财主门首，报复将去，有个秀才下书。那财主便道：着他门首等者。

（唱）他腆着胸脯，眼见的昂昂傲。

（带云）要他那赏发呵，

（唱）将我这羞脸儿怀揣着慢慢地熬。

（带云）投至得他那几贯钱呵！

（唱）轻可等半月十朝。

这里是个三岔路，不知哪条路往黄州去？天色喧热，就在这柳荫直下歇一歇，等一个来往的人问路咱。（张镐坐地科）

〔行者上。

行　者　好热也，晒杀我也！

张　镐　一个出家人来了。我问讯咱。

（唱）【倘秀才】

　　　敢问你个禅师长老。

行　者　问甚么？

张　镐　（唱）这条路去黄州也不错？

行　者　正是黄州大路。

张　镐　（唱）长老也，则他这钟不宜时，为甚敲？

行　者　是无常钟，死了人便撞这钟。

张　镐　（唱）我道死了人的不是个锄田汉。

行　者　不是。

张　镐　（唱）必然是个富官僚。

行　者　可知哩。

张　镐　这官人姓甚名谁？

行　者　我说与你，死了的官人是黄州团练使刘仕林。

张　镐　（唱）我听的他道了。（做叹气科）

（唱）【醉太平】

　　　争些儿把我撞着，可着我心痒难揉。

　　　扬州太守听消耗，你这其间莫不害倒？

　　　第一封书已自无着落，第二封书打发谁行要？

　　　　　　我将这第三封扯作纸题条。
　　　　（带云）张镐，
　　　　（唱）则好去深村做教学。

行　者　吓我这一跳。秀才，你闲也是忙？忙便罢，闲便来寺里吃酸馅来。

张　镐　长老恕罪。张镐也，怎生如此般命蹇？哥哥与了三封书，妨杀了两个人。第三封书谒托扬州刺史，罢、罢、罢，我不往扬州去，我则加那潞州长子县张家村上，等哥哥消耗，可不好哪。
　　　　〔下。
　　　　〔龙神上。

龙　神　（诗云）独魁南海作龙神，兴云降雨必躬亲。
　　　　　　　　曾因误受天公罚，至今不敢借凡人。
　　　　吾神乃南海赤须龙是也。奉玉帝敕旨，着吾神行雨。身体困倦，在于庙中歇息片时，有何不可。
　　　　〔张镐上。

张　镐　好大雨也！兀的是个龙神庙，我则那里避雨去咱。
　　　　（唱）【倘秀才】
　　　　　　则他这香火冷，把他庄家赛倒。
　　　　　　莫不是雨雪少，把这黎民来瘦却？
　　　　　　古庙荒凉饿鬼嚎，
　　　　　　我权捻土做香烧，怨书生的命薄。
　　　　供桌上有一个珓儿，我试问神道路。小生张镐，流落在潞州长子县张家庄，教着几个村学。当时一日，有我的哥哥范学士为访小生，将我万言长策进了，保举我为官；又与我三封书，两封书妨杀两个人。第三封书，小生不曾往扬州去。如今则回潞州长子县，去张家庄上等待哥哥消耗。

小生若是能够为官，便与三个上上大吉；若是不能够为官，便与我三个下下不合神道。

（唱）【滚绣球】

　　将碑珓儿咒愿了，香炉上度了几遭。

（做掷珓科）原来是个下下不合神道。（三科）

（唱）可怎生一掷一个不合神道？

　　和这块臭珓泥也折贵攀高。

　　遮莫是角木蛟、氐土貉，大古里是今秋水落。

　　你下、下、下，淹了我大段田苗。

　　将我些有金银富汉都亡过，我和你无祭享泥神两个厮撞着。

（带云）我骂你呵，

（唱）那里也雨顺风调！

这披鳞的曲鳝，带甲的泥鳅！我歹杀呵是国家白衣卿相，你岂敢戏弄我！怎生出的这恶气？我则题破这庙宇，便是我平生之愿。取出我这笔墨来。有这檐间滴水，磨得这墨浓，蘸得这笔饱，就这捣椒壁上写下四句诗。（做写科）诗写就了，我表白一遍咱。

（诗云）雨旸时若在仁君，鼎鼐调和有大臣。

　　　　同舍若能知此事，谩将香火赛龙神。

我题罢这诗也，觉一阵昏沉，就这殿角边歇息咱。（张镐做睡科）

龙　神　叵耐张镐无礼！你自命蹇福薄，时运未至，却怨恨俺这神祇，将吾毁骂，题破我这庙宇，更待干罢！你行一程，我赶一程；行两程，我赶两程。张镐，你听者：

（诗云）你亏心折尽平生福，行短天教一世贫。

古庙题诗将俺这神灵骂，你本是儒人，我着你今后不如人！

〔下。

张　镐　（做醒科）天色晴了，日影儿出来也。我赶程途去，便索长行。

〔下。

〔张浩骑马上。

张　浩　自家张浩的便是。托赖祖宗余荫，得了这官，如今去赴吉阳县令。万言长策不是我的，是那个张镐的。我就混赖了他的，有谁知道？今日走马赴任，行动咱。知之为知之，不知为不知。

〔张镐上。

张　镐　兀的不是张仲泽，仲泽！

张　浩　不中，我索走、走、走。

〔下。

张　镐　（唱）【呆骨朵】

　　　　我这里高阜处不住地呀呀叫。

〔赵实上。

赵　实　一匹好马也。

张　镐　（唱）见一个带牌子的曳剌随着。

　　　　敢问吗？

赵　实　你问甚么？

张　镐　（唱）这个姓甚名谁？

赵　实　姓张是张浩。

张　镐　（唱）他那年纪儿是大小？

赵　实　三十岁也。

张　镐　（唱）莫不在长子县村中住？

赵　实　是长子县居住。

张　镐　（唱）因甚上为官爵？

赵　实　　为他献了万言长策来。

张　镐　　他哪里有万言长策？

　　　　　（唱）我则这旧相知张仲泽。

　　　　　（带云）哥哥休怪。

　　　　　（唱）管是我眼睛化，将他错认了。

赵　实　　傻屌放手！我赶相公去。

　　　　　〔下。

张　镐　　他哪里取万言长策来？世上多有同名同姓的，我则回潞州长子县张家庄上，待等哥哥消耗便了。

　　　　　〔下。

　　　　　〔张浩骑马上。

张　浩　　知之为知之，不知为不知。天色晴了也。我走了这一日，觉得有些困倦，且下这马来，拴在柳树上，在这绿荫之下暂歇息咱。

　　　　　〔赵实上。

赵　实　　好块子马，脚打着脑勺子走，赴不上。兀的不是那块子马，相公敢在这里。

　　　　　〔赵实见张浩科。

张　浩　　兀那厮是甚么人？

赵　实　　洒家是个曳剌，接相公来，则被那块子马走得紧，洒家紧赶着跟不上，接不着相公。

张　浩　　你知道你那罪过吗？

赵　实　　洒家不知道。

张　浩　　你要饶你那罪过吗？

赵　实　　可知要饶哩。

张　浩　　你路上曾见个秀才么？

赵　实　　洒家见来。

张　浩　　你杀了他去，我便饶了你罪过。

赵　实　　洒家知道，我杀那傻屌去。且慢者，乞个罪名。

张　浩　　他拐了我梅香，偷了我壶瓶台盏，你杀了他去！

赵　实　　我便去。

张　浩　　你回来！倘若你不杀他呵，你休瞒了我；要你三件信物：要他那衣襟衫子、刀上有血、挣命的土刻滩子。三体都有，你便回话。

〔下。

〔张镐上。

张　镐　　天色暄势，打破了我这脚。我慢慢地行波。

赵　实　　（赶上）兀的不是那傻屌。兀那秀才，你住者，我和你说话。

张　镐　　那骑马的可正是张仲泽吗？

赵　实　　俺那相公认得你，着我与你十两枣穰金，在我这腿曲袜子里打着，你自取去。

张　镐　　在哪里？（做低头取科）

赵　实　　你黄泉做鬼休怨我！（做杀末科）

张　镐　　哥哥饶俺生命！小生其实冤屈，死于九泉之下，我不告张仲泽，我则告着你。

赵　实　　（赵实放张镐科）兀那秀才，他道你拐了他梅香，偷了他壶瓶台盏，教我来杀你。你可说你怎生冤屈，你试慢慢说一遍咱。

张　镐　　哥哥，你停嗔息怒，听小生从头至尾告诉得来。小生姓张名镐字邦彦，他姓张名浩字仲泽，因与俺同名同姓，他留小生在他庄儿上教着几个村童。当初一日，有我的哥哥是范学士来相访小生，将我的万言长策收了，又与了我三封书。两封书妨杀了两个人。有第三封书，小生不曾往扬州去。眼见的小生离了那庄上，哥哥着人来喧唤我为官，小生可不在。他也姓张名浩，我也姓张名镐，同名同姓，赖了我这官爵。他恐怕久后白破他这事，故意着哥哥来杀坏小生，他自封妻荫子。哥哥，你没来由替别人做甚么？

赵　实　恁的呵，是俺那傻屌的不是。

张　镐　小生倒不怪那张仲泽，则怪我那范学士哥哥。

赵　实　兀那秀才，你休胡说，那范学士你怎生怨他？

张　镐　（唱）【倘秀才】

我则为他三封书把我这前程来误却，

万言策被人赖了。

大道上肯分的轴头儿厮抹着，

他请我在庄儿上教村学，也曾看成的我至好。

赵　实　兀那秀才，他也姓张名浩，你也姓张名镐。他是哪一个浩字，你是哪一个镐字？你试说我听咱。

张　镐　哥哥不知，听小生说。

（唱）【滚绣球】

我是金字边着个高。

赵　实　可他呢？

张　镐　（唱）他是点水边着个告，因此上一般名号。

赵　实　那加官的管着甚么来？

张　镐　（唱）谁想这送宣的再也不辨个根苗。

他道是盖世豪，我道是儿女曹，咱两个非同管鲍，

哥也，则你那十两穰金是鞘里藏刀。

俺两个一时本是知心友，不想道半路里翻为刎颈交。

他怎肯将我耽饶？

赵　实　兀那秀才，你不说呵，我怎么知道。既然这等，饶你性命，不杀你。

张　镐　谢了哥哥。（做行科）

赵 实　兀那秀才转来，问你要三件信物。

张 镐　哪三件信物？

赵 实　要你那衣衫襟、刀子有血、挣命的土刻滩子。你与我这三件儿，你便去。

张 镐　哥哥，你要衣服，可割一块。

赵 实　将来。（做割科）衣襟有了也。这刀子上要有血。

张 镐　怎么能够这刀子有血？

赵 实　兀那秀才，拣你那不痛处，我扎一刀子。

张 镐　（做怕科）哥哥，哪答儿是不疼的？

赵 实　兀那秀才，你打破鼻子。

〔张镐做打鼻科。

赵 实　你重些打。

张 镐　哥哥，怎么打？

赵 实　（自做打鼻出血科）这般打。

张 镐　哥也，打破你的鼻子，就着那血抹在那刀子上罢，省得我打。

赵 实　倒好了你也。那秀才，你躲了！（做跌倒科）

张 镐　哥也，你甚么？

赵 实　傻屌也，可是那挣命的土刻滩子。

张 镐　感谢哥哥，此恩念异日必当重报。敢问哥哥姓甚名谁？

赵 实　我姓赵，是赵实。你久后得官呵，休忘了赵实。

张 镐　哥哥是赵实，我牢记着哩。小生一句话敢说么？

（唱）【煞尾】

你是必兴心儿再认下这搭沙和草，

哥也，你可休不挂意揩抹了这把带血刀。

（带云）张浩，

（唱）休想天公把你饶！

鞭牛汉平白地赖了官爵，采桑妇没来由受了郡诰。
我空向他乡走一遭，千里投人怕的是到。
若不是吾兄义气高，若不是哥哥怎生了？
山海也似恩临决然报！
异日峥嵘厮撞着，请一个传神巧待诏，
一幅丹青写容貌。
堂上铺陈挂幔幕，罗列杯盘置椅桌，百味珍馐不教少。
一炷明香旦暮烧，将你那救我命的恩人，
（带云）你是赵实哥哥，
（唱）直供养到老！
〔下。

赵　实　秀才去了也。三件信物都有了，我回相公话去。
〔下。
〔张浩上。

张　浩　这厮好不干事，这早晚不来回话。
〔赵实上，见张浩。

赵　实　相公，洒家回来了也。

张　浩　你杀了那秀才不曾？

赵　实　我赶上只一刀，杀了那秀才，三般验证都有。衣衫襟、刀子有血，相公怕不信呵，去看那挣命的土刻滩子。

张　浩　这厮好男子，我饶了你接不着的罪过。（背云）秀才也杀了，这厮久后说出来可怎了？则除是这般。兀那曳剌，你去了一日光景，马不曾饮水，兀那里有井，你去那里打些水饮马去。

赵　实　洒家知道。
（赵实做打水，张浩推科）

赵　实　有人推我！（做转身按倒张浩科）叫有杀人贼也！

〔宋公序引随从冲上。

宋公序 小官宋公序。今取回京师去也。来到此处,是甚么人吵闹?拿近前来!你是甚么人?你说。

赵　实 洒家是吉阳县伺候,教小人接新官去,接着这个傻屌。他道,你怎么误了接待我?洒家便道,那马走得紧,小人赶不上。他便道,你要饶你吗?洒家便道,可知要饶哩。他便道,你路上曾见一个秀才来?我便道,见来。他道,你去杀了他去。我便道,乞个罪名。这个傻屌便道,他拐了我梅香,偷了壶瓶台盏。他又怕我不肯杀他,问我要三个信物验证,要衣衫襟、刀子有血、挣命的土刻滩子。洒家赶上秀才,说了他项上事。那秀姓张名镐,道傻屌也姓张名浩,他两个一般名字。他混赖了他万言长策,得了他官爵。洒家听的说,我放的秀才去了,回这傻屌的话。他久后怕我说出来,着我饮马去。我到井边,恰待打水,这傻屌便要推我在井里。相公,我死呵不打紧,我有八十岁的母亲,可着谁侍养?说兀的做甚!

(词云)小人说从头至尾,说的来不差半米。

杀了秀才又淹死洒家,傻屌也你做的个损人利己。

宋公序 我多听得范学士哥哥说一个张镐的名儿。这个未知是不是?祗候人,拿住这两个人,跟随我去到于京师,见了范学士亲问明白。我自有个主意。左右,哪里将马来,赴京师走一遭去。

张　浩 知之为知之,不知为不知。

〔同下。

第三折

〔范仲淹上。

范仲淹 老夫范学士。自从将兄弟张镐加为吉阳县令,至今音信皆无。老夫今奉圣人的命,差老夫饶州公干。收拾行装,便索往饶州走一遭去来。

〔下。

〔长老上。

长　老（诗云）涧水煎茶烧竹枝,袈裟零落任风吹。
　　　　看经只在明窗下,花开花落总不知。
贫僧乃荐福寺长老。自幼出家剃度为僧,经文佛法无不通晓。我这寺中碑亭内有一统碑文,是颜真卿写的,就是他亲手镌的。书法精妙,寺中以为至宝,等闲人不得见。近日有一人姓张名镐,是范学士的朋友。因持三封书投托人,妨杀了两个人,流落在此,贫僧每日斋食管待。今日无甚事,请到方丈中与此人攀话。这早晚敢待来也。

〔张镐上。

张　镐 打听的范学士哥哥在此饶州为刺史,小生一径地投到饶州来。不想哥哥又宣地回去,将小生淹留在这荐福寺中安下,多多地定害这长老。早间使人来请小生,须索方丈中走一遭去呵!

（唱）【中吕】【粉蝶儿】
　　千里而来,早则不兴阑了子猷访戴,
　　干赔了对践红尘踏路的芒鞋。

　　　　　则俺那守饶州、范学士，故人安在？

　　　　　哥也，不争你日转千阶，

　　　　　我便是第三番又劫着个空寨。

　　（唱）【醉春风】

　　　　　行杀我也客路远如天，闪杀我也侯门深似海。

　　　　　趁着这木鱼声，每日上堂斋；

　　　　　秀才也，更做甚么客、客？

　　　　　谢长老慈悲，为小生贫困，将我做上宾看待。

　　（见长老科）长老，小生在此多混践长老也。

长　老　　不敢。请坐。敢问先生学成满腹文章，为何不进取功名，划地流落四方，是何主意？

张　镐　　长老不问呵，小生不敢说。休赚絮烦，听小生说一遍咱。

长　老　　先生慢慢说一遍。

张　镐　　（唱）【石榴花】

　　　　　小生可便等三年一度选场开，守村院看书斋。

长　老　　当初范学士可怎生相访来？

张　镐　　（唱）不想俺那月明千里故人来，

　　　　　他见我便困在，万丈尘埃。

长　老　　说道了与你三封书，去投奔人如何？

张　镐　　（唱）倚仗着他三封书，还了我这饥寒债。

　　（带云）好处托生也。

　　（唱）先妨杀一个洛阳的员外，

　　　　　奔黄州早则无方碍，

　　　　　半路里先引的一个旋风来。

长　老　　先生但肯谒托一两个朋友呵，必有济惠。

张　镐　　（唱）【斗鹌鹑】

　　　　　只为他财散人离，闪得我天宽地窄。

　　　　　抵死待要屈脊低腰，又不会巧言令色，

　　　　　况兼今日十谒朱门九不开。

　　　　　休道有七步才，他每道十二金钗，强似养三千剑客。

长　老　先生何不进取功名，自甘流落？

张　镐　小生待要往京师去，争奈缺少盘缠。

长　老　既然如此，你若进取功名呵，我无物相赠，我这碑亭中有一通碑文，乃是颜真卿书法，我将一千张纸，几锭墨，教小和尚打做法帖，卖一贯钱一张，往京师去一路上做盘缠，意下如何？

张　镐　（唱）【普天乐】

　　　　　谢吾师，倾心爱，

　　　　　有田文义气、赵胜的胸怀。

　　　　　打一统法帖碑，去向京师卖。

　　　　　到处里书生都相待，

　　　　　谁肯学有朋自远方来？

　　　　　哪里取鸣时的凤麟，则别些个喧檐的燕雀，挡路的狼豺。

长　老　先生，今日天色晚了，到来日着行者与你打法帖。老僧回方丈中去也。

〔下。

张　镐　我闭上这门，就方丈中宿过一夜。明日五更前后，打了这碑文，慢慢地上路便了。

（内做雷响科）

兀的雷响，不下雨也！我开了这门试看咱。好大雨也呵！

（唱）【红绣鞋】

　　　　　本待看金色清凉境界，

　　　　　霎时间都做了黄公水墨楼台。

多管是角木蛟当直圣亲差,

把黄河移得至,和东海取将来,

抵多少长江风送客。

(带云)这雨越下得大也。

(唱)【上小楼】

这雨水平常有来,不似今番特煞。

这场大雨非为秋霖,不是甘泽,

遮莫是箭杆雨、过云雨,可更淋漓辰霭。

(带云)我今夜不读书。

(唱)看你怎生飘麦。

(带云)兀的不吓杀我也!

(唱)【幺篇】

振乾坤雷鼓鸣,走金蛇电影开。

他那里撼岭巴山,搅海翻江,倒树摧崖。

这孽畜,更做你这般神通广大,

也不合佛顶上大惊小怪。

〔龙神上。

龙　神　鬼力轰碎了碑文。这张镐,你听者。

(诗云)莫瞒天地神祇,祸福如同烛影随。

　　　　善恶到头终有报,只争来早与来迟。

〔下。

张　镐　天色明了,我看那碑文。呀!一夜雷轰碎了这碑文也!

(唱)【满庭芳】

粉碎了阎浮世界,

今年是九龙治水,少不少珠露成灾。

将一统家丈三碑,霹雳做了石头块,

这的则好与妇女捶帛。

　　　　把似你便逞头角欺俺这秀才，
　　　　　把似你便有牙爪近取那澹石，周处也曾除三害。
　　　　　我若得那魏征剑来，我可也敢驱上斩龙台。
　　怎生不见长老到来？
　　〔长老上。

长　老　　张先生，一夜雷雨不住，可是怎生？
张　镐　　长老，一夜雷轰碎了这碑文也。
长　老　　你因甚恼着雷神来？
张　镐　　（唱）【快活三】
　　　　你不去五台山里且逃乖，
　　　　干把个梵王宫密云埋。
　　　　则待要倒天河淹没了讲经台，
　　　　哪里取日月光琉璃界。

　　　　（唱）【鲍老儿】
　　　　当日个七个女思凡，养着俺这秀才，
　　　　那其间可不好霹碎了天灵盖。
　　　　古庙里题诗，是我骂来。
　　　　我不曾学了煮海张生怪。
　　　　我腹怀锦绣，剑挥星斗，胸卷江淮，
　　　　饶你冲开海狱，磨昏日月，崩塌山崖。
　　长老，小生命运如此，是天不容小生也。这殿角边有株槐树，要我这性命做甚么？倒不如撞槐身死。
　　〔范仲淹冲上拖张镐。

范仲淹　　蝼蚁尚且贪生，为人何不惜命？
张　镐　　（唱）【十二月】
　　　　我为甚么的做钽魔触槐，
　　　　拚舍了这土木形骸？

范仲淹　　孔子有言："吾岂匏瓜也哉！"好着我无处安排。
　　　　　我不曾与你三封书来？
张　镐　　（唱）再休提三封书与我添些儿气概，
　　　　　　　　怎知道救不得我月值年灾。
　　　　　（唱）【尧民歌】
　　　　　　　　做了场蒺藜沙上野花开。
范仲淹　　指望你金榜标名。
张　镐　　（唱）但占着龙虎榜，谁思量这远乡牌？
　　　　　　　　那里是扬州车马五侯宅，
　　　　　　　　今日个洛阳花酒一时来？
　　　　　　　　哀也波哉，西风动客杯，空着我流落在天涯外！
范仲淹　　兄弟也，你则今日跟的我往京师见圣人去来。
张　镐　　小生情愿跟的哥哥走一遭去。
　　　　　（唱）【耍孩儿】
　　　　　　　　更怕我东南倦上红尘陌，空惹的行人赛色。
　　　　　　　　可不骑鹤人枉沉埋，
　　　　　　　　把着个颜回瓢也叫化的回来。
　　　　　　　　未曾结庐山长老白莲社，正遇着东海龙王大会垓。
　　　　　　　　他共我冤仇大，
　　　　　　　　将这座药师佛海会，都变作赵太祖凶宅。
　　　　　（唱）【二煞】
　　　　　　　　若不是八金刚护着寺门，险些儿四天王值着水灾。
　　　　　　　　偏这条龙不受佛家戒。
　　　　　　　　恰才禅灯老衲开青眼，可又早荐福碑文卧绿苔。
　　　　　　　　空悲慨！他风云已遂，我日月难挨。
　　　　　（唱）【一煞】
　　　　　　　　虽然相公回百姓安，则怕小生行雨又来，

也是我曾经着蛇咬自惊怪。

我则见一株松影横僧舍，错认作个千尺苍龙卧殿阶，真无奈。

今日贵神迎见喜，我问甚么青龙洞求财。

（唱）【煞尾】

相公文章欺董仲舒，诗才过李白。

则为这三封书赍发我做十年客，

你则休教八辅相葫芦提了那万言策。

〔同下。

长　老　贫僧无甚事，陪着范学士同赴京师走一遭去来。

〔下。

第四折

〔范仲淹上。

范仲淹　老夫范学士，自与兄弟张镐同到京师，见了圣人，日不移影，对策百篇。圣人见喜，加为头名状元。今日驿亭中安排茶饭，管待状元。令人请去了，这早晚敢待来也。

〔张镐上。

张　镐　张镐怎想有今日也呵！

（唱）【双调】【新水令】

往常我望长安心急马行迟，

谁承望坐请了一个状元及第。

恕面生也白象笏，少拜识也紫朝依。

今日个列鼎而食，煞强如淡饭黄虀。

到今日恰回味。

（唱）【驻马听】

当日个废寝忘食，铸铁砚长分磨剑的水；
到今日攀蟾折桂，步金阶才觅着上天梯。
得青春割断管宁席，险白头掷却班超笔。
谢罢礼，君恩敕赐平身立。

（做见科）

范仲淹　兄弟峥嵘之日，奋发有时。若不是这一番举荐呵，岂有今日？

张　镐　不干哥哥事。

范仲淹　果然不干我事，是兄弟的才学过人。

张　镐　也不是。

范仲淹　都不是呵，凭甚么得这官来？

张　镐　（唱）【雁儿落】

都则为范张鸡黍期，今日得龙虎风云会。
你休夸举荐心，我非得文章力。

（唱）【得胜令】

都则为那平地一声雷，今日对文武两班齐。
想当初在古庙里题诗句，谁承望老龙王劈破面皮。
其实，驱逼得我无存济；谁知，可原来运通也有发迹。

长　老　贫僧来到这京师，听知的张镐中了头名状元，在于驿亭中。我望相公走一遭去。（做进见科）

范仲淹　长老间别无恙？

张　镐　长老勿罪。

长　老　恭喜相公已得美除。

张　镐　（唱）【落梅风】

当日个荐福碑，多谢你老禅师倒赔了纸墨。不想那

当日个废寝忘食，铸铁砚长分磨剑的水；
到今日攀蟾折桂，步金阶才觅着上天梯。

避乖龙肯分的去碑上起，可早霹雳做粉零麻碎。

〔宋公序上。

宋公序　小官宋公序。听知的范学士哥哥在驿亭中，我先去见哥哥去。赵实，你休着走了那张浩，只在这里等着。来到门首，我自过去。（做见范科）哥哥一别许久。

范仲淹　相公，你与这相公厮见。

宋公序　（问科）敢问哥哥，这位是谁？

范仲淹　则这个便是张镐。

〔范仲淹看张。

范仲淹　呆弟，这个便是扬州太守宋公序。

张　镐　（唱）【水仙子】

枉自有三封书札袖中携，我则索拨尽寒炉一夜灰。
眼睁睁现放着傍州例，我则去那菜馒头处拖狗皮。
早两桩儿送的来路绝人稀。

范仲淹　兄弟，那死的死了，扬州为何不去？

张　镐　（唱）便道你扬州牧能义气，我则怕又做了死病难医。

宋公序　哥哥不知，您兄弟路上拿住一个假张浩也。

范仲淹　在哪里？拿将过来。

张　镐　张仲泽，我和你有甚冤仇，着人杀坏我来？

张　浩　知之为知之，不知为不知。

张　镐　（唱）【川拨棹】

你道你便老实，你不知为不知，你只会拽耙扶犁，
抱瓮浇畦。
万言策谁人做的？
你待要狐假虎威。
哎，你个贾长沙省气力。

（唱）【七弟兄】

就里、端的，现放着试金石。

这是万邦取则鱼龙地，对金銮壮志吐虹霓，

不比你那看青山满眼骑驴背。

（唱）【梅花酒】

呀，

张仲泽你忒下得，说小生当日，正波迸流移，

无处可也依栖。

他倚恃着黄金浮世在，我险些儿白发故人稀。

当日在，村庄里；村庄里，教学的；

教学的，谢天地；谢天地，遂风雷；

遂风雷，脱白衣；脱白衣，上丹墀；

上丹墀，帝王知；帝王知，我身亏；

我身亏，那一日；那一日，便心里；

便心里，得便宜。

（唱）【收江南】

呀，你今日讨便宜翻做了落便宜。

你待将沤麻坑，索换我那凤凰池。

张　浩	可怜见我父亲年纪高大，又有疾病哩。
张　镐	（唱）你道你父亲年老更残疾，他也不是个好的。

常言道"老而不死是为贼。"

只不见我那大恩人在哪里？

赵　实	相公认得洒家吗？只我便是赵实。
张　镐	哥哥，受张镐两拜。
赵　实	洒家不敢，相公请起。
范仲淹	兄弟，你为甚么拜他？
张　镐	哥哥不知，我当此一日，若不是他饶了我性命呵，岂有今日！

范仲淹　　原来有这等事。你一行人听我下断：假张浩暗赖了万言长策，诈图官爵，杀坏平人，市曹中明正典刑；赵实见义当为，不行邪径，就加你为吉阳县令；荐福寺长老加为紫衣太师；宋公序选吉日良辰，就招女婿张镐过门。老夫杀羊造酒，做一个喜庆的筵席。

（众谢科）

宋小姐　　（唱）【鸳鸯煞】

则这远公休结白莲会，谢安却被苍生起，
谁知也有这日。
成就了宰相荐贤心，才趁了男儿仗义胆，白破了贼汉拖刀计。
倒招了个女娇娃结眷姻，和你这老禅师为交契。
大都来是书生命里，
不争将黄阁玉堂臣，几乎地做了违宣抗敕鬼。

题目： 三封书揭扬州牧
正名： 半夜雷轰荐福碑

〔剧终〕

江州司马青衫泪

马致远

剧目说明

《江州司马青衫泪》（简名《青衫泪》），马致远作。本剧在《录鬼簿》《太和正音谱》中并著。

全剧四折一楔子。旦本，正旦扮裴兴奴。据唐朝诗人白居易的《琵琶行》敷衍而成。

剧写：吏部侍郎白居易与教坊司官妓裴兴奴，相处甚洽。不料，白居易突然被贬为江州司马。分离时，二人相约互不负心。白居易走后，贪财的老虔婆与茶商刘一郎设计修书一封，诈称白居易已死，使裴兴奴彻底绝望。在老虔婆百般逼迫之下，裴兴奴嫁与刘一郎。婚后，刘一郎终日与朋友饮酒作乐，裴兴奴常常是形影相吊。一日，茶船行至江州，刘一郎再次外出吃酒，裴兴奴弹起琵琶排遣愁绪。恰被正为好友廉访使元微之践行的白居易听见，有情人终于相见，共诉衷肠。三人正高谈阔论时，丫环突报刘一郎醉归，裴兴奴只得回船服侍，待其熟睡，毅然过船与白居易远走高飞。元微之回朝后奏明唐宪宗，白居易官复原职，与裴兴奴共享荣光，老虔婆决杖六十，刘一郎流窜远方。

此剧是一出典型的士、妓、商的三角恋，也是马致远现存唯一的旦本戏。名妓裴兴奴终究选择了士子而不是商人，不过是文人的一种自我陶醉。但剧中借裴兴奴之口，谴责贪财的鸨母："少年的人，苦痛也天；狠毒呵娘，好使的钱。你好随的方就的圆，可又分的愚别的贤？女爱的亲，娘不顾恋；娘爱的钞，女不乐愿。今日我前程事已然。有一日你无常到九泉，只愿火炼了你教镬汤滚滚煎，碓捣罢教牛头磨磨研。直把你作念到关津渡口前，活咒到天涯海角边。"的确真实反映了元代妓女的悲惨命运，是对当时社会丑恶现象的无情抨击。

后世有明朝顾大典的《青衫记》传奇（存）、清朝蒋士铨的《四弦秋》杂剧（存）、清朝赵式曾的《琵琶记》传奇（存）、清朝王鑨的《司马衫》（佚）、清朝敦诚的《琵琶行》杂剧（佚）。

现存明代陈与郊《古名家杂剧》本、明代顾曲斋《古杂剧》本、明代臧晋叔《元曲选》本、明代孟称舜《古今名剧合选·柳枝集》本、李开先《改订元贤传奇》本、《阳春奏》本、《今乐府选》本。另有王季思编《全元戏曲》本，王学奇等《元曲选校注》本，徐沁君等《元曲四大家名剧选》本，萧善因等《马致远集》本。现以《元曲选》为底本，参校其他各本。

（陈建平整理）

人物表：

白乐天　　冲末扮演，白居易，字乐天，先为京官，后任江州司马。

裴兴奴　　正旦扮演，教坊司官妓。

刘一郎　　净扮演，茶商。

李　婆　　老旦扮演，裴兴奴之母。

唐宪宗　　末扮演，唐顺宗长子，名李纯，唐朝皇帝。

贾浪仙　　外扮演，翰林院编修。

孟浩然　　外扮演，翰林院编修。

版本出处：〔明〕臧晋叔编，《元曲选》（全四册），中华书局，1979年6月。

校 对 人：焦翔宇

第一折

〔冲末扮白乐天,同外扮贾浪仙、孟浩然上。

白乐天 (诗云)宴游饮食渐无味,杯酒管弦徒绕身。
宾客欢从童仆喜,始知官职为他人。
小生姓白名居易,字乐天,太原人氏,现任吏部侍郎。这二位老兄,一位是贾浪仙,一位是孟浩然,都是翰林院编修。方今大唐天下,宪宗即位。时遇春三月,在公廨中闷倦,待往街市上私行一遭。更了衣衫,只作白衣秀士。听得人说,这教坊司有个裴妈妈家一个女儿,小字兴奴。好生聪明,尤善琵琶,是这京师出名的角妓。咱三人同访一遭去来。

贾浪仙 咱三人去来。
(诗云)高兴出尘外,携尊玩物华。

孟浩然 (诗云)偷将休沐暇,出访狭邪家。
〔老旦扮李婆(卜儿)上。

李　婆 老身姓李,是这教坊司裴五之妻。夫主亡化已过,只生下一个女儿,叫做兴奴。生得颜色出众,聪明过人,吹弹歌舞,诗词书算,无所不通。自小时曾拜曹善才为师,学得一手琵琶。官员子弟,闻名都来吃酒。只是孩儿养得娇了,一来性儿好自在,二来有些拣择人。这早晚还不起来,只怕有人来吃酒。孩儿起来罢!
〔正旦扮裴兴奴引梅香上。

裴兴奴 妾身裴兴奴是也。在这教坊司乐籍中现应官妓。虽则学了几曲琵琶,争奈叫官身的无一日空闲。这门衣食,好是低微。大清早母亲叫，只得起来。天色还早哩。

（唱）【仙吕】【点绛唇】

从天未拔白，酒旗挑在歌楼外。

呀地门开，早送旧客迎新客。

（唱）【混江龙】

好教我出于无奈，泼前程只办的好栽排。

想着这半生花月，知他是几处楼台？

经板似课名排日唤，落叶似官身吊名差。

俺这老母呵，

（唱）更怎当她银堆里舍命，银眼里安身，挂席般出落着孩儿卖。

几时将缠头红锦，换一对插鬟荆钗！

（做见科）母亲万福。唤你孩儿有何话说？

| 李　　婆 | 没甚么话说。只是咱这等人家，要早起些，光头净面，打扮得娇媚着些。倘有俊俠来，赚他几文钱养家。你只管里睡觉，谁送钱来与你！ |
| 裴兴奴 | （唱）【油葫芦】 |

俺娘不殢酒时常鬈髻歪，一鼻凹衡是乖。

看看两鬓雪霜般白，我则道过中年人老朱颜改，

谁想她扑郎君虎瘦雄心在。

折倒得我形似鬼，熬煎得我骨似柴。

似恁的女残废不敢怨娘害，则叹自己年月日时该。

| 李　　婆 | 你则管里说甚么？快打扮了，则怕有客来。 |
| 裴兴奴 | （唱）【天下乐】 |

则索倚定门儿手托腮，想别人家奴胎，

也得个自在；

轮到我根脚里，都世袭了烟月牌。

　　　　　　他管甚桃李开，风雨筛，更问甚青春不再来。
　　　　　〔白乐天同贾浪仙、孟浩然上。
白乐天　　走了这半日，人说道这是裴妈妈家。不好进去，我咳嗽一声。
李　婆　　是谁在外边？（出见科）原来是三位进士公，请里面坐。
白乐天
贾浪仙　　妈妈祗揖。
孟浩然
李　婆　　兴奴孩儿，来陪三位进士公。快抬桌儿，看酒来！
裴兴奴　　（觑科）好是奇怪，娘见了三个秀才踏门，怎生便教看酒？
　　　　　（唱）【醉扶归】
　　　　　　送了几辈儿茶员外，都是这一副儿酒船台。
　　　　　　俺娘吃不的荤腥教酒肉擩，待觅厌饫的新黄菜。
　　　　　　她手里怎容得这几个酸寒秀才？
　　　　　我知道了也。
　　　　　（唱）俺娘八分里又看上他那条乌犀带。
　　　　　（裴兴奴出见科）三位万福。
白乐天
贾浪仙　　大姐祗揖。
孟浩然
裴兴奴　　（唱）【后庭花】
　　　　　　这里是风尘花柳街，又不是王侯宰相宅。
　　　　　　我忙着笑脸儿迎将去，学士是甚风儿吹到来？
白乐天　　我等久慕高名，特来一拜。
裴兴奴　　（唱）是几个俊秀才，
　　　　　　偏他还咱一拜，怎做的内心儿不散色。
裴兴奴　　敢问官人尊姓大名？

白乐天	小生是侍郎白居易。这二位是学士贾浪仙、孟浩然。因此春日，公衙无事，换了衣服来街市闲行。久慕大姐德容，一径的来拜望。
裴兴奴	不敢不敢。学士大人不弃下贱，小酌三杯如何？
白乐天	好便好，只是不敢取扰。

（裴兴奴把酒科）

贾浪仙	今日幸遇大姐，咱多饮几杯。
孟浩然	我还有人求的几首诗未了，少吃醉些。
裴兴奴	（唱）【金盏儿】

　　一个笑哈哈解愁怀，一个酸溜溜卖诗才。
　　休强波灞陵桥踏雪寻梅客，便是子猷访戴，
　　敢也冻回来。
　　咱这里酥烹金盏酒，香搵玉人腮；
　　不强如前村深雪里，昨夜一枝开。

贾浪仙 孟浩然	（做意科）我醉了也。咱回去罢。
白乐天	再坐一会，怕做甚么！
裴兴奴	（唱）【后庭花】

　　你待赚鳌鱼钓颏腮，怎想与刘伶装布袋？
　　我这怪脸儿奸如鬼，你酒肠宽似海。

贾浪仙 孟浩然	我们都已醉了，不要过了酒戒，不吃罢。
裴兴奴	（唱）畅开怀，都似你朦胧酒戒，那醉乡侯安在哉？
李　婆	二位学士醉了，侍郎再坐一坐。
贾浪仙 孟浩然	乐天侍郎，咱且回去，明日再来。
白乐天	平白里打扰了一日，怎生就空去了？

裴兴奴　　（唱）【金盏儿】
　　　　　　　我不曾流水出天台，
　　　　　　　你怎么走马到章台。
白乐天　　定害了你这一日。
裴兴奴　　（唱）更待要秦楼夜访金钗客，
　　　　　　　索甚么恶叉白赖闹了洛阳街。
　　　　　　　兀那酒丧门临本命，饿太岁犯家宅。
　　　　　　　虽是我管待这两个穷秀士，权当一百日血光灾！
贾浪仙
孟浩然　　咱去罢，则管缠甚么？
李　婆　　白侍郎要住下，着这二位催逼得慌，好生败兴。
白乐天　　下官有心待住下，二位醉了，不好独回。待下官送他回去，明日自己再来。只是大姐费了茶酒，定害这一日，容下官赔补。
裴兴奴　　侍郎说哪里话。
　　　　　（唱）【赚煞】
　　　　　　　稍似间有些钱，抵死里无多债，
　　　　　　　权做这场折本买卖。
　　　　　　　若信着俺当家老奶奶，把惜花心七事儿分开。
　　　　　　　哎，你个俏多才，
　　　　　　　不是我相择，你更怕辱没着俺门前下马台！
　　　　　　　俺娘山河易改，解元每少怪。
　　　　　侍郎记者，
　　　　　（唱）怕你再行踏，休引外人来。
　　　　　〔同下。

楔 子

〔外扮唐宪宗引内官上。

唐宪宗　（诗云）励精图治在勤民，宿弊都将一洗新。
　　　　　虽则我朝词赋重，偏嫌浮藻事虚文。
　　　　寡人唐宪宗皇帝是也。承祖宗基业，嗣守天位。自安史之乱，藩镇强盛，寡人用裴度之谋，渐次削夺。争奈文臣中多尚浮华，各以诗酒相胜，不肯尽心守职。中间白居易、刘禹锡、柳宗元等，尤以做诗做文误却政事。若不加谴责，则士风日漓矣。内侍每，传与中书省，可将白居易贬江州司马，柳宗元柳州司马，刘禹锡播州司马，如敕奉行。

内　官　领圣旨。
　　　　〔随下。
　　　　〔白乐天上。

白乐天　小官白乐天。平生以诗酒为乐，因号醉吟先生。目今主上图治心切，不尚浮藻，将其左迁江州司马，刻日走马之任。别事都罢，只是近日与裴兴奴相伴颇洽，谁料又成远别。须索与她说一声，我去得也放心。
　　　　〔裴兴奴引梅香上。

裴兴奴　（诗云）世间好物不坚牢，彩云易散琉璃脆。
　　　　妾身裴兴奴。自从与白侍郎相伴，朝来暮去，又早半年光景。相公在妾身上十分留意，妾身也有终身之托。近日闻得人说，白侍郎左迁江州司马，就要起行。天哪，谁想有

　　　　　这一场恶别离也！梅香，安排下酒肴，待侍郎来时，与他
　　　　　奉饯一杯，多少是好。
梅　香　　理会的。
　　　　　〔白乐天上。
白乐天　　早来到兴奴门首。无人在此，我自过去。（见裴兴奴科）
　　　　　大姐祗揖。
裴兴奴　　相公万福。
白乐天　　大姐，实指望相守永久，谁想又成远别。
裴兴奴　　妾之贱躯，得事君子，誓托终身。今相公远行，兀的不闪
　　　　　杀人也！
白乐天　　下官这一去，多则一年，少则半载，回来再相会也。
裴兴奴　　只是一时间放心不下。梅香，将酒来，与相公奉饯一杯。
　　　　　（把酒科）
　　　　　（唱）【仙吕】【端正好】
　　　　　　　有意送君行，无计留君住，
　　　　　　　怕的是君别后有梦无书。
　　　　　　　一尊酒尽青日暮，我揾翠袖泪如珠。
　　　　　　　你带落日践长途，情惨切意踌躇，
　　　　　　　你则身去心休去！
裴兴奴　　相公，此别之后，妾身再不留人，专等相公早些回来。
白乐天　　大姐，则要着志者，下官决不相负。我去也。
　　　　　〔裴兴奴随下。

第二折

〔李婆上。

李　婆　自从白侍郎去了，孩儿兴奴也不梳妆，也不留人，只在房里静坐。俺这唱的人家，再靠些甚么？昨日茶坊里张小闲来说，有个浮梁茶客刘一郎，要来和孩儿吃酒，孩儿百般不肯。今日他说要自来，等来时再做计较。

〔丑扮小闲引净扮刘一郎上。

刘一郎　（诗云）都道江西人，不是风流客。

小子独风流，江西最出色。

小子刘一郎是也，浮梁人氏。带着三千引细茶，来京师发卖。听得人说，教坊司裴妈妈家有个女儿，名兴奴。昨日央张二哥说知，老妈叫我今日自去。走了一会儿，来到门首也。张二哥，咱进去咱。

张小闲　（小闲见李婆科）妈妈，刘员外来了也。

李　婆　请进来。

刘一郎　（见李婆科）妈妈拜揖。

李　婆　客官拜了。

刘一郎　久闻令爱大姐大名，小子有三千引细茶，特来做一场子弟。

李　婆　俺孩儿只为白侍郎，再不留人。我如今叫她出来，好歹教她伴你。若再不肯，你写一封假书，只说白侍郎已死，她可待肯了。

小　闲　此计大妙。妈妈，你叫大姐出来陪着，我就去做假书，不要迟了。

〔下。

李　婆　兴奴孩儿，有客在此，快来快来！
〔裴兴奴上。

裴兴奴　妾身裴兴奴。自从白侍郎别后，尽着老虔婆百般啜哄，我再不肯接客求食。近日有一个茶客刘一郎，待要与我做伴，我哪里肯从。争奈老虔婆被他钱买转了，似这般怎生是好？兀的不烦恼人也呵！

（唱）【正宫】【端正好】
　　命轻薄，身微贱，好人死万万千。
　　世间儿女别离遍，也数不上俺那阳关怨！

侍郎，不争你去了，教我倚靠何人？

（唱）【滚绣球】
　　你好下得白解元，闪下我女少年。
　　道不得可怜而见，他又不曾故违着天子三宣。

人说白侍郎吟诗吃酒误了政事，前人也有这等的。

（唱）只那长安市李谪仙，他向酒里卧酒里眠，
　　尚古自得贵妃捧砚，常走马在五凤楼前。
　　偏教他江州迭配三千里，可不道吏部文章二百年，
　　甚些的纳士招贤？

（见李婆科）母亲，叫你孩儿怎么？

李　婆　白侍郎一去杳无音信，咱家柴没米没，怎生过活？如今浮梁刘官人有三千引茶，又标致又肯使钱。你留下他，赚些钱养家。

裴兴奴　母亲，我与白侍郎有约在前，我再不留人了。

李　婆　我说你也不信，请刘官人自家来和你说。

刘一郎　（见裴兴奴科）大姐拜揖，小人久慕大名，拿着三千引茶来与大姐焙脚，先送白银五十两做见面钱。

裴兴奴　　过一边去！好不知高低。我做了白侍郎之妻，休来缠我！

李　婆　　你不肯陪我刘员外，好个白侍郎夫人！如今白侍郎那里敢颓气了也。

裴兴奴　　（唱）【倘秀才】

　　　　　这姻缘成不成在天，你休见兔儿起呵漾砖。
　　　　　情知普天下虔婆哪一个不爱钱。

　　　　刘员外呵，
　　　　　（唱）他便是贵公子、赵平原，你也要过遣。

刘一郎　　你家是卖俏门庭，我来做一程子弟，你不留我，如何倒拒绝我？

裴兴奴　　（唱）【滚绣球】

　　　　　这的是我逆耳言，休厮缠、厮缠着舞裙歌扇，
　　　　　这两般儿曾风流断没了家缘。
　　　　　刘员外你若识空便，早动转，倒落得满门良贱。
　　　　　休觑着我这陷人坑，似误入桃源；
　　　　　我怕你两尖担脱了孤馆思乡客，三不归翻了风帆下水船，枉受熬煎。

刘一郎　　小子世来你家，大姐不要说闲话，咱两个吃盅儿酒。

　　　　（做劝酒科）

裴兴奴　　拿开，我不吃！

李　婆　　（怒科）好贱人！上门好客，你怎么不顺从？和钱赌鳖，打死你这奴才！

裴兴奴　　（唱）【呆骨朵】

　　　　　我觑着眼前人，即世里休相见。
　　　　　我又不曾箪着你脸上直拳，
　　　　　好生地人也似揪他，他驴也似调蹇。
　　　　　他着酒儿将咱劝，我索屎做糕糜咽。

　　　　　　我须打是惜骂是怜。
　　　　　　娘呵，可休穷厮炒，饿厮煎！
李　婆　这小贱人不听我说，只想白侍郎，她哪里想着你哩！左右是左右，员外多拿些钱来，我嫁与你将去。
刘一郎　随老妈妈要多少钱，小子出得起。
裴兴奴　（起）我心在那里，你则管胡缠我。
　　　　（唱）【倘秀才】
　　　　　　这些时但合眼早怀儿里梦见，
　　　　　　则是俺吃倒赚江州乐天。
李　婆　见钟不打，更去炼铜。乐天乐天，在哪里？
刘一郎　小子也看得过，咱做一程夫妻，怕做甚么？
裴兴奴　（唱）谁教你闷向秦楼列管弦？
　　　　刘员外，
　　　　（唱）休信我，醉中言，说则说在前。
　　　　天哪！怎生教我陪伴这样人也！
　　　　（唱）【滚绣球】
　　　　　　往常我春心寄锦笺，离情接断弦，
　　　　　　风流煞谢家庭院。
　　　　　　到如今划地教共猪狗同眠。
刘一郎　大姐，仕路上大官都是我乡亲，小子金银又多，又波俏，你不陪我，却伴哪样人？
裴兴奴　（唱）那厮正拽大拳，使大钱，这其间柱了我再三相劝。
　　　　　　怎当他痴迷汉，苦死歪缠。
　　　　　　想着那蒙山顶上春风细，肯分地扬子江心月正圆。
　　　　　　也是天使其然。
　　　　〔丑扮寄书人上。
寄书人　小人是江州一个皂隶。俺白司马老爹在任，偶感病症，写了这一封书，教我送与教坊司裴兴奴家。写下书，俺司马相公就死了。小人不免捎与她去。走了半月，方到京师。问人说，这里是她家，不免进去。（做见李婆科）老人家作揖。

李　婆　　大哥是哪里来的？

寄书人　　我是江州白司马老爹差来下书的。

李　婆　　你老爹好吗？

寄书人　　俺老爹打发了书，就死了也。

李　婆　　谁这等说？拿书来我看。

（寄书人呈书科）

李　婆　　孩儿你看。

裴兴奴　　（接书，念）寓江州知末白居易，书奉裴小娘子：向在宅上扰聒，自别来魂驰梦想，此心无时刻得离左右也。满望北归，以偿旧约，不料偶感时疾，医药不效，死在旦夕。专人走告，勿以死者为念。别结良缘，以图永久。临楮不胜哽咽，伏冀情谅。（旦悲科）兀的不痛杀我也！闪杀我也！

李　婆　　孩儿，白侍郎已死了，夫人也做不得了，再不必说。你如今可嫁刘员外去罢。

刘一郎　　小子可等着了。

寄书人　　小人去罢。

裴兴奴　　吃了饭去。

寄书人　　不必了。

〔下。

裴兴奴　　（唱）【叨叨令】

我这两日上西楼，盼望三十遍；

空存得故人书，不见离人面。

>　　听得行雁来也，我立尽吹箫院；
>　　闻得声马嘶也，目断垂杨线。
>　　相公呵，你原来死了也么哥？你原来死了也么哥？
>　　从今后越思量越想的冤魂儿现！

刘一郎　妈妈既许了亲事，小人奉白银五百两为聘礼。小子归家心切，就请小娘子上船。

李　婆　老身已许了你，岂肯退悔？就打发孩儿去罢。

裴兴奴　罢、罢、罢，刘员外既要成亲，容我与侍郎澆一碗浆水，烧一陌纸钱咱。

刘一郎　这也使得。

裴兴奴　（烧纸浇酒科）侍郎活时为人，死后为神。（哭科）则被你闪得我苦也！

（唱）【倘秀才】
>　　侍郎呵，你往常出入在皇宫内院，
>　　只合生死在京师帝辇，也落得个金水河边好墓田。

刘员外，

（唱）你且离了我跟前，他从来有些腼腆。

（唱）【滚绣球】
>　　你文章胜贾浪仙，诗篇压孟浩然。
>　　不能够侍君王在九间朝殿，
>　　怎想他短辛律命似颜渊。
>　　今日扑通的瓶坠井，支楞的琴断弦，
>　　怎能够眼前面死魂活现？
>　　你若有灵圣，显形影向月下星前。
>　　则这半提淡水招魂纸，侍郎也，当得你一盏阴司买酒钱。
>　　止不住雨泪涟涟。

（做化纸起旋风科）

这一阵旋风，兀的不是侍郎来了也。

（做悲科）

（唱）【醉太平】

烧一陌纸儿钱，叙几句儿衷言。

待不啼哭，夫乃妇之天，抛闪杀我也少年！

只见一个来来往往旋风足律即留转，吓得我慌慌张张手脚滴羞笃速战。

一个俏魂灵不离了我打盘旋，我做人的解元。

刘一郎　　大姐，纸也烧了，夫妇之情也尽了，请上船罢。

裴兴奴　　（唱）【一煞】

兴奴也，你早则不满梳绀发挑灯剪，

一炷心香对月燃。

我心下情绝，上船恩断；

怎舍他临去时舌奸，至死也心坚。

到如今鹤归华表，人老长沙，海变桑田。

别无些挂恋，须索何红蓼岸绿杨川。

刘一郎　　大姐去罢。这等哭，哭到几时？

裴兴奴　　（唱）【二煞】

少不得听那惊回客梦黄昏犬，聒碎人心落日蝉。

只不过临万顷苍波，落几双白鹭；对千里青山，闻两岸啼猿。

愁的是三秋雁字，一夏蚊雷，二月芦烟。

不见他青灯黄卷，却索共渔火对愁眠。

李　婆　　员外等久了，去罢。

裴兴奴　　（唱）【三煞】

赤紧的大姨夫缘分咱身上浅，

　　　　老太母心肠这壁厢偏。

　　　　谁想司马坟边，彩云零落；茶客船头，明月团圆。

　　　　娘呵，

　　　　你早则皂裙儿拖地，柱杖儿过头，鬌髻入稍天；

　　　　却下的这拳槌不善，教我空挨那没程限的窦娥冤！

母亲，我是你生亲之女，替你挣了一生。只为这几文钱，千乡万里卖了我去。母亲好狠也！

（唱）【四煞】

　　　　怎想他能挨磨扇似风车转，

　　　　更合着梦见槐花要黄袄儿穿。

　　　　我虚度三旬，是这婆娘亲女；受用了十年，是这赵妈妈金莲。

　　　　我也曾有厅上待客，后阁内留宾，只不曾坐车上当辕。

　　　　偌来大穷坑火院，只央我一身填。

罢、罢、罢，母亲，我也顾不得你了，我去也。

刘一郎　　妈妈，小子去也。多承厚意，来年捎细茶来吃。

裴兴奴　　（唱）【尾煞】

　　　　不甫能一声金缕辞哥扇，划地听半夜钟声到客船。

　　　　少年的人，苦痛也天；狠毒呵娘，好使的钱。

　　　　你好随的方就的圆，可又分的愚别的贤？

　　　　女爱的亲，娘不顾恋；娘爱的钞，女不乐愿。

　　　　今日我前程事已然。

　　　　有一日你无常到九泉，

　　　　只愿火炼了你教镬汤滚滚煎，碓捣罢教牛头磨磨研。

　　　　直把你念到关津渡口前，活咒到天涯海角边。

　　　　都道这风尘是宿缘，明理会得穷神解不的冤。

　　　　娘呵，

（唱）你只把我早嫁浔阳一二年，

怎到的他干贬去江州四千里远！

〔同下。

第三折

〔白乐天引左右上。

白乐天　下官白居易。自左迁司马，来此江州，又早一年光景。昨日驿中报来，说故人元微之有事江南，打从这里经过。不免吩咐左右，预备饮馔，伺候则个。

〔外扮元微之上。

元微之　小官姓元名稹字微之。现任廉访使之职。昨蒙圣恩，差来采访民风，经过江州。我想此处司马白乐天，乃某至交契友，不免上岸探望他一遭。来到这州衙门首。左右报复去，道有故人元稹来访。

左　右　（报科）有故人元老爹来访。

白乐天　道有请。

左　右　请。

白乐天　（进见科）微之，甚风吹得你来？贵脚踏贱地，使下官喜从天降。

元微之　乐天久居江乡，牢落殊甚，下官常切怀抱。奈拘职守，不得相从。今幸天假其便，再瞻眉宇，岂胜庆幸！

白乐天　左右将酒过来。微之，少屈片时。

元微之　不必留坐，下官行李俱在船上。下官正要与乐天文叙一会，可将这酒席称到船上，送我一程如何？

白乐天　　下官亦有此心,咱就同去。左右,快携酒肴来者。

〔同下。

〔刘一郎上。

刘一郎　　小子刘一郎。自从娶得裴兴奴,又早半年光景。众朋友日日置酒相招,无有虚日。今日又是王官人相邀。大姐,好生看家,小子吃酒去来。

〔下。

〔裴兴奴引梅香上。

裴兴奴　　妾身裴兴奴。不想狠毒虔婆贪钱,为我不肯留客求食,把我卖与茶客刘一郎为妻,随他茶船来到这里。问人说来,这里正是江州。那单俫吃酒去了,不在船上。对着这般江天景物,想起那故人乐天,不由人不感伤也呵。

（唱）【双调】【新水令】

　　正夕阳天阔暮江迷,倚晴空楚山叠翠。

　　冰壶天上下,云锦树高低。

　　谁倩王维,写愁入画图内?

（唱）【驻马听】

　　常教他尽醉方归,是他拂茶客青山沽酒旗;

　　伴着我死心搭地,是兀那隐离人望眼钓鱼矶。

这江哪里是江,

（唱）则是递流花草武陵溪,幽囚风月蓝桥驿。

　　直恁的天阔雁来稀,莫不是衡阳移在江州北?

天色将晚,那厮吃酒去了,甚时回来?梅香,拂了床,我自家睡去罢。

（唱）【步步娇】

　　这个四幅罗衾初做起,

　　本待招一个内流婿,怎知道如今命运低。

　　　　长独自托冰鉴两头偎，恁的般受孤恓，

　　　　知他是谁唤你做鸳鸯被？

本待睡儿，怎生睡得着？梅香，将那琵琶过来，对此明月，写我愁怀咱。

（做抱琵琶科）

（唱）【搅筝琵】

　　　　都是你个琵琶罪，少欢乐足别离。

　　　　为你引商妇到江南，送昭君出塞北。

　　　　紫檀面拂金猊，越引得我伤悲。

　　　　想故人何日回归，

　　　　生被这四条弦拨俺在两下里，倒不如清夜闻笛。

（做弹琵琶科）

〔白乐天同元微之上。

白乐天	来到这舟中，一江明月，万顷苍波，秋光可人。微之，咱慢慢地对饮几杯。
元微之	（做听科）哪里琵琶响？
左　右	是那对过客船上，有人弹的琵琶哩。
白乐天	左右，你将船棹近些。

（做移船科）

白乐天	这琵琶不是野调，好似裴兴奴指拨。
元微之	左右的，你去着他过来弹一曲，怕做甚么？
左　右	（见裴兴奴科）小娘子，那边船上两位老爹请一见。
裴兴奴	我就去。（做见白乐天认科）

（唱）【雁儿落】

　　　　我则道是听琴钟子期，错猜作待月张君瑞；

　　　　又不是归湖的越范蠡，却原来是遭贬的白居易！

（裴兴奴做怕回避科）

我则道是听琴钟子期,错猜作待月张君瑞;
又不是归湖的越范蠡,却原来是遭贬的白居易!

白乐天　　兴奴，你躲我怎么？
裴兴奴　　（唱）【小将军】
　　　　　　　肯分的月色如白日，他不说，我的知道是鬼！
　　　　　　　相公呵，怕你要做好事，兴奴尽依得；你则休渐渐来跟底。

白乐天　　兴奴，你是甚意思，越躲得远了。
裴兴奴　　（唱）【沉醉东风】
　　　　　　　我观觑了衣服样势，审察了言语高低。
　　　　　　　你且自靠那边，俺须有生人气。
　　　　　　　远些儿个好生商议。

（做取钱投水科）

白乐天　　你丢钱怎的？
裴兴奴　　（唱）我为甚将几陌黄钱漾在水里？
　　　　　　　便死呵，也博个团圆到底！

白乐天　　兴奴，你近前来。
（裴兴奴又认科）

白乐天　　你如何来到这里？
裴兴奴　　这等看来，还是活的。（叹科）相公，你做的好勾当！弄得我这等，还推不知哩。
　　　　　（唱）【拨不断】
　　　　　　　但犯着吃黄虀，这不是好东西！
　　　　　　　想着那引萧娘写恨书千里，
　　　　　　　搬倩女离魂酒一杯，携文君逃走琴三尺，恁秀才每哪一桩儿不该流递！

白乐天　　我自相别，来此江州。无时不思念大姐。只是无心腹人，不好寄书。你却等不得我回家，就跟着这商船来了，倒说我的不是。

裴兴奴　　（悲科）苦死人也！教我一言难尽。
白乐天　　你说。
裴兴奴　　自从与相公分别之后，妾再不留人求食，专等相公回来，以谐终身之托。不想老虔婆逐日吵闹，百般啜哄，妾身只是不从。那一日走进那茶客刘一郎，带的钱多，要来请我，妾抵死不肯。老虔婆和那蛮子设计，送到相公一封书，说相公病危死了。妾挨不过虔婆贪钱，把妾卖与他，来到这里。听的人说是江州，妾身正要打听相公的消息。今日那厮又吃酒去了，妾身思想无奈，对月弹一曲琵琶遣怀，不想得见相公，实天赐其便也。这位相公是谁？
白乐天　　是我心友廉访元微之。（做悲科）
元微之　　乐天不必烦恼，这厮捏写假书，妄称人死，骗人之妾，自有罪犯，慢慢治他。
白乐天　　适间我做了一篇《琵琶行》，写在这里，大姐试看咱。
裴兴奴　　（接科，念云）

　　　　　浔阳江头夜送客，枫叶荻花秋瑟瑟。
　　　　　忽闻水上琵琶声，主人忘归客不别。
　　　　　移船相近邀相见，添酒回灯重开宴。
　　　　　千呼万唤始出来，犹抱琵琶半遮面。
　　　　　转轴拨弦三两声，未成曲调先有情。
　　　　　弦弦掩抑声声思，似诉平生不得志。
　　　　　低眉信手续续弹，说尽心中无限事。
　　　　　轻拢慢捻拨复挑，初为《霓裳》后《六幺》。
　　　　　曲终收拨当心画，四弦一声如裂帛。
　　　　　自言家在京城住，名属教坊第一部。
　　　　　曲罢常教善才服，妆成每被秋娘妒。
　　　　　今年欢笑复明年，秋月春花等闲度。

　　　　　门前冷落鞍马稀，老大嫁作商人妇。
　　　　　我闻琵琶已叹息，又闻此语重唧唧。
　　　　　同是天涯沦落人，相逢何必曾相识。
　　　　　我从去年辞帝京，谪居卧病浔阳城。
　　　　　其间旦暮闻何物，杜鹃啼血猿哀鸣。
　　　　　岂无山歌与村笛，呕哑嘲哳难为听。
　　　　　今夜闻君弹一曲，为君翻作《琵琶行》。
　　　　　却坐促弦弦转急，满座闻之皆掩泣。
　　　　　就中泣下谁最多？江州司马青衫湿。

裴兴奴　　相公好高才也！

梅　香　　（慌上）姐姐，员外回来了也！

裴兴奴　　（唱）【挂搭沽】
　　　　　恰打算别离苦况味，见小玉言端的，
　　　　　又惊散鸳鸯两处飞，咱须索权回避。
　　　　　我这里淹粉泪，怀愁戚，
　　　　　忙蹙金莲，紧荡罗衣。

〔白乐天、元微之虚下。

〔刘一郎带酒上。

刘一郎　　大姐哪里？我醉了，扶我一扶者。

裴兴奴　　（唱）【咕美酒】
　　　　　我则道蒙山茶有价例，金山寺里说交易。
　　　　　每日江头如烂泥，把似噇不的少吃。
　　　　　则被你殃煞我吃敲贼！

　　　　　（唱）【太平令】
　　　　　常教我羡鸂鶒鸳鸯贪睡，看落霞孤鹜齐飞。

刘一郎　　大姐过来，扶着我睡去。

裴兴奴　　（唱）听不上蛮声獠气，倒敢恁烦天恼地！

搂只、抱只、爱你，休醉汉扶着越醉。

刘一郎　我娶到的老婆，如何不服侍我？我醉了。

裴兴奴　（唱）【川拨棹】

厮禁持，这是谁跟前撒殢滞？

吃得来眼脑迷希，口角涎垂。

觑不的村沙样势，也是我前缘厮勘对。

（唱）【七兄弟】

从早至晚夕，知他在哪里，咱是甚夫妻？

撇得我孤另另难存济。

我凄凄楚楚告他谁，你朝朝日日醺醺地。

（刘一郎做醉睡科）

裴兴奴　这厮醉得睡着了。我如今就过白相公船上去罢！

（唱）【梅花酒】

我只待便摘离，把头面收拾，倒过行李，

休心意徘徊，正愁烦无了期。

〔白乐天上。

白乐天　大姐叫我怎的？

裴兴奴　单俫沉醉睡着，妾随相公去罢。

（唱）恰相逢在今夕，相公你还待要候甚的？

和俺有情人一搭里。

那俫正昏睡，囫囵课你拿只，江茶引我抬起，

比及他觉来疾。

（唱）【收江南】

我教他满船空载月明归，三更难拨棹歌齐。

我把这画船权作望夫石，

便去波莫迟，却不道五湖西子嫁鸱夷。

白乐天　趁此秋清夜静，咱过船撑将开去，他哪里寻我？

| 江州司马青衫泪 |

元微之　　乐天，等小官回朝奏知圣人，取你上京，先奏辨此事，决得与兴奴明日完聚。
白乐天　　微之，若得如此，咱两个感恩非浅。
裴兴奴　　（唱）【水仙子】
　　　　　　再不见洞庭秋月浸玻璃，再不见鸦噪渔村落照低；
　　　　　　再不听晚钟烟寺催鸥起，再不愁平沙落雁悲；
　　　　　　再不怕江天暮雪霏霏，再不爱山市晴岚翠；
　　　　　　再不被潇湘暮雨催，再不盼远浦帆归。
白乐天　　谁想今日又重相会，使初心得遂，实天所赐也。
裴兴奴　　（唱）【太清歌】
　　　　　　莫不是片帆饱得西风力，怎能够谢安携出东山坡？
　　　　　　此行不为鲈鱼脍，成就了佳期，无个外人知。
　　　　　　那厮正茶船上和衣睡，黑娄娄地鼻息如雷。
　　　　　　比及杨柳岸风唤起，人已过画桥西。

　　　　　　（唱）【二煞】
　　　　　　咱两个离愁虽似茶烟湿，归心更比江流急。
　　　　　　离江州谢天地，
　　　　　　出烟波渔父国，遮莫他耳听春雷，茶吐枪旗。
　　　　　　着那厮正赶到五岭三湘建溪，干相思九公里。
白乐天　　开了船去罢。
裴兴奴　　（唱）【鸳鸯煞】
　　　　　　若不是浮梁茶客十分醉，怎奈何江州司马千行泪？
　　　　　　早则你低首无言，仰面悲啼；
　　　　　　畅道情血痕多，青衫泪湿。
　　　　　　不因这一曲琵琶成佳配，
　　　　　　泪似把推，险添满浔阳半江水。
　　　　　　〔同下。

刘一郎　（做酒醒慌上）吃得醉了，一觉醒着，醒来不见了大姐，可往哪里去了？只怕落在江中。怎么箱笼开着？一定是走了。地方，拿人拿人！

〔杂当扮地方上。

地　方　这船上是甚么人？半夜三更，大呼小叫的。

刘一郎　是小子新娶的娘子，不知逃走哪里去了。一定有个地头鬼拐着她去，你们与我拿一拿。

地　方　哇，胡说，这明月满江，又静悄悄无一只船来往，只是你这船在此，走往哪里去？想是你致死了，故意找寻。我拿你到州衙见官去来。

（地方锁刘一郎科）

刘一郎　（诗云）我刘一郎何曾搞鬼，小老婆多应失水。

地　方　（诗云）这里面定有欺心，送官去敲折大腿。

〔同下。

第四折

〔元微之上。

元微之　小官元稹。前者江南采访回来，面奏圣人，说白居易无罪远谪。蒙圣人可怜，已将他宣唤回朝，仍复旧积。他谢恩毕，便奏知刘员外计骗人妾，假称死亡。蒙圣人准归本夫。今日旨意下来，御断此事，只得先报乐天知道。

〔下。

〔唐宪宗引内官上。

唐宪宗　寡人唐宪宗。昨日廉访使元稹奏白居易无罪远谪，朕也惜他才华，已取回京，复他侍郎之职。他又奏称侧室裴兴奴，原是乐籍，他去之任，被茶商刘某妄报他死，拐骗为妻。昨在江州撞见夺回，于例该归前去。内侍们，宣白居易来者。

内　官　领圣旨。白居易安在？

〔白乐天上。

白乐天　小官白居易。前蒙放逐江乡，多亏故人元微之举保，重得回京，复还原职。下官因将裴兴奴之事奏闻，蒙圣恩许归本夫。今日朝堂宣呼，须索走一遭去。（做见唐宪宗科）侍郎臣白居易，钦取回京朝见。

唐宪宗　卿在江州多有辛苦。尔所奏裴兴奴被人计骗，例该归从前夫。但中间缘故未详，必须宣裴兴奴问个端的。

内　官　领圣旨。裴兴奴安在？圣人呼唤哩。

〔裴兴奴冠帔上。

裴兴奴　谁想有今日来。兴奴质本下贱，幸得瞻天仰圣，非同小可也呵。

（唱）【中吕】【粉蝶儿】

　　秋月春花，都出在侍郎门下。

　　比及我博得个富贵荣华，

　　恰便似盼辰勾，逢大赦，得重回改嫁。

　　今日里圣旨宣咱，吉和凶索问天买卦。

来到这朝门，好怕人也。

（唱）【醉春风】

　　又不比顺子弟意前行，就郎君心上打。

　　只见两行武士列金瓜，这里敢不是耍、耍。

　　他教我与樊素齐肩，受小蛮节制，圣机难察。

内　侍　宣到裴兴奴见驾。

裴兴奴　　（拜、舞科，唱）【迎仙客】
　　　　　　无礼法，妇人家，山呼委实不会他。
　　　　　　只办得紧低头，忙跪下，愿陛下海量宽纳，
　　　　　　听臣妾说一套儿伤心话。
唐宪宗　　那妇人是裴兴奴吗？
裴兴奴　　臣妾便是裴兴奴。
唐宪宗　　你将始末缘由细细说来，不可欺隐。
裴兴奴　　（唱）【石榴花】
　　　　　　妾自来楚云湘水度年华，谁乐这生涯！
　　　　　　俺娘把门儿倚定看甚人踏。
　　　　　　当日见他，放了旬假，老虔婆意中只待频惹刮。
　　　　　　先陪了四瓶酒十饼香茶，
　　　　　　其是一位多奸猾，只待要大雪里探梅花。

　　　　　（唱）【斗鹌鹑】
　　　　　　一个待咏月嘲风，一个待飞觞走斝。
　　　　　　谈些古是今非，下学上达。
　　　　　　一个球子心肠到手滑，和贱妾勾勾搭搭。
　　　　　　但得个车马盈门，这便是钱龙入家。

　　　　　妾本教坊乐籍，曾师曹善才，学成琵琶。忽一日侍郎白居易放假，同孟浩然、贾浪仙到妾家吃酒，妾因留伴白侍郎，因此认的。
唐宪宗　　既如此，怎生又有后来这场说话。
裴兴奴　　（唱）【上小楼】
　　　　　　俺那白头妈妈，年纪高大。
　　　　　　见他每带系乌犀，衣着白襕，帽里乌纱，
　　　　　　怎生地使手法，待席罢敲他一下。
　　　　　　倒喧的俺老虔婆血糊淋刺。

（唱）【幺篇】

从此日娘嗔女，妾爱他。

爱他那走笔题诗，出口成章，顶针续麻。

是他百般地，奶奶行、过从不下，

怎当那獠姨夫物抬高价。

妾身自从见了白侍郎，俺那虔婆见他是个官人，心中要敲他一下。不想又没甚么大钱，好生埋怨。妾见侍郎人品高，才华富，遂有终身之托。只是打发老虔婆不下，谁想又走将这个茶客来。

唐宪宗 这茶客来却怎生地？

裴兴奴 （唱）【红芍药】

那厮每贩的是紫草红花，蜜蜡香茶。

宜舞东风斗虾蟆，巾帻是青纱。

听不得蛮声气死势煞，无过在客船上随波上下。

那厮分不的两部鸣蛙，所事村沙。

这茶客是江西人，拿着三千引茶要来伴宿。妾因侍郎分上，坚意不从他。

（唱）【红绣鞋】

他有数百块名高月峡，两三船玉屑金芽。

原来他准备下一场说谎天来大。

本待要绿珠辞卫尉，则说道贾谊没长沙，

可不这寄哀书的该万剐！

老虔婆与茶客设计，寄假书一封，说侍郎死了，使妾无倚，逼令嫁与茶客。

唐宪宗 既有假书，你如何主张？

裴兴奴 （唱）【喜春来】

既道是江州亡化白司马，

因此上飞入寻常百姓家。

俺那爱钱娘一日坐八番衙，不由妾不随顺他，

有分看些个驼腰柳钓鱼槎。

那虔婆不由分说，把妾嫁与茶客。妾强不过，只得随他而去。

唐宪宗 既嫁茶客，怎生又归白氏？

裴兴奴 （唱）【普天乐】

到浔阳，无牵挂。

吊英魂何处，渡口残霞。

思往事，空嗟呀。

半夜灯前长吁罢，泪和愁付与琵琶。

寒波漾漾，芳心脉脉，明月芦花。

唐宪宗 原来你弹琵琶来？那白居易可在那里听见，得与你相会？你再说咱。

裴兴奴 （唱）【快活三】

俺本待兰舟看月华，见渔灯映蒹葭。

他便似莽张骞天上泛浮槎，

可原来不曾到黄泉下。

那一夜茶客不在，妾身对月理琵琶。忽见别船上二客，细视之，乃是白侍郎。方知他不曾死，妾身就跟白侍郎来了。

（唱）【鲍老儿】

秀才每，八怪洞里妖精也觑上了他，

哪一个不色胆天来大？

投到俺啼哭出烟村四五家，

央及杀青衫袖香罗帕。

故人见后，浔阳怕甚水地湫凹；

　　　　　　　今日个君王召也，长安避甚，道路兜搭。

唐宪宗　　兴奴，你认这文武班中哪个是白居易？

裴兴奴　　（做认科，唱）【叫声】

　　　　　　　这都是一般儿的执象简戴乌纱，

　　　　　　　好着我眼花、眼花。

　　　　　　　只得偷睛抹，去向那文武班中试寻咱。

　　　　（做见三人科）这是贾学士，这是孟学士，这是白侍郎。

　　　　（唱）【剔银灯】

　　　　　　　旧主顾先生好么？

　　　　　　　新女婿郎君煞惊吓，那翰林学士行无多话。

　　　　　　　则这白侍郎正是我生死的冤家从头认，都不差，

　　　　　　　可怎行装聋作哑？

唐宪宗　　兴奴，你仔细认者，敢不是他么？

裴兴奴　　（唱）【蔓菁菜】

　　　　　　　他怎敢面欺着当今驾？

　　　　　　　他当日为寻春色到儿家，便待强风情下榻。

　　　　　　　俺只道他是个诗措大、酒游花，

　　　　　　　却原来也会治国平天下。

唐宪宗　　一行人跪着，听朕剖断。

　　　　（众跪科）

唐宪宗　　（词云）自古来整齐风化，必须自男女帏房。

　　　　　　　但只看《关雎》为首，诗人意便可参详。

　　　　　　　裴兴奴生居乐籍，知伦礼立志刚方。

　　　　　　　见良人终身有托，要脱离风月排场。

　　　　　　　老虔婆羊贪狼狠，逼令她改嫁茶商。

　　　　　　　裴兴奴心坚不变，只待得司马还乡。

　　　　　　　老虔婆使奸定计，写假书只说身亡。

　　　　　　遂将她嫁为商妇，一帆风送于浔阳。
　　　　　　正值着江干送客，闻琵琶相遇悲伤。
　　　　　　与故人生死相别，弹一曲情泪千行。
　　　　　　放逐臣偏多感叹，两悲啼泪湿衣裳。
　　　　　　从前夫自有明例，便私奔这也何妨。
　　　　　　今日个事闻禁阙，断令您永效凤凰。
　　　　　　白居易仍居旧职，裴夫人共享荣光。
　　　　　　老虔婆决杖六十，刘一郎流窜遐方。
　　　　　　这赏罚并无私曲，总之为扶植纲常。
　　　　　　便揭榜通行晓谕，示臣民恪守王章。
　　（众谢恩科）

裴兴奴　　（唱）【随煞】
　　　　　　恰才来万里天涯，早愁鬓萧萧生白发。
　　　　　　俺把那少年心撇罢，再不去趁春风攀折凤城花！

题目：浔阳商妇琵琶行
正名：江州司马青衫泪

〔剧终〕

邯郸道省悟黄粱梦

马致远

剧目说明

《邯郸道省悟黄粱梦》（简名《黄粱梦》），马致远、李时中、花李郎、红字李二分别撰写第一、二、三、四折。本剧在《录鬼簿》《太和正音谱》《永乐大典目录》中并著。李时中，大度人，曾作中书省掾，除工部主事等官职，是元贞书会成员。花李郎，籍贯不详，为艺人刘耍和婿。红字李二，京兆（今陕西西安）人，亦为艺人刘耍和婿。

全剧四折一楔子，末本，正末先后扮钟离权、高太尉、院公、樵夫、盗贼。事本《纯阳帝君神化妙通记·黄粱梦觉》与《历世真仙体道通鉴》，又出于唐代沈既济《枕中记》。剧写：书生吕岩去求取功名，在邯郸道黄化店内遇见仙人钟离权。钟离权劝吕岩出家休道。吕意在功名，不肯出家。钟离权认为他"俗缘不断"，让他在梦中经历了富贵穷通，醒来后，大彻大悟，看破红尘，厌弃了酒、色、财、气，悟出人生如梦的道理，于是决定跟钟离权出家修道；此时店婆婆所煮之黄粱米饭尚未熟。

此剧在神道剧中较有代表性。该剧通过吕岩的梦境，实则反映了元代强梁横行的混乱现实，最后归结到功名富贵皆属虚妄。剧中主人公吕洞宾，幼习儒业，他自称："策蹇上长安，日夕无休歇。但见槐花黄，如何不心急？"热切地希望一举夺魁，功成名就。当钟离权劝他出家时，他傲慢地不予理睬，声言向往"居兰堂住画阁"的生活，对"草衣木食，干受辛苦"的仙家景况十分鄙夷。他的言行，实际上概括了一般热衷功名利禄的士子的共同心理。然而，作者写吕洞宾在一顿饭的工夫里，做了一个很奇怪的梦：梦中的吕洞宾考取功名，官拜兵马大元帅，踌躇满志，威风八面。可是，一旦身处宦海，便经历了喝酒吐血、受贿卖阵、妻子变心、争执被杀等一连串惊心骇魄的事件，当他深受酒、色、财、气之祸后，才大梦初醒，幡然彻悟，知道了仕途凶险异常，伴随功名利禄的是无边苦海。在剧中，作者采用了梦境叙事的技巧，使神仙道化的题材转化为关于知识分子命运的寓言故事，高度概括了官场的腐败，以及涉足其中的知识分子本性的"迷失"，颇能发人深省。这个戏，梦境是虚的，而梦境中的宦海生涯，却以人间现实为依据。这种虚中有实的写法，冲淡了题材本身的"神道"色彩，使之具有批判现实的意义。由此可见，马致远提倡"求仙悟道"，和他对污浊官场的厌恶情绪有着密切联系。

该剧意境优美，措辞华丽，向为曲家所称道。第一折中叙说神仙之乐的《金盏儿》《后庭花》《醉中天》等几支曲子，被青木正儿《元人杂剧概说》誉为绝唱："钟离权叙说神仙之乐的那几支曲子的曲辞实是绝唱，令人有飘然欲仙之感。"此剧故事在后代多有改编，明代有无名氏《吕翁三化邯郸店》杂剧（存）、汤显祖《邯郸记》传奇（存）、车任远《邯郸梦》杂剧（佚）、苏汉英《黄粱梦境记》传奇（存）。

此剧现存明代脉望馆藏《古名家杂剧》本和明代臧懋循《元曲选》本。另有王季思编《全元戏曲》本，王学奇等《元曲选校注》本，萧善因等《马致远集》本。现以《元曲选》为底本，参校脉望馆本。

（陈建平整理）

人物表：

东华帝君　　冲末扮演，道教神仙，全真道始祖。

王　　婆　　正旦扮演，客店蒸黄粱者。

骊山老母　　旦扮演，女仙，也称黎山老母。

高　翠　娥　　旦扮演，吕洞宾之妻。

卜　　儿　　旦扮演，邦老之母，山中道姑。

吕　洞　宾　　外扮演，书生。

钟　离　权　　正末扮演，道士。

高　太　尉　　末扮演，吕洞宾之岳丈。

院　　公　　杂扮演，吕洞宾忠心仆人。

樵　　夫　　杂扮演，救了吕洞宾及其孩子。

邦　　老　　正末扮演，强盗，在梦中杀死吕洞宾两个孩子。

魏　　舍　　净扮演，在吕洞宾梦中，与高翠娥私通。

解　　子　　丑扮演，押解吕洞宾的差役。

二　　徕　　吕洞宾的两个孩子。

版本出处：〔明〕臧晋叔编，《元曲选》（全四册），中华书局，1979年6月。

校 对 人：焦翔宇

第一折

〔东华帝君上。〕

东华帝君　（诗云）阆苑仙人白锦袍，海山银阙宴蟠桃。

三峰月下鸾声远，万里风头鹤背高。

贫道东华帝君是也，掌管群仙籍录。因赴天斋回来，见下方一道青气上彻九霄。原来河南府有一人，乃是吕岩，有神仙之分。可差正阳子并骊山老母点化此人，早归正道。这一去使寒暑不侵其体，日月不老其颜。神炉仙鼎，把玄霜绛雪烧成；玉户金关，使姹女婴儿配定。身登紫府，朝三清位列真君；名记丹书，免九族不为下鬼。阎王簿上除生死，仙吏班中列姓名。指开海角天涯路，引得迷人大道行。

〔东华帝君下。〕

〔王婆上。〕

王　婆　老身黄化店人氏，王婆是也。我开着这个打火店，我烧的这汤锅热着，看有甚么人来。

〔吕洞宾骑驴背剑上。〕

吕洞宾　（诗云）策蹇上长安，日夕无休歇。

但见槐花黄，如何不心急。

小生姓吕名岩，字洞宾。本贯河南府人氏。自幼攻习儒业，今欲上朝进取功名。来到这邯郸道黄化店，饥渴之际，不免做些茶饭吃。到的这店门首，将这蹇卫拴下。将这二百文长钱，籴些黄粱。兀那打火的婆婆，央你做饭与

王　婆	我吃。行人贪道路，你快些儿。
王　婆	客官你好急性也，饶一把儿火者。
吕洞宾	我巴不得选场中去哩。

〔钟离权上。

钟离权	贫道复姓钟离，名权，字云房，道号正阳子，京兆咸阳人也。自幼学得文武双全，在汉朝曾拜征西大元帅。后弃家属，隐遁终南山。遇东华真人，授以正道，发为双髻，赐号太极真人，常遗颂于世。

（颂）生我之门死我户，几个惺惺几个悟。

夜来铁汉自寻思，长生不死由人做。

今奉帝君法旨，教贫道下方度脱吕岩。来到这邯郸道黄化店，见紫气冲天，当必在此。我想世间人好不识贤愚也呵！

（唱）【仙吕】【点绛唇】

混沌初分，生人厮混。

谁持论，旋转乾坤？

这都是太上传心印。

（唱）【混江龙】

当日个曾逢关尹，至今遗下五千文。

大则来玄虚为本，清净为门。

虽然是草舍茅庵一道士，伴着这清风明月两闲人。

也不知甚的秋，甚的春，甚的汉，甚的秦，

长则是习疏狂、躯懒散、佯妆钝，

把些个人间富贵，都做了眼底浮云。

想世人争名夺利，何苦如此！

（唱）【油葫芦】

莫厌追欢笑语频，但开怀好会宾，

　　　　寻思离乱可伤神。
　　　　俺闲遥遥独自林泉隐，您虚飘飘半纸功名进。
　　　　你看这紫塞军、黄阁臣，几时得个安闲分，
　　　　怎如我物外自由身。

（唱）【天下乐】
　　　　他每得到清平有几人，何不早抽身，出世尘，
　　　　尽白云满溪锁洞门，
　　　　将一函经手自翻，一炉香手自焚。
　　　　这的是清闲真道本。

（笑）原来神仙在这里！（钟离权做入店见科）

吕洞宾　一个先生好道貌也！

钟离权　敢问足下高姓？

吕洞宾　小生姓吕名岩，字洞宾。

钟离权　你往哪里去？

吕洞宾　上朝应举去。

钟离权　你只顾那功名富贵，全不想生死事急，无常迅速。不如跟贫道出家去。

吕洞宾　你这先生，敢是疯魔的。我学成满腹文章，上朝求官应举去，可怎生跟你出家！你出家人有甚好处？

钟离权　俺出家人自有快活处，你怎知道？

（唱）【金盏儿】
　　　　上昆仑，摘星辰，
　　　　觑东洋海则是一掬寒泉滚，泰山一捻细微尘。
　　　　天高三二寸，地厚一鱼鳞，
　　　　抬头天外觑，无我一般人。

吕洞宾　这先生开大言。似你出家的，有甚么仙方妙诀，驱的甚么神鬼？

钟离权　　出家人长生不老，炼药修真，降龙伏虎，到大来悠哉也呵！
　　　　　（唱）【后庭花】
　　　　　　　　我驱的是六丁六甲神，七星七曜君。
　　　　　　　　食紫芝草千年寿，看碧桃花几度春。
　　　　　　　　常则是醉醺醺、高谈阔论，
　　　　　　　　来往的尽是天上人。

吕洞宾　　俺做了官也，有受用处。

钟离权　　你做官受用得几多？俺这神仙的快乐，与你俗人不同。你听我说那快活处。

钟离权　　（唱）【醉中天】
　　　　　　　　俺那里自泼村醪嫩，自折野花新。
　　　　　　　　独对青山酒一尊，闲将那朱顶仙鹤引。
　　　　　　　　醉归去松荫满身，
　　　　　　　　冷然风韵，铁笛声吹断云根。
　　　　　你跟我出家去来。

吕洞宾　　俺为官居兰堂，住画阁。你这出家人，无过草衣木食，干受辛苦，有甚么受用快活处？

钟离权　　（唱）【金盏儿】
　　　　　　　　俺那里地无尘，草长春，四时花发常娇嫩。
　　　　　　　　更那翠屏般山色对柴门，雨滋松叶润，露养药苗新。
　　　　　　　　听野猿啼古树，看流水绕孤村。

吕洞宾　　我学成文武双全，应过举，做官可待，富贵有期。你教出家去呵，怎生便得神仙做？

钟离权　　你自不知。你不是个做官的，天生下这等道貌，是个神仙中人。常言道，一子悟道，九族升天。不要错过了。

钟离权　　（唱）【醉雁儿】
　　　　　　　　你有那出世超凡神仙分，

俺那里地无尘,草长春,四时花发常娇嫩。
更那翠屏般山色对柴门,雨滋松叶润,露养药苗新。

击一条一抹绦，戴一项九阳巾。

君，敢着你做真人。

吕洞宾　俺为官的，身穿锦缎轻纱，口食香甜美味。你出家人草履麻绦，餐松啖柏，有甚么好处？

钟离权　功名二字，如同那百尺高竿上调把戏一般，性命不保，脱不得酒色财气这四般儿。笛悠悠，鼓冬冬，人闹吵，在虚空。怎如得平地上来，平地上去，无灾无祸，可不自在多哩。

（唱）【后庭花】

酒恋清香疾病因，色爱荒淫患难根；

财贪富贵伤残命，气竞刚强损陷身。

这四件儿不饶人。

你若是将它断尽，便神仙有几分。

吕洞宾　我十年苦志，一举成名，是荷包里东西，拿得定的。神仙事渺渺茫茫，有甚么准程，教我去做它？

钟离权　（唱）【醉中天】

假饶你手段欺韩信，舌辩赛苏秦，

到底个功名由命不由人，也未必能拿准。

只不如苦志修行谨慎，早图个灵丹腹孕，

索强似你跨青驴踯躅风尘。

吕洞宾　听他说甚么，不觉神思困倦，且睡一会咱。（做睡科）

钟离权　正说着话，他就睡了，好蠢人也！

（唱）【一半儿】

如今人宜假不宜真，则敬衣衫不敬人。

提起修行耳怕闻，直恁的没精神，

一半儿应承一半儿盹。

这人俗缘不断。吕岩也，你既然要睡，我教你大睡一会，去六道轮回中走一遭。待醒来时，早已过了十八年光景，见了些酒色财气，人我是非。那其间方可成道。

（诗云）气为强弱志为先，努力须当莫换肩。

挨出这番难境界，更添疾苦一番仙。

钟离权　（唱）【金盏儿】

比及你米淘了尘，水烧得滚，

我教这一颗米内藏时运，半升铛里煮乾坤。

投至得黄粱炊未熟，他清梦思犹昏，

我教他江山重改换，日月一番新。

您睡着了。贫道自赴蟠桃会去也。

（唱）【赚煞】

羽衣轻，霓旌迅，有十二金童接引。

万里天风归路稳，向蓬莱顶上朝真。

笑欣欣，袖拂白云，宴罢瑶池酒半醺。

争奈你个唐吕岩性蠢，偏不肯受汉钟离教训，

又则索跨苍鸾飞上九天门。

〔吕洞宾梦上。

吕洞宾　兀那王婆，那先生去了也。

王　婆　去久了。

吕洞宾　饭熟也未？

王　婆　还饶一把火儿。

吕洞宾　王婆，我也等不得你那饭了，误了我程途。我上的蹇驴，便索长行去也。

〔吕洞宾下。

王　婆　吕岩去了也。他哪里知道我非凡人，乃骊山老母一化。上仙法旨，着吕岩看破了酒色财气，人我是非，那其间才得返本朝元，重回正道。

（诗云）汉钟离点化玄机，度吕岩省悟心回。
　　　　待此人功成行满，同共赴阆苑瑶池。
〔王婆下。

楔　子

〔高太尉同旦儿二俫上。

高太尉　老夫殿前高太尉的便是。嫡亲的三口儿家属，夫人早亡，只有个女孩儿，唤作翠娥。自十七年前，吕岩应过举，拜兵马大元帅，老夫见他好武艺，就招他为婿。所生一儿一女，近日蔡州反了吴元济，好生猖獗。朝廷着吕岩领兵征讨。他如今辞别了老夫前去。我索叮咛嘱付他几句言语。这早晚敢待来也。

〔吕洞宾扮元帅上。

吕洞宾　（诗云）平生慷慨习阴符，秉钺临戎出帝都。
　　　　男儿三十不得志，枉作堂堂大丈夫。
某吕岩，自到京都，弃文就武，加某为兵马大元帅，与高太尉作赘。可早十八年光景，得了一双儿女。今有蔡州吴元济反乱，圣人的命，着某统兵征讨。今日辞别了岳父，便索长行也。（吕洞宾做见科）您孩儿点就人马，则今日便行。父亲好觑当一双儿女者。

高太尉　孩儿，你此一去，这妻子身上。有我在此，再不必留心。你与国家好生出力。千经万典，忠孝为先。你须恤军爱民，不义之财，少要贪图。岂不闻金玉满堂，未之能守。富贵而骄，自遗其咎。我这般说呵，也只为你执掌军权，

怕你重利而轻义，失了道心。你切记者。左右将酒来，我亲手与孩儿把一杯送行。（高太尉做把酒科）

（唱）【仙吕】【赏花时】

则我是皓首苍颜高太尉，别无甚亲人则觑着你。

儿幼小女娇痴，想为人在世，最苦是生离。

孩儿再饮一杯。

吕洞宾 我吃不得了。

高太尉 （唱）【幺篇】

满饮阳关酒一杯。

吕洞宾 （吕洞宾做吐科）您孩儿吃不得了，心中有些不好，吐了两口血。这酒原来伤人。您孩儿再也不吃这酒了。

高太尉 既是伤着你心，再也休吃这酒罢。

吕洞宾 父亲放心，您孩儿不吃了，辞别父亲，便索长行。

高太尉 你休忘了我的言语，着心记者。

（唱）则要你在意扶持唐社稷，嘱咐了又重提。

但愿得功成破敌，早唱凯歌回。

〔高太尉下。

吕洞宾 则今日领本部人马，收捕吴元济走一遭去。

（诗云）贼寇无端逞凶顽，杀声振地撼天关。

托赖圣人洪福大，不得成功誓不还。

〔吕洞宾下。

第二折

〔高翠娥上。

高翠娥 妾身翠娥,是高太尉的女儿。自从父亲招了吕岩为婿,又早十八年光景。他跟前得了一双儿女。如今吕岩收捕吴元济去了,我和魏尚书的儿子魏舍,有些不伶俐的勾当。约定今日相会,怎生不见来?

〔魏舍上。

魏　舍 （诗云）湛湛青天不可欺,两个碓嘴拨天飞。则有一个飞不动,争奈身上没穿的。自家姓魏,我父亲是魏尚书。人皆称我为魏舍。我和吕岩的浑家,有些不伶俐的勾当。吕岩征西去了,她教我今日来她家走一走。来到这门首,前后没一人。我叫一声:"高大姐开门来。"（魏舍做见科）

高翠娥 你来了也。我正等你哩。咱两个家里吃几杯酒。打开这吊窗,若有人来,便往这窗子里出去。

魏　舍 正是。咱且慢慢地饮酒耍子。

〔吕洞宾上。

吕洞宾 某乃吕岩。奉圣人的命,统领三军,收捕吴元济。到的阵面上,卖了一阵,与了我三斗珍珠,一提黄金,领军回还。来到家门首。接了马者!老院公也不见,前后无一个人,夫人也不知在哪里,进到这卧房门首,有人在里边说话。我试听咱。

高翠娥 咱两个正好吃酒哩。

魏　　舍	若阵亡了吕岩，我就娶你。
高翠娥	吕岩死了，我不嫁你嫁哪个？
吕洞宾	兀的不有奸夫了！我踏开这门咱。（吕洞宾做踏门科）
魏　　舍	不好了，有人来也！我往吊窗里跳出去，走、走、走。
吕洞宾	奸夫走了也。我问你，吃酒的是谁？
高翠娥	没人。
吕洞宾	你说没人！这顶帽子，是谁掉下的？
魏　　舍	哥，是我的。

〔魏舍下。

吕洞宾	好也！我现授大元帅之职，你是太尉的女儿，你这般羞辱我，我好歹杀了你个淫妇！

〔正末改扮院公拿挂杖慌上。

院　　公	老汉是高太尉家一个院公。有俺姐夫吕岩，做了征西大元帅，收捕反贼，去了一年。恰才小的每道吕姐夫回来了，老汉不信。若是暗暗地回来，必定做下不公的勾当。既不是呵，怎生一个大将军回来，可没一个人来报知，也不差人迎接？这小的每眼见的说谎，逗我耍哩。休问有无，我看一看去。
	（唱）【商调】【集贤宾】
	报道前厅上侍长恰到来。
	（带云）即是来到了呵，
	（唱）却怎生不听的把珓筵排？
吕洞宾	这妇人忒无礼，瞒着我做这等勾当！

〔院公做听科。

院　　公	真个来了！
	（唱）有甚事炒炒七七？
高翠娥	（高翠娥哭科）我是为害眼，许下的愿心来。

院　　公	（唱）没来由怨怨哀哀，我这里七林林转过庭槐，
	慢腾腾行过厅阶，孤桩桩靠定明亮隔。

吕洞宾　　好老婆，我不在家，你养着奸夫吃酒！老院公，那老匹夫在哪里？

院　　公　　（唱）听说罢撅耳揉腮。

吕洞宾　　我则杀了这妇人。

院　　公　　这事怎了？

吕洞宾　　（唱）我这里伤心空跌脚，低首自渐赅。

　　　　　（唱）【逍遥乐】

　　　　　　　夫人也，想着你那百年恩爱、半世夫妻；

　　　　　　　好也啰你做下这一场丑态。

吕洞宾　　我吃这妇人气杀我也！

院　　公　　（唱）休道是浊骨凡胎，便是释迦佛也恼下莲台。

　　　　　　　早难道侯门深似海，两步那为一蓦。（院公做推门科）

　　　　　　　我这里一双手到、半壁身挨，可早两扇门开。

吕洞宾　　这个老匹夫！你来这里做甚么？

院　　公　　自从大人出征去后，老相公早亡化过了半年也。大人今日来家，为甚这等恼躁？

吕洞宾　　我心中的事，你怎生知道？不干你事，你快去！

院　　公　　上项的事，老汉已听的了。大人停嗔息怒，难道是老汉无罪？大人记得你临行时，老相公嘱付的话道，着老院公单管打扫花园。咱后花园离前厅却是多远？老汉无事也不到这前面来，有甚么勾当？相公当初将这两个孩儿和夫人，交付在老汉身上。今日有这等是非，老汉八十五岁年纪，便死老汉也甘心去。

吕洞宾　　（吕洞宾掣剑科）不干你事，我只杀了这妇人。

院　　公　　（唱）【金菊香】

　　　　　　这一个怒横着三尺剑当怀。

高翠娥　兀的不屈杀我也！

院　公　（唱）好也啰那一个倚定门儿手托腮。

　　　　　　似恁地怎生将手腕解，又不是少米无柴。

　　　　　　是夫人自跳下舍身崖！

高翠娥　老院公，你不知，我为他害眼来，许下的愿心。他说我养汉来，我做的不是了。老院公你救我一命咱。

院　公　教老汉怎生救你？

　　　　　　（唱）【醋葫芦】

　　　　　　又不是别人相唬吓、厮展赖，

　　　　　　是你男儿亲自撞将来。

　　　　　　你浑身是口难分解，

　　　　　　赤紧的并赃拿贼，你看她死临侵不敢把头抬。

高翠娥　（高翠娥做跪科）我实做得不是了。看着两个孩儿面皮，饶了我性命者。

院　公　（唱）【幺篇】

　　　　　　夫人你便有随何陆贾舌，张仪苏秦才，

　　　　　　百般难免这场灾。

　　　　　　是你辱门败户先自歪，做的来漏瓮搭菜，

　　　　　　把花言巧语枉铺排。

吕洞宾　我做着天下兵马大元帅，你和伴当私通欺压，兀的不气杀我也！

院　公　夫人，你听的元帅说来。想元帅顶天立地，铺眉苦眼，做着个兵马大元帅。你却做这等勾当，是何道理？

　　　　　　（唱）【幺篇】

　　　　　　你男儿有八面威，七步才，

　　　　　　现带着征西金印虎头牌。

　　　　　他在那长朝殿前班部里摆。

　　　　　你教他把屎盆儿顶戴，

　　　　　兀的不屈沉杀了拜将筑坛台。

　　　老汉有甚么面皮？大人，可怜见一双儿女，饶过夫人者。

　　（唱）【幺篇】

　　　　　大人见义为，夫人知过改。

　　　　　不是中间老汉厮支划，若是外人知道来，

　　　　　休恁的大惊小怪。

　　　　　丑名儿出去怎生揩！

　　（吕洞宾仗剑杀高翠娥科）

院　公　（跪）你发慈心，饶了夫人者。

　　（唱）【幺篇】

　　　　　问甚你夫妻好共歹，觑孩儿瘦更呆，

　　　　　便怎生教磕可可血泊里倘着尸骸？

　　　　　男子汉哪一个不妒色。

　　（带云）不争夫人死呵！

　　（唱）柱乞两的两个小冤家不快，那凄凉日月索耽挨。

　　　大人，饶夫人一命，胜造七级浮屠。

　　（唱）【幺篇】

　　　　　觑哥哥千般儿慷慨，道不的一声叫善哉。

　　　　　只待剑光挥三尺水晶牌，

　　　　　你权做个南海岸救苦难观自在。

　　　　　我这里磕头礼拜。

吕洞宾　我看着老院公面皮，饶你这一命。

院　公　好惭愧也。

　　（唱）听言说教我笑哈哈。

高翠娥　（高翠娥拜科）若不是老院公，谁救我一命？深谢你这厚恩。

院　公　（唱）【幺篇】
　　　　　　我见她掩了泪眼，改了面色，
　　　　　　笑靥儿攒破旱莲腮，
　　　　　　直从那针关儿透得命到来，
　　　　　　恰便似九霄云外，
　　　　　　滴溜溜飞下一纸赦书来。

〔使命上。

使　命　小官天朝使命是也。因元帅吕岩卖了阵，受了钱，私自还家。某奉圣人的命，着我来取他首级。可早来到也。（使命做见科）某奉圣人的命，为你卖阵受财，私自还家，着我来取你首级哩。

吕洞宾　今日教谁人救我咱！

院　公　兀的怎了也？

（唱）【幺篇】
　　　　　　朝廷将使命差，前厅上把圣旨开。
　　　　　　道是西边上卖阵走回来。
　　　　　　谁教你贪心爱它不义财。
　　　　　　今日个脱空须败，恶支沙将这等罪名揣。

高翠娥　吕岩，你要杀我，谁着你卖了阵，受了钱，私自还家？干的好事也！（高翠娥做叫街坊科）

吕洞宾　嗨，原来这钱真个害人。今日我对天发愿，将这钱半分也不要。吕岩也，你怎生做读书人来？颜子也曾一箪食一瓢饮，居于陋巷。量这几贯钱，值得甚么！不想到今日可着谁救我？想当日我临行时，俺岳翁与我送行，我对天发愿，断了酒。今日断了财。吕岩也，你有甚难见处？因我回家，我妻有奸夫，明明是她出首来的。罢、罢、罢，将纸笔来，写一纸休书，任从改嫁，并不争论。写休书，写

高翠娥	休书，我今日又断了色也！
高翠娥	哎哟！你今日休了我，你早则管不着我了。你眼见的是死人也！

〔又使命上。

使　命	吕岩本待要斩首，圣人的命，体上天好生之德，饶你项上一刀，迭配远恶军州。解子何在？

〔解子上。

解　子	叫小的哪里使用？
使　命	着你押解吕岩，迭配沙门岛去。

〔使命下。

高翠娥	解子哥，吕岩是犯罪的人，你怎生教他自在，不上刑法？
解　子	这也说的是。将行枷来。（解子做上枷科）
高翠娥	吕岩，你如今还杀的我么？兀的不欢喜杀我也！
院　公	夫人，你怎生没些夫妻情分，说这等言语做甚？

（唱）【幺篇】

　　也是你慈悲生患害，

　　俺哥哥除死无大灾。

　　何须你畅叫厮花白。

高翠娥	我是高太尉女儿，养汉来，养汉来。如今你休了我，谁管得我？
院　公	（唱）闹垓垓幺喝十字街。

（带云）他今日声声说是高太尉女儿养汉来。

（唱）直恁的恶叉白赖，婆娘家情性恁般乖。

解　子	去罢，误了程限到几时。
院　公	（唱）【幺篇】

　　昨日上官时似花正开，

　　今日迭配呵风乱筛。

都是犯着年月日时该。

（带云）休道咱小民呵，

（唱）隋江山生扭做唐世界，

也则是兴亡成败，

怎禁那公人狠劣似狼豺。

高翠娥　吕岩，你是死的人，留下我的孩儿，不要将去。

吕洞宾　我的儿女，我不领着，留下与谁？

高翠娥　你犯下了罪，干俺儿女甚么事？

（高翠娥夺科）（吕洞宾拖科）

吕洞宾　解子哥，你慢着些儿。着这贼妇送了我也，我和两个孩儿，死在一处。

（院公顾吕洞宾并俫科）

院　公　解子哥，可怜见，容俺哥哥和孩儿住一两日去，打甚么不紧。

解　子　误了限期，使不得。

（解子做打吕洞宾并俫，院公劝科）

院　公　（唱）【后庭花】

我则见嗖嗖的枷棒摔，

打得他纷纷的皮肉开。

见他可擦擦拖将去，我与你气丕丕赶上来。

痛哀哉，身遭残害，他如何敢挣扎。

我其实无刮划，平白地招罪责，从今日离院宅。

（唱）【双雁儿】

哥哥也恰如赵杲送灯台，

便道不的，山河易改。

恁时节和尚在钵盂在，今日个、福气衰，

看何时、冤业解。

（解子推吕洞宾并俫行）

（院公扯住）（解子推院公倒科）

解　子　老无知去罢。

院　公　（唱）【高过浪里来】

俺如今鬓发苍白，身体囊揣，

则恁的东倒西歪，推一跤险颠破天灵盖。

（解子打二俅科）

院　公　哥哥息怒。

（唱）我这里割舍了老性命，搭救这两个小婴孩。

空教我忿气冲怀，两泪盈腮，将两只手扛抬。

（解子押洞宾并俅下）

院　公　（唱）把双眼揉开，趁起身来，望不见娇客。

高翠娥　吕岩去了，我收拾一房一卧，嫁魏舍去来。

〔高翠娥下。

院　公　哥哥去的远了也。（院公做叫吕洞宾。内应科）

（唱）又被这半凋谢的垂杨树间隔。

（唱）【随调煞】

好教我回去艰难，谁似你步行得快。

望不见，走上望高台，

空目断一天残照霭。

不知俺哥哥安在？

（院公做叫科）哥哥！

（吕洞宾远应科）

院　公　（唱）看时节隔疏林风送过哭声来。

〔院公下。

第三折

〔吕洞宾戴枷引二俅随解子上。

解　子　吕岩行动些。

吕洞宾　念吕岩自卖了阵,迭配我无影牢城。我死不争,可怜见这一双儿女,眼见的三口儿无那活的人也。解子哥,怎生可怜见,方便一二。

解　子　兀那吕岩,我也是好义的人,到这深山旷野中,我回去也。你三口儿自逃你那性命去。(解子做开枷科)

吕洞宾　谢了哥哥。小生口中衔铁,背上搭鞍,此恩必当重报。

解　子　你逃命去,我回去也。

〔解子下。

吕洞宾　好苦也!你看纷纷下的那雪越大了也,迷踪失路,不知往哪里去。怎生得个指路的人来可也好!

〔樵夫上。

樵　夫　小人是一个樵夫。砍得这柴回来,遇着这一天风雪,好冻人天气也呵!

樵　夫　(唱)【大石调】【六国朝】

　　　　风吹羊角,雪剪鹅毛,
　　　　飞六出海山白,冻一壶天地老。
　　　　便有丹青巧,画笔难描。
　　　　俺这里遥望千山表,是谁将粉黛扫?
　　　　幽窗下寒敲竹叶,前村里冷压梅梢。
　　　　缭乱野云低,微茫江树杳。

（唱）【归塞北】

　　为甚春归早，

　　既不沙可怎生蝶翅舞飘飘？

　　梅蕊粉填合长安道。

　　柳花绵迷却灞陵桥。

　　山馆酒旗遥。

（唱）【初问口】

　　想那捕鱼叟蓑笠纶竿，他向那寒潭独钓，

　　和俺这采樵人迷却归来道。

　　则见冻雀又飞，寒鸦又噪，

　　古木林中蓦听的山猿叫。

（唱）【怨别离】

　　园林无处不萧条，春归也犹未觉。

　　满地梨花无人扫。

　　寒料峭，遥望见一点青山，

　　兀良，却又早不见了。

（唱）【归塞北】

　　白云岛，则听得孤鬼吼荒郊。

　　九天女鼓风驱造化，六丁神挥剑斩长蛟。

　　既不沙，可怎生就地卷风涛。

（唱）【幺篇】

　　孤村晓，稚子道犹自月明高。

　　青女剪冰寒不散，黑云喷雨冻难消，

　　无处觅渔樵。

吕洞宾　孩儿行动些。如此大风大雪，又迷踪失路，眼见的是死人也。（吕洞宾做锥胸科）天嚛！这雪住一住可也好，越下的恶躁了。

樵　夫　　　这来的是吕岩，可也该省悟了。

（唱）【雁过南楼】

我则见冻剥剥一行老小。

吕洞宾　　冻杀我也！

樵　夫　　（唱）战钦钦四体频摇。

这一个骨笮着肩，那一个拳联着脚，

正扬风搅雪天道。

俫　　　　爹爹，我饿得慌嗟。

吕洞宾　　儿也行动些，到兀那里就有饭吃。

樵　夫　　儿扯定老父悲，父对着孩儿告。那吃饭处霎时间行到。

（唱）【六国朝】

早是朔风凛冽，途路迢遥。

（二俫冻倒，吕洞宾护科）

吕洞宾　　俺三个都冻倒了，谁救孩儿咱。

樵　夫　　（唱）我则见三个人走将来，一时间扑地倒。（樵夫做叫科）

兀那君子，你苏醒者，苏醒者。怎生好？

我这里用手忙扶策，紧攥住头梢。

这一个早直挺了躯壳，那一个又奔拉了手脚。

我这里款款地把衣襟解放，只见悠悠地魄散魂消。

（二俫做醒科）

樵　夫　　惭愧，醒转来了。我救的这两个心坎上恰温和。（樵夫又救吕洞宾科）呀，那一个又把牙关紧噤了。

吕洞宾　　（吕洞宾醒）险些儿冻死也！两个孩儿都醒了。是谁救活我来？

樵　夫　　是我救你来。

吕洞宾　　（吕洞宾跪）不是哥哥救了俺父子，哪里得俺性命来？

樵　夫　　吕岩也，你哪里去？

吕洞宾　　（背云）好奇怪,他怎生认得我是吕岩？不瞒哥哥说,我如今披枷戴锁,迭配沙门岛去。遇见这等大雪,冻倒在此处。若不是哥哥救活俺三口儿,哪里得我的性命来。如今我身上无衣,肚里无食,又迷踪失路。哥哥,这里往哪里去？

樵　夫　　早知这道,你去了多时了也。君子,你迷了道也。我说与你道,传与你道,指与你道。

吕洞宾　　哥哥说的话,小人不省的。

樵　夫　　君子,这条道我不知道。这山前有一个草团标,那里面有个先生,他须知道。

吕洞宾　　哥哥,你说与我咱。

樵　夫　　（唱）【归塞北】

　　　　　过了这条抄直道,

　　　　　那里一横涧搭着一横桥。

　　　　　白茫茫雪迷山拽脚,

　　　　　淡蒙蒙雾锁草团标,

　　　　　松桧列周遭。

吕洞宾　　那先生好歹,哥哥说与我听。

樵　夫　　君子,你要见他,我说与你知道。

　　　　　（唱）【擂鼓体】

　　　　　那先生浩歌拍手舞黄鹤,

　　　　　家住瑶池阆苑,十洲三岛。

　　　　　一曲横笛秋气高,数着残棋江月晓。

吕洞宾　　哥哥,那先生是出家人,怎生有这本事？

樵　夫　　（唱）【归塞北】

　　　　　那先生服的是长生药,不许外人学。

　　　　　三弄琴声弹落叶,九重春色醉仙桃,

　　　　　　　白日上青霄。

吕洞宾　敢问哥哥，那先生是怎生模样，你再说一遍咱。

樵　夫　（唱）【净瓶儿】
　　　　　　那先生两手摇山岳，一对眼瞅邪妖。
　　　　　　剑挥星斗，胸卷江涛。
　　　　　　天教恶相貌，伏得虎，降得龙，德行高。
　　　　　　他则是个活神道，
　　　　　　也曾跨苍鸾亲把玉皇朝。

　　　　君子，你过的山崦儿，你望见草团标，你问那先生路去。

　　　　（唱）【玉翼蝉煞】
　　　　　　那先生自舞自歌，吃的是仙酒仙桃，
　　　　　　住的是草舍茅庵，强如龙楼凤阁。
　　　　　　白云不扫，苍松自老；
　　　　　　青山围绕，淡烟笼罩。
　　　　　　黄精自饱，灵丹自烧。
　　　　　　崎岖峪道，凹答岩壑；
　　　　　　门无绊楔，洞无销钥；
　　　　　　香焚石桌，笛吹古调；
　　　　　　云黯黯，水迢迢，
　　　　　　风凛凛，雪飘飘，
　　　　　　柴门静，竹篱牢。
　　　　　　过了那峻岭尖峰，曲洞寒泉，长林茂草，
　　　　　　便望见那幽雅仙庄，这些是道。

　　　　（带云）君子，你休迷了正道。你听者，
　　　　（唱）你可也休错去了。
　　　　〔樵夫下。

吕洞宾　孩儿也，你才听的那哥哥说来，兀那山崦里有一家人家，吃的也有，穿的也有，宿处也有。咱直到那里觅一宵宿去来。

〔吕洞宾和俫儿并下。

第四折

〔卜儿上。

卜　儿　老身终南山人氏。在此在家出家，盖了一座团标，前后并无人家。我有个孩儿，虽是出家人，性子十分躁暴，每日在山中打猎为生。孩儿去了也，我安排下些茶饭，等他回来吃。

〔吕洞宾引俫上。

吕洞宾　自家吕岩。自从卖了阵，迭配无影牢城，到这深山里。时遇冬天，大风大雪将俺三口儿争些冻杀。多亏了打柴的樵夫，救了俺性命。说这山峪里，有个草庵。我到那里寻些茶饭，与两个孩儿吃用。你看我那命。天色又晚来了，逢着个独木桥，偌深的一个阔涧，怎生得过去？我将着两个孩儿，待先送过这小厮去，恐怕这狼虎伤着这女孩儿。我待先送过女孩儿去，又怕伤了小厮儿。罢、罢、罢，且放下女孩儿，先送过小厮儿去。（吕洞宾做送儿俫科）

女　俫　爹爹，大虫来咬我也。

吕洞宾　（吕洞宾悲科）孩儿，我便来取你也。我放下这小厮，我可过去取女孩儿去。（吕洞宾做过涧科）

儿　俫　爹爹，大虫来咬我也。

吕洞宾　端的教我顾谁的是？（又过涧科）兀的真个是一个草团标

儿。你跟着我去，寻些茶饭与你吃。（吕洞宾做问科）庵里有人么？

〔卜儿上。

卜　儿　谁叫？开开这门，呀！原来是吕岩，引着一双儿女，这早晚怎生得到这里来。

吕洞宾　（背云）好奇怪，这姑姑怎生也认得吕岩？既然姑姑认得我，可也好。姑姑，因为我卖了阵，将我这三口儿迭配无影牢城，如今天色晚了也，有甚么残茶剩饭，与俺两个孩儿些吃。我就觅一宵宿，天明了，便索长行。

卜　儿　君子，不中。我怕不留你在此处宿。争奈我的孩儿性子利害，每日山中打猎为生。他无酒还好，吃了酒，便要杀人。

吕洞宾　姑姑不知，当日我征西时，我丈人与我送行，吃了三杯酒，吐了两口血，当日断了酒。次后到阵上，卖了阵，圣人知道，饶我一命，将我迭配无影牢城，我因此断了财。来到家中，我浑家瞒着我有奸夫，被我亲身拿住，我就将浑家休了，断了色。今日到此处，若有师父来，便打我一顿，我也忍了。从今以后，我将气也不争了。

卜　儿　吕岩你忍得么？

吕洞宾　我忍得。

卜　儿　既然你忍得，你且休进我家里来。他若来时，再做个商量。

〔正末改扮邦老上。

邦　老　适才我多买几杯酒，吃醉了。回家见母亲去咱。这山中委实的好快活也呵！

（唱）【正宫】【端正好】

路兜答，人寂寞，

山势恶险峻嵯峨。

俺不羡玉堂臣列鼎食重裀卧，

　　　　　　　只愿把猩猩血染头巾裹。

　　　　（唱）【滚绣球】
　　　　　　　寻思来，那快活，
　　　　　　　这半月多遇几个滥官员经过，
　　　　　　　打动下些金银缎匹绫罗。
　　　　　　　昨日共那几个，今日共这一伙。
　　　　　　　从不曾离了侧坐，仰天的大笑呵呵。
　　　　　　　将那泼醅酒虢虢连糟咽，杀人剑茧茧带血磨。
　　　　　　　常则是烂醉无何。

二　　俫　　爹爹，饿杀我也。

吕洞宾　　姑姑，有甚么茶饭，与这小的些吃？

卜　　儿　　无甚么与他吃。
　　　　（邦老向前用手扳吕洞宾回看科）

吕洞宾　　哎哟，吓杀我也，是人哪是鬼？

邦　　老　　（唱）【倘秀才】
　　　　　　　不索你絮叨叨，则管里问他，则这个杀人的爷爷是我。

吕洞宾　　好个恶相也。

邦　　老　　（唱）你则管里缠我娘亲待怎么？

吕洞宾　　师父，我讨些茶饭与孩儿吃来。

邦　　老　　（唱）他怀里又没点点，与孩儿每讨饽饽。
　　　　（邦老拿住男俫科）
　　　　　　　我揪住这小子领窝。
　　　　（吕洞宾救科）

邦　　老　　（怒）你这厮无礼！（打吕洞宾科）
　　　　（唱）【叨叨令】
　　　　　　　我一拳打得你牙关挫。
　　　　（做丢男俫在涧科）

吕洞宾　　可怜见！

邦　老　　（唱）这厮死尸骸也济得狼虫饿。（邦老拖女俫科）

吕洞宾　　留下这小的者。

邦　老　　（唱）至如将小妮子抬举的成人大，也则是害爹娘不争气
　　　　　　　的赔钱货。
　　　　　　不摔杀要怎么也波哥，不摔杀要怎么也波哥？
　　　　　　觑着你泼残生我手里难逃脱。

吕洞宾　　你是个出家人，怎生将我两个孩儿摔死了？我和你见官去。

邦　老　　（唱）【倘秀才】
　　　　　　我为贼盗呵杀人放火，
　　　　　　不似你贪财呵披枷戴锁。
　　　　　　你得了斗来大黄金印一颗，
　　　　　　为元帅、佐山河，倒大来显豁。

　　　　　（带云）吕岩，你贪财恋酒，误了军情。

　　　　　（唱）【滚绣球】
　　　　　　你那罪过，怎过活，
　　　　　　做的来实难结末，自揽下千丈风波。
　　　　　　谁教你向界河，受财货，将咱那大军折挫？
　　　　　　似这等不义财贪得如何，
　　　　　　道不得"殷勤过日灾须少，侥幸成家祸必多"，
　　　　　　枉了张罗。

吕洞宾　　不好了，我不问哪里逃命去来。

　　　　　（邦老仗剑赶吕洞宾。吕洞宾躲科）

吕洞宾　　（唱）【笑和尚】
　　　　　　我、我、我，没揣的猿臂绰，
　　　　　　翰、翰、翰，喋声的休回和，
　　　　　　来、来、来，宝剑似吹毛过。

我这性命谁救我来？

邦　老　（唱）休、休、休，怎避躲，
　　　　　　是、是、是，决难活，
　　　　　　呀、呀、呀，脖项上钢刀锉。

（做杀洞宾。倒科）

〔邦老下改扮钟离，卜儿下改扮王婆上。

吕洞宾　（洞宾醒科）有杀人贼也！（做摸颈科）

钟离权　（唱）【叨叨令】
　　　　　　我这里稳丕丕土坑上迷飙没腾的坐，
　　　　　　那婆婆将粗刺刺陈米来喜收希和的播，
　　　　　　那蹇驴儿柳荫下舒着足乞留恶滥的卧，
　　　　　　那汉子去脖项上婆娑没索的摸。

吕洞宾　一觉好睡也。

钟离权　（钟离权扳吕洞宾觑科）洞宾也，
　　　　（唱）你早则醒来了也么哥？

吕洞宾　我这一觉睡了几时。

钟离权　十八年了。

吕洞宾　可怎生一觉睡十八年？

钟离权　（唱）你早则醒来了也么哥，
　　　　　　可正是窗前弹指时光过。

吕洞宾　饭熟了未？

王　婆　还饶一把火儿。

吕洞宾　直恁般一觉好睡也。

钟离权　吕岩，我问你咱，你那岳父高太尉曾劝你么？

吕洞宾　曾劝我来，教我休吃酒。

钟离权　哪里是高太尉，是贫道一化。你临行时老院公可曾劝你来？

吕洞宾　他也曾劝我来。

钟离权　　哪里是院公，也是贫道一化。你可曾见樵夫指路来么？
吕洞宾　　有个樵夫指与我道来。
钟离权　　那个樵夫也是贫道一化，怕你迷了正路。恰才杀你的壮士，也是贫道化来。这王婆和山中道姑，是骊山老母。这十八年间，酒色财气，你都见了也。

（唱）【倘秀才】

你早则省得浮世风灯石火，

再休恋儿女神珠玉颗。

咱人百岁光阴有几何，端的日月去、似撺梭。

想你那受过的坎坷。

（唱）【滚绣球】

你梦儿里见了么，心儿里省得么？

这一觉睡早经了二十年兵火，

觉来也依旧存活。

瓢古自放在灶窝，驴古自映着树科；

睡蒙眬无多一和，半霎儿改变了山河。

兀的是黄粱未熟荣华尽，世态才知鬓发皤。

早则人事蹉跎。

吕岩，你省得了么？

吕洞宾　　师父，我弟子省了也。
钟离权　　（诗云）汉朝得道一将军，故来尘世度凡人。

　　　　　十八年来一梦觉，点化唐朝吕洞宾。

（唱）【煞尾】

你正果正是修行果，

你灾咎皆因我度脱。

早则绝忧愁、没恼聒，

行处行，坐处坐，闲处闲，陀处陀。

> 屈着指，自数过，
>
> 真神仙，是七座，添伊家，总八个。
>
> 道与哥哥，非是疯魔，
>
> 这个爱吃酒的钟离便是我。

〔东华帝君领群仙上。

东华帝君 吕岩，你省悟了么？

吕 洞 宾 弟子省了也。

东华帝君 你既省悟了，一梦中十八年，见了酒色财气，人我是非，贪嗔痴爱，风霜雨雪。前世面见分明，今日同归大道。位列仙班，赐号纯阳子。

（诗云）你不是凡胎浊骨，迷本性人间受苦。

　　　　正阳子点化超凡，又差下骊山老母。

　　　　一梦中尽见荣枯，觉来时忽然省悟。

　　　　则今日证果朝元，拜三清同归紫府。

题目：汉钟离度脱唐吕公

正名：邯郸道省悟黄粱梦

〔剧终〕

西华山陈抟高卧

马致远

剧目说明

《西华山陈抟高卧》（简名《陈抟高卧》），在《录鬼簿》《太和正音谱》《永乐大典目录》中并著。

全剧四折，末本，正末扮陈抟。剧写：五代时神仙陈抟隐居避乱，借算卦之机指明赵匡胤和郑恩二人未来有君臣之命，汴梁为其兴龙之地。后赵匡胤果然做了皇帝，即宋太祖。赵匡胤登基后果然派人请陈抟入朝享受荣华富贵。但陈抟热衷隐居修仙，不愿做官，向赵匡胤反复诉说学仙的种种好处。汝南王郑恩奉旨在陈抟住处备下酒食，并送去美女，陈抟始终不为所动，郑恩佩服不已。后来陈抟返回西华山隐居修道。

剧中陈抟的形象耐人寻味。他一上场就说："吾徒不是贪财客，欲与人间结福缘"（第一折），表明了他虽身列仙班，但又寄情人间，是一个与社会不即不离的高人。当发现"中原地分旺气非常，当有真命治世"时，立即欣然下山，伺机点拨他心目中的太平天子赵匡胤。他下山的动机很明确："这五代史里胡厮杀、不曾住程，休则管埋名隐姓，却教谁救那苦恹恹天下生灵？"（第一折）他指点赵匡胤用后之道，预期出现"治世圣人生，指日乾坤定"的局面。而当赵匡胤得了天下,陈抟便飘然引退。陈抟虽然"文能匡社稷,武能定乾坤",但看到历史上"三千贯二千石,一品官二品职,只落得故纸上两行史记,无过是重裀卧列鼎而食",甚至"死无葬身之地,敢向那云阳市血染朝衣"(第三折),因此,他决绝地"推开名利关,摘脱英雄网",以超脱的心态拒绝高官厚禄的诱惑,一心清修。

通过对陈抟参破功名的描摹,剧作表达了作者对于隐居修仙的颂扬,以及对于文士、隐士、道士"三位一体"的称誉,表现了元代文人亦隐亦俗的社会理想。陈抟是唐末、五代、宋初著名的道士,"性如麋鹿,迹若浮萍",始终隐居不仕,对宋元文人影响很大,其生平事迹见《宋史·隐逸传》、庞觉《希夷先生传》、刘斧《青琐高议》、邵伯温《邵氏闻见录》等书。马致远借他拒绝征聘、隐于华山的故事反映了元代文人隐而不仕的思想感情,同时也反映了自己由追求功名到参破功名的思想变化。

此剧曲词浏亮动人,飞行自在,一向为人所称道。如第四折《双调·新水令》:"半生不识晓来霜,把五更打在老夫头上。笑他满朝朱紫贵,怎知我一枕黑甜乡,揭起那翠巍巍太华山光,这一幅绣帏帐。"造语豪俊潇洒,恰当地表现出陈抟在抛却名利之后的闲散心态和融入大自然的舒畅情怀。

戏剧现存《元刊杂剧三十种》本、明代陈与郊《古名家杂剧》本、明代息机子《元人杂剧选》本、明代臧晋叔《元曲选》本、明代黄正位《阳春奏》本、明代李开先《改订元贤传奇》本。另有王季思编《全元戏曲》本,王学奇等《元曲选校注》本,徐沁君《新校元刊杂剧三十种》本,徐沁君等《元曲四大家名剧选》本,萧善因等《马致远集》本。现以《元曲选》为底本,参校其他各本。

(陈建平整理)

人物表：

陈　抟　　正末扮演，隐道修仙之人。

赵大舍　　冲末扮演，壮士，后为宋太祖。

郑　恩　　净扮演，赵大舍义弟，后成为汝南王。

使　臣　　外扮演。

宫　女　　色旦扮演，郑恩献给陈抟的美女。

版本出处：王季思，编《全元戏曲》（二）人民文学出版社，1999年2月。

校对人：焦翔宇

第一折

〔赵大舍引郑恩上。〕

赵大舍 （诗云）志量恢弘纳百川，邀游四海结英贤。
夜来剑气冲牛斗，犹是男儿未遇年。
自家赵玄郎是也。祖居洛阳夹马营人氏。父乃洪殷，为殿前点检指挥使。某生时异香三月不绝，人皆呼为香孩儿。某生来颇有奇志，幼年间略读诗书，兼持枪棒，逢场作戏，遇博争雄。每纵酒，路见不平，拔刀相助，颇生事端。因避难远游关之东西、河之南北，也结识了许多未遇的英雄。这个汉子乃是我义弟郑恩，表字子明。此人虽是性子恶劣，倒也有些慷慨粗直。某与他患难相同，功名共保。不知这运几时来到，我不免和兄弟向竹桥边寻一个卖卦先生买一卦，可不是好也！（问郑恩科）兄弟，我与你到竹桥边走一会何如？

郑　恩 哥哥待要上天，我就随着上天；哥哥待要探海，我就随着探海。任哥哥哪里去，兄弟愿随鞭镫。

赵大舍 既然如此，我和你竹桥边去来。

〔赵大舍下。〕

〔陈抟上。〕

陈　抟 （诗云）术有神功道已仙，闲来卖卦竹桥边。
吾徒不是贪财客，欲与人间结福缘。
贫道姓陈名抟字图南的便是，能识阴阳妙理，兼通遁甲神书。因见五代间世路干戈，生民涂炭，朝梁暮晋，天下纷纷，隐居太华山中，以观时变。这几日于山顶上观见中原地分旺气非常，当有真命治世。贫道因下山到这汴梁竹桥边，开个卦肆指迷，看有甚人到来。

（唱）【仙吕】【点绛唇】

　　定知死生，指迷归正，皆神应。

　　著插方瓶，香缡雷文鼎。

（唱）【混江龙】

　　开坛讲命，六爻搜尽鬼神惊。

　　传圣人清高道业，指君子暗昧前程。

　　袍袖拂开八卦图，掌中躔度一天星。

　　也不论冠婚宅葬，也不论出入经营，

　　但有那辨荣枯问吉凶，买卦的心尊敬，

　　我也则全凭圣典，不顺人情。

〔赵大舍同郑恩上。

赵大舍　兀的那壁有个卖卦先生，咱且听他说些甚的。

陈　抟　（唱）【油葫芦】

　　古圣传留周易经，

　　有几人能穷究的精？

　　诵读如坐井，不能明。

这易呵，

（唱）【油葫芦】

　　伏羲以上无人定，

　　仲尼之下无人省。

　　俺下的数又真，传的课又灵。

　　待要避凶趋吉知天命，

　　试来帘下问君平。

赵大舍　兄弟，好个先生也！

郑　　恩　　哥哥怎见的？

赵大舍　　中消数言之间，包罗古今上下，参透阴阳表里。

郑　　恩　　是好先生也！咱再听他说一会者。

陈　抟　　（唱）【天下乐】

　　　　　　　凭着八字从头断一生，叮咛、不教差半星。
　　　　　　　论旺气，相死囚，凭五行。
　　　　　　　似这般暗夺鬼神机，豫知天地情，堪教高士听。

赵大舍　　这么一个先生，无有人识他。咱过去买卦去来。（与陈抟相见科）有劳先生，将我两人贱造看一看。

陈　抟　　（陈抟做失惊科）（唱）【醉中天】

　　　　　　　我等你呵，似投吴文整；
　　　　　　　你寻我呵，似觅吕先生。
　　　　　　　教我空踏断草鞋双带鞓，
　　　　　　　你君臣每原来在这搭儿相随定。
　　　　　　　这五代史里胡厮杀，不曾住程，
　　　　　　　休则管埋名隐姓，
　　　　　　　却教谁救那苦恹恹天下生灵？

赵大舍　　这是区区的八字，先生仔细看一看，莫要容情。

陈　抟　　（陈抟算科）（唱）【后庭花】

　　　　　　　这命干是丙丁戊己庚，乾元亨利贞。
　　　　　　　正是一字连珠格，三重坐禄星。
　　　　　　　你休道俺不着情，
　　　　　　　不应后我敢罚银十锭，
　　　　　　　未酬劳先早陪了几瓶。

赵大舍　　先生向后推一推，看我流年大运如何？

陈　抟　　（唱）【金盏儿】

　　　　　　　到这戌字上呵，水形成火长生，

>避垂龙大小运今年并；
>后交的丙辰一运大峥嵘。
>日犯空亡为将相，时逢禄马作公卿。
>你是南方赤帝子，上应北极紫微星。

陈　抟　请二公到僻静酒肆中闲叙数句。

赵大舍　先生有请。

陈　抟　二公先行。（入肆做接驾科）早知陛下到来，只合远接；接待不着，勿令见罪。

（赵大舍扯陈抟）

赵大舍　先生，休的呼皇道寡，倘有人知，反速罪戾。

陈　抟　贫道阅人多矣，平生未见此命，他日必为太平天子也。

（唱）【后庭花】

>黄河一旦清，东方日已明。
>有兴处饮酴醾千盅醉，没人处倒山呼万岁声。
>贫道呵，索是失逢迎。
>遇着这开基真命，拚今朝醉不醒。

赵大舍　先生，实不相瞒，区区见五代之乱，天下涂炭极矣。常有拨乱反治之志，奈无寸土为阶。倘皇天不没此心，成得些小基业，不知天下形势何处为可守，何处为不可守？

陈　抟　陛下欲知兴龙之地，莫如汴梁。听贫道说来便见。

（唱）【金盏儿】

>左关陕，右徐青，
>背怀孟，附襄荆；
>用兵的形势连着唐、邓，太行天险壮神京。
>江山埋旺气，草木助威灵。
>欲寻那四百年兴龙地，除是这八十里卧牛城。

郑　恩　兀那先生，你也与我算上一算。

陈　抟　　（唱）【醉中天】
　　　　　　　你是五霸诸侯命，一品大臣名，
　　　　　　　干打哄胡厮啵过了半生。

郑　恩　　你说我是个五霸诸侯，我如何瞎了一目？

陈　抟　　（唱）【醉中天】
　　　　　　　注定你不带破多残病，
　　　　　　　命中有、愁甚眼睛？
　　　　　　　兀那明郎群星虽盛，怎如的孤月偏明！

赵大舍　　请问先生高名大姓，何处仙居？今日之言，他年倘或应口，必须物色，以共富贵，不敢忘也。

陈　抟　　贫道陈抟，隐居西华山中。不求人间富贵，无烦酬谢，但愿二公保重者。

　　　　　（唱）【金盏儿】
　　　　　　　投至我石枕上梦魂清，布袍底白云生。
　　　　　　　但睡呵，一年半载没干净，
　　　　　　　则看您朝台暮省干功名。
　　　　　　　我睡呵，黑甜甜倒身如酒醉，忽喽喽酣睡似雷鸣；
　　　　　　　谁理会的五更朝马动，三唱晓鸡声。

　　　　　（唱）【赚煞】
　　　　　　　治世圣人生，指日乾坤定。

赵大舍　　天下果有平定之时，那时节拜请先生下山，共享太平之福。

陈　抟　　何须把山野陈抟拜请。（指郑恩科）若久后休忘了这青眼相看旧弟兄，不索重酬劳卖卦先生。从今后罢刀兵，四海澄清，且放闲人看太平。我又不似出师的孔明、休官的陶令，则待学那钓鱼台下老严陵。

　　　　　〔并下。

第二折

〔使臣引卒子捧砌末上。

使　臣　小官党继恩是也,乃太慰党进之子。今奉官里诏书,将着安车蒲轮、币帛玄纁,向西华山请那陈抟先生。此系王命,不可怠慢,须索走一遭去者。

〔下。

〔陈抟上。

陈　抟　贫道自从汴梁竹桥边算了那两个君臣之命,归到山中,醒时炼药,醉时高眠,倒大快活清闲也呵。

（唱）【南吕】【一枝花】

我往常读书求进身,学剑随时混;

文能匡社稷,武可定乾坤。

豪气凌云,似莘野商伊尹,佐成汤救万民;

扫荡了海内烽尘,早扶策沟中愁困。

（唱）【梁州第七】

从逢着那买卦的潜龙帝王,饶了个算命的开国功臣,便即时拂袖归山隐。

全不管人间甲子,单则守洞里庚申。

降伏尽婴儿姹女,将炼成丹汞黄银。

思飘飘出世离群,乐陶陶礼圣参真。

想他那乱扰扰红尘内争利的愚人,

更和那闹攘攘黄阁上为官的贵人,

争如这闲摇摇华山中得道的仙人。

一身驾云，九垓八表神游尽，觑浮世暗中哂。

坐看蟠桃几度春，岁月常新。

（唱）【隔尾】

则与这高山流水同风韵，

抵多少野草闲花作近邻，

满地白云扫不尽。

你与我紧关上洞门，休放个客人，

我待静倚蒲团自在盹。

（陈抟盹睡科）

〔使臣上。

使　臣　这些时不觉来到华山，端的是好山也！则见云台观中一缕白云，上接丹霄，想必是那先生隐居的去处。我不免将金钟撞动，使那先生知道。

（撞钟，陈抟醒，接使臣科）

陈　抟　（唱）【牧羊关】

我恰才游仙阙，谒帝阍，

惊得我跨黄鹤飞下天门。

为甚的玉节忙持，金钟煞紧？

又不是红窗明觉晓，布被暖和春。

惊得那梦庄周蝶飞去，尚古自炊黄粱锅未滚。

（相见科）

使　臣　下官党继恩，奉官里敕旨，领着安车蒲轮、币帛玄纁，敬到仙山来请先生下山。圣人甚是怀念，望先生早些收拾行者。

陈　抟　贫道物外之人，无心名利，望天使回朝方便奏咱。

（唱）【红芍药】

开基创业圣明君，舜德尧仁；

玉帛万国尽来尊，一统乾坤。

眼见得灭狼烟、息战氛，早则是泽及黎民。
又待要招贤纳士礼殷勤，币帛降玄纁。

(唱)【菩萨梁州】
特遣天臣，把贤良访问；
当今至尊，重酬劳卖卦山人。
虽然是前言不忘是君恩，
争奈我烟霞不忆风雷信，
琴鹤自有林泉分。
想名利有时尽，乞的田园自在身，
我怎肯再入红尘。

(唱)【隔尾】
俺只待下棋白日闲消困，
高枕清风睡杀人。
世事无由恼方寸，
则除你个继恩使臣，
方便向君王行奏得准。

使　臣　方今圣人在上，乾坤一统，万国来宾；山间林下，并无遗贤。况先生乃天子之故人，天下高士，自当归朝，以慰圣人之意。

陈　抟　(唱)【牧羊关】
既然海岳归明主，敢放巢由作外臣，
怎望您吊千年高冢麒麟。
谁待要老去攀龙，则不如闲来卧云。
试看蓬莱寻药客，商岭采芝人；
天下已归汉，山中犹避秦。

(唱)【贺新郎】
我往常鸡鸣舞剑学刘琨，

>　　看三卷天书，演八门五遁。
>　　我也曾遍游诸国占时运，
>　　则为卖卦处逢着圣君，
>　　以此的入山来专意修真。
>　　看猿鹤知导引，观山水爽精神，
>　　大都来性于远、习于近。
>　　则这黄冠野服一道士，伴着清风明月两闲人。

使　臣　久闻先生有黄白住世之术，不知仙教可使凡夫亦得闻乎？

陈　抟　神仙荒唐之事，此非将军所宜问也。

　　（唱）【牧羊关】
>　　则你这一身拜将悬金印，万里封侯守玉门；
>　　现如今际明良千载风云，
>　　怎学的河上仙翁、关门令尹？
>　　可不道朝中随圣主，却甚的林下访闲人。
>　　既受了雨露九天恩，怎还想云霞三市隐？

使　臣　先生既如此说，何不仕于朝廷，为生民造福者？

陈　抟　（唱）【哭皇天】
>　　酒醉汉难朝觐，睡魔王怎做的宰臣？
>　　穿着这紫罗袍似酒布袋，执着这白象笏似睡馄饨。
>　　若做官后每日价行眠立盹，
>　　休休休枉笑杀凌烟阁上人。
>　　有这般疏庸愚钝，孤陋寡闻？

　　（唱）【乌夜啼】
>　　幸然法正天心顺，索甚我横枝儿治国安民？
>　　我则有住山缘，哪里有为官分。
>　　乐道安贫，谁羡画戟朱门？
>　　丹砂好炼养闲身，黄金不铸封侯印。

我其实戴不的幞头紧，穿不的朝衣笨。

倒不如我这拂黄尘的布袍，洒浑酒的纶巾。

使　臣　天恩不可辜负，请先生就车即便行者。

陈　抟　既蒙天使到来，圣恩不敢违背，必须下山走一遭去也。

（唱）【黄钟煞】

也不索雕轮冉冉登程进，也不索骏马骎骎践路尘。

既然是圣旨紧，请将军勿心困。

尽教山列着屏，草展着茵，鹤看着家，云锁着门。

只消的顺天风驾一片白云，

煞强似你那宣使乘的紫藤兜轿稳。

〔同下。

第三折

〔赵大舍改扮宋太祖引侍臣上。

宋太祖　（诗云）两手指摩新日月，一番整理旧乾坤。

殿廷聚会风云气，华夏沾濡雨露恩。

寡人宋太祖是也。数年之前，曾与汝南王兄弟在竹桥边买卦，遇见陈抟先生，被他拨开混沌乾坤，指出太平天子。寡人临御以来，好生想他。昨差使臣物色访问，喜的他不弃寡人而来，今在寅馆中，尚未朝见。寡人欲拟其官爵，然后召他入朝，他又百般不受。且先加他道号希夷先生，赐鹤氅金冠玉圭，待朝会间，那时再作计较。黄门官领旨，去寅宾馆请那先生来。

〔侍臣领旨科，下。

〔陈抟上。〕

陈　抟　（诗云）家舍久从方外地，布袍重惹陌头尘。
　　　　　　　道人原不求名利，名利何曾系道人？
　　　　贫道陈抟，下得西岳华山，来到东京梁，见了尘世纷纷，
　　　　浮生攘攘。想我此行实非本意也呵。
　　　　（唱）【正宫】【端正好】
　　　　　　　下云台，来朝会，不听的华山里鹤唳猿啼。
　　　　　　　道人非为苍生起，只是报圣主招贤意。
　　　　（唱）【滚绣球】
　　　　　　　俺便是那闲云自在飞，心情与世违。
　　　　　　　可又不贪名利，怎生来教天子闻知？
　　　　　　　是未发迹，卦铺里，那时节相识，
　　　　　　　曾算是他南面登基。

〔使臣上。〕

使　臣　陈先生恭喜，官里赐来衣冠道号，望阙谢恩。

陈　抟　（陈抟拜谢科）因此上将龙庭御宝皇宣诏，赐与我鹤氅金冠碧玉圭，道号希夷。

使　臣　先生在那隐居处，山野荒凉，得如俺这朝署中这般富贵吗？

陈　抟　（唱）【倘秀才】
　　　　　　　俺那里草舍花栏药畦，
　　　　　　　石洞松窗竹几；
　　　　　　　您这里玉殿朱楼未为贵。
　　　　　　　您那人间千古事，俺只松下一盘棋，
　　　　　　　把富贵做浮云可比。

使　臣　官里一心等着先生，请先生早些入朝去者。兀的又有使命到也！

〔宋太祖上。〕

陈　抟　　（立住科）（唱）【滚绣球】

　　　　　　　不住的使命催，奉御逼；
　　　　　　　便教咱早趋朝内，只是野人般不知这远近高低。
　　　　　　　至禁帏，上凤池；
　　　　　　　近临宝砌，列鹓鸾帘卷班齐。
　　　　　　　玉阶前风摆龙影，金殿上风吹日月旗，天仗朝衣。

（见宋太祖打稽首科）

（唱）【倘秀才】

　　　　　　　无那舞蹈扬尘体例，只打个稽首权充拜礼。

宋太祖　故人别来无恙？今蒙不弃，喜慰平生，就在殿廷赐坐，好叙闲阔。

陈　抟　愿宋太祖圣寿齐天万万岁。如今黄阁功臣少，白发故人稀，见贫道且自喜。

宋太祖　希夷先生，今日得见仙颜，寡人喜不自胜。愿侍同朝，以为臣民之望，不知先生意下如何？

陈　抟　贫道山野懒人，不愿为官。

（唱）【叨叨令】

　　　　　　　向那华山中已觅终焉计，怎生都堂内才看旁州例。
　　　　　　　议公事枉损了元阳气，理朝纲怕搅了安眠睡。
　　　　　　　贫道做不得官也么哥，做不得官也么哥！
　　　　　　　不要紫罗袍，只乞黄绸被。

宋太祖　先生如何做不得官？

陈　抟　听贫道说来便见。

（唱）【倘秀才】

　　　　　　　我但睡呵，
　　　　　　　十万根更筹转刻，七八瓮铜壶漏水，
　　　　　　　恨不得生扭死窗前报晓鸡。

　　　　　　休想我惜花春早起，爱月夜眠迟，这般的道理。

宋太祖　先生若肯做官，寡人与先生选一个闲散衙门，除一个清要的官职。无案牍劳形，必不妨于政事。

陈　抟　贫道怎做得官也呵。

　　　　（唱）【滚绣球】
　　　　　　贫道呵，爱穿的蔀落衣，爱吃的藜藿食；
　　　　　　睡时节幕天席地，
　　　　　　黑喽喽鼻息如雷，二三年唤不起。
　　　　　　若在那省部里，敢每日画不着卯历。
　　　　　　有句话对圣主先提，
　　　　　　贫道呵贪闲身外全无事，除睡人间总不知，
　　　　　　空教人目占眼舒眉。

宋太祖　先生为己则是矣，但未知大人之道。大人以四海为家，万物一体，无我无人，勿固勿必，所谓君子周而不比。先生当扩其独乐之怀，普其兼善之量也，替寡人整理些朝纲，可不是好。

陈　抟　（唱）【倘秀才】
　　　　　　陛下道君子周而不比，贫道呵小人穷斯滥矣。
　　　　　　俺须索志于道、依于仁、据于德，本待用贤退不肖，怎倒做举枉错诸直，更是不宜。

宋太祖　先生休要推辞。似这朝中为官，却不强如山中学道也？

陈　抟　这为官的好处，贫道也尽知了。

　　　　（唱）【滚绣球】
　　　　　　三千贯两千石，一品官二品职，
　　　　　　只落得故纸上两行史记，无过是重茵卧列鼎而食。
　　　　　　虽然道臣事君以忠，君使臣以礼，
　　　　　　哎，这便是死无葬身之地，

敢向那云阳市血染朝衣。

贫道呵，

本居林下绝名利，

自不合划下山来惹是非，不如归去来兮。

宋太祖　　你说为官不好，可说那学仙的好处与朕听者。

陈　抟　　（唱）【倘秀才】

道有个治家治国，索分个为人为己，

不患人之不己知。

石床棉被暖，瓦钵菜羹肥，是山人乐矣。

（唱）【三煞】

身安静宇蝉初蜕，梦绕南华蝶正飞。

卧一榻清风，看一轮明月，

盖一片白云，枕一块顽石。

直睡得陵迁谷变，石烂松枯，斗转星移。

长则是抱元守一，穷妙理造玄机。

（唱）【二煞】

鸡虫得失何须计，鹏鹖逍遥各自知。

看蚁阵蜂衙，龙争虎斗，燕去鸿来，兔走乌飞。

浮生似争穴聚蚁，光阴似过隙白驹，

世人似舞瓮醯鸡。

便搏得一阶半职，何足算，不堪提。

宋太祖　　先生，你有甚么便宜处，也说来者。

陈　抟　　（唱）【煞尾】

俺那里云间太华烟霞细，鼎内还丹日月迟；

山上高眠梦寐稀，殿下朝元剑佩齐；

玉阙仙阶我曾履，王母蟠桃我曾吃，

欲醉不醉酒数杯，上天下天鹤一只；

有客相逢问浮世，无事登临叹落晖；
危坐谈玄讲《道德》，静室焚香诵《秋水》；
滴露研朱点《周易》，散诞逍遥不拘系。
赴召离山到朝里，央及陈抟受宣敕。
送上都堂入八位，掌管台衡总百揆。
御史台纲索省会，六部当该各详细；
攘攘垓垓不伶俐，是是非非无尽期。
好教我战战兢兢睡不美。

〔下。

第四折

〔郑恩扮汝南王引宫女上。

汝南王 （诗云）平生泼赖曾为盗，一运峥嵘却做官。

使尽机谋常是饱，锦衣纨袴不知寒。

自家郑恩，官封汝南王之职，便是某幼年间与今上圣人为八拜之交，患难相同，枪刀不避，不想今日也同享富贵。今奉官里之命，领着御酒十瓶，御膳一席，宫中美女十人，去寅宾馆待希夷先生。他如今尚未出朝，不免打发美女进去，安排供具。我且躲在一壁，待那先生来时，再作计较。您每好生在意者。

美　女 理会的。

〔同下。

〔陈抟上。

陈　抟 （诗云）上林无兴看花开，春色何人送的来？

处士不生巫峡梦，空烦云雨下阳台。

贫道陈抟，早朝见上，蒙圣人念旧，待我甚是欢喜。但是我云水之身，山林之鸟，难在这尘凡之中也呵。

（唱）【双调】【新水令】

半生不识晓来霜，

把五更寒打在老夫头上。

笑他满朝朱紫贵，怎知我一枕黑甜乡。

揭起那翠巍巍太华山光，

这一幅绣帏帐。

〔美女上。

（待直）

美　女　妾等官里送来，与先生作传奉，愿奉枕席之欢。

陈　抟　（唱）【驻马听】

白酒樽旁，闲慰眼金钗十二行；

误了我清风岭上，

不翻身恶睡一千场。

您则待泛桃花到处觅刘郎，

我委实画蛾眉不会学张敞。

没好酌量，出家儿怎受闲魔障。

美　女　（美女装醉戏陈抟科）先生休拿那道人铁面皮，怎么脸上和刮霜的一般？俺每都是未放的官化，谁曾经这等折挫？望先生少要弃嫌。

陈　抟　你每靠后者，你怎知我出家人的道心？

（唱）【步步娇】

遮莫胡厮缠到晨钟撞，

休想我一点狂心荡。

美　女　你来，我与你有句话说。

陈　抟	（唱）唤陈抟有甚勾当？

命不快遭逢着这火醉婆娘，

干误了我晚夕参圣一炉香，

半夜里观乾象。

美　女	俺与先生奉一杯酒咱。
陈　抟	俺道人每从来戒酒，不用它。
美　女	我与先生奉一杯茶，先生试尝这茶味何如？
陈　抟	是好茶也。

（唱）【沉醉东风】

这茶呵采的是一旗半枪，

来从五岭三湘。

泛一瓯瑞雪香，生两腋松风响，

润不得七碗枯肠。

辜负一醉无忧老杜康，

谁信您卢仝健忘。

陈　抟	您每各自安置，我待睡也。

（做睡，美女扯陈抟科）

美　女	俺每都陪先生，怎敢舍得先生孤孤恓恓、凄凄冷冷的。
陈　抟	（唱）【搅筝琶】

你好是轻薄相，

我又不寂寞恨更长。

干把那蝶梦惊回，多管葫芦提害痒。

早则是卧破月昏黄，

直睡到日出扶桑。

慌忙，

猛听得净鞭三下响，又待要颠倒衣裳。

〔汝南王上。

您则待泛桃花到处觅刘郎，我委实画蛾眉不会学张敞。
没好酌量，出家儿怎受闲魔障。

汝南王	好个没理会的先生。待我自家过去。（相见科）下官退朝较晚，乞恕探望来迟之罪。
陈　抟	多谢大王不忘旧故。
汝南王	先生好神算也。当日竹桥边，先生曾许我是个五霸诸侯，今日果应其言。
陈　抟	（唱）【雁儿落】

　　　　曾道你官封一字王，位列斗厅相，

　　哪里是有官的我预知，也则是你没眼的天将降。

汝南王	那宫女每好生歌舞，我奉劝先生一杯。
陈　抟	又教这个大王奚幸杀我也。

（唱）【川拨棹】

　　　　恰离高唐，躲巫娥一壁厢。

　　　　客舍凄凉，仙梦悠扬；

　　　　只想着邯郸道上，原来在佳人锦瑟旁。

（美女劝酒科）

陈　抟	（唱）【七兄弟】

　　　　这场厮央，不相当。

　　　　你便有粉白黛绿装宫样，

　　　　茜裙罗袜缕金裳，

　　　　则我这铁卧单有甚风流况？

汝南王	圣人有云："食、色，性也。"好色之心，人皆有之。又云："吾未见好德如好色者。"先生独非人乎？独无人情乎？

（唱）【梅茶酒】

　　　　你可也忒莽撞，则道你燮理阴阳，却惜玉怜香。

　　　　撮合山错了眼光，就儿里我也仓皇。

　　　　你休使着这智量，俺乐处是天堂。

陈　抟	贫道从来贪眼，我且盹睡片时，大王休怪。（做睡科）

汝南王 （汝南王与美女背云）须索如此如此。（汝南王做关门科）我把这门儿来带上者。随时且作窗前月，付与梅花自主张。

〔汝南王下。

陈　抟 （陈抟惊觉科）（唱）【收江南】

呀，你敢硬将咱送上云雨场，

则待高烧银烛照红妆。

出家儿心地本清凉，

怎禁得直恁般闹攘！

便是一千年不见，也不思量。

（唱）【水仙子】

我恰才神游八表放金光，

礼拜三清朝玉皇。

不争你拽双环呀的门关上，

缠杀我也瞎大王，

惊得那下三山鹤梦翱翔。

俺只待丹鼎内降龙虎，谁教咱锦巢边宿凤凰，

枉羞杀金殿鸳鸯。

只因我轻易下山，惹起这番勾当，倒惹那山灵见笑也。

（唱）【太平令】

现如今山鬼只打显象，

野猿抢笔题墙。

怕腐烂了芒鞋竹杖，

尘没了蒲团纸帐。

纵有那女娘、艳妆、洞房，

早眈睡了都堂里宰相。

〔汝南王上。

汝南王 天已明了，我把这门来开者。呀！好个古憨先生，还在那

陈　抟	壁披衣据床、秉景待旦哩。
陈　抟	大王，教你奚幸杀我也。
汝南王	惭愧惭愧，我即奏官里，宫中盖一道观，使先生住持，封为一品真人。
陈　抟	（唱）【离亭宴带歇指煞】

把投林高鸟西风里放，

也强如衔茶野兔深宫里养。

你待要加官赐赏，

教俺头顶紫金冠，手执碧玉简，身着白鹤氅。

昔年旧草庵，今日新方丈。

贫道呵，除睡外别无伎俩。

本不是贪名利世间人，则一个乐琴书林下客，绝宠辱山中相。

推开名利关，摘脱英雄网，

高打起南山吊窗。

常则是烟雨外种莲花，云台上看仙掌。

〔并下。

题目： 识真主卜梁卖课　念故知征贤敕佐

正名： 寅宾馆天使遮留　西华山陈抟高卧

〔剧终〕

附 录

《中华戏曲剧本集萃》
剧本整理、人物表编制与校点者

戏文系2019级研究生：
周辰浩（导师：谢柏梁）

1.《红灯记》　　　　　　　　（剧本整理：戏文系2016级同学）
2.《杨门女将》　　　　　　　（剧本整理：戏文系2016级同学）
3.《白蛇传》　　　　　　　　（剧本整理：戏文系2016级同学）
4.《唐明皇秋夜梧桐雨》　　　（剧本整理：戏文系2016级孙丹阳）
5.《裴少俊墙头马上》　　　　（剧本整理：戏文系2016级孙丹阳）
6.《张平叔智勘魔合罗》　　　（剧本整理：戏文系2016级同学）
7.《包待制智勘灰栏记》　　　（剧本整理：戏文系2016级同学）
8.《地藏王证东窗事犯》　　　（剧本整理：戏文系2016级王仡琪）
9.《苏秦衣锦还乡》（剧本整理：戏文系2016级常洁妮、邓黎乔生、
　　　　　　　　　李文凯、邱美瑶、王俣、王盈、张乐、商笑宇）

石　瑞（导师：谢柏梁）

1.《四郎探母》　　　　　　　（剧本整理：戏文系2016级同学 ）
2.《智取威虎山》　　　　　　（剧本整理：戏文系2016级同学 ）
3.《锁麟囊》　　　　　　　　（剧本整理：戏文系2016级同学 ）
4.《打渔杀家》　　　　　　　（剧本整理：戏文系2016级同学 ）
5.《曹操与杨修》　　　　　　（剧本整理：戏文系2016级同学 ）
6.《破幽梦孤雁汉宫秋》　　　（剧本整理：戏文系2016级水光生 ）
7.《半夜雷轰荐福碑》　　　　（剧本整理：戏文系2016级水光生 ）

8.《临江驿潇湘夜雨》　　　（剧本整理：戏文系2016级同学）

9.《相国寺公孙合汗衫》　　（剧本整理：戏文系2016级同学）

10.《迷青琐倩女离魂》　　 （剧本整理：戏文系2016级同学）

允　昂（导师：谢柏梁）

1.《连升店》　　　　　　　（剧本整理：戏文系2016级同学）

2.《看钱奴买冤家债主》　　（剧本整理：戏文系2016级同学）

3.《琵琶记》　　　　　　　（剧本整理：戏文系2016级同学）

4.《黑旋风双献功》　　　　（剧本整理：戏文系2016级同学）

5.《赵氏孤儿大报仇》（剧本整理：戏文系2016级李佳祺，邱鸿亮，
　　　　　　　　　　张强，谢昕恬，潘玥洁，侯蔺珂，郭旭呈，
　　　　　　　　　　郭浩宇）

6.《沙门岛张生煮海》　　　（剧本整理：戏文系2016级同学）

7.《梁山泊李逵负荆》　　　（剧本整理：戏文系2016级同学）

焦翔宇（导师：谢柏梁）

1.《崔莺莺待月西厢记》　　（剧本整理：戏文系2016级同学）

2.《江州司马青衫泪》　　　（剧本整理：戏文系2016级同学）

3.《邯郸道省悟黄粱梦》　　（剧本整理：戏文系2016级同学）

4.《西华山陈抟高卧》　　　（剧本整理：戏文系2016级杨茗）

5.《同乐院燕青博鱼》　　　（剧本整理：戏文系2016级同学）

6.《洞庭湖柳毅传书》　　　（剧本整理：戏文系2016级同学）

7.《说鱄诸伍员吹箫》　　　（剧本整理：戏文系2016级同学）

8.《鲁大夫秋胡戏妻》　　　（剧本整理：戏文系2016级同学）

庄富蓉（导师：赵锡淮）

1.《风雨像生货郎旦》　　　（剧本整理：戏文系2016级王俣）

戏文系2020级研究生：

郭泽莹（导师：谢柏梁）
1.《赵盼儿风月救风尘》 （剧本整理：戏文系2016级郭浩宇）
2.《邓夫人苦痛哭存孝》 （剧本整理：戏文系2016级郭浩宇）
3.《关大王独赴单刀会》 （剧本整理：戏文系2016级商笑宇）
4.《宝剑记》（剧本整理：戏文系2016级王翰琳、陈雪晴、郭田聪）
5.《红拂记》（剧本整理：戏文系2016级朱梓莹、蒋国婷）
6.《鸣凤记》（剧本整理：戏文系2016级姚雪、王盈、乐恩汝、胡韵涵、刘宇慧、孙泽月、苏萌、张旭、李敏、张乐、尹鑫鑫）
7.《浣纱记》（剧本整理：戏文系2016级曹蕴祺、屈相宜、王晴）

杨万奇（导师：谢柏梁）
1.《闺怨佳人拜月亭》 （剧本整理：戏文系2016级李文凯）
2.《杜蕊娘智赏金线池》 （剧本整理：戏文系2016级郭旭呈）
3.《望江亭中秋切鲙》 （剧本整理：戏文系2016级郭旭早）
4.《长生殿》（剧本整理：戏文系2016级邱鸿亮、刘宇慧、姚雪）
5.《桃花扇》（剧本整理：戏文系2016级胡韵涵、乐恩汝）
6.《雷峰塔》（剧本整理：戏文系2016级杨凯月、水光生、王韦岩、孙丹阳、李文凯、邱美姚、邓黎乔生、常洁妮、商笑宇、王俣）

潘玥洁（导师：谢柏梁）
1.《温太真玉镜台》 （剧本整理：戏文系2016级李文凯）
2.《感天动地窦娥冤》 （剧本整理：戏文系2016级邱美瑶）
3.《包待制智斩鲁斋郎》 （剧本整理：戏文系2016级邱美瑶）
4.《玉簪记》（剧本整理：戏文系2016级王铎霖、侯振翔）
5.《紫钗记》（剧本整理：戏文系2016级李敏、张旭、苏萌）

6.《牡丹亭》（剧本整理：戏文系2016级何雨琦、潘玥洁、张乐）

孙泽月（导师：赵锡淮）

1.《玎玎珰珰盆儿鬼》　　（剧本整理：戏文系2016级同学）
2.《河南府张鼎勘头巾》　　（剧本整理：戏文系2016级同学）

张舒睿（导师：赵锡淮）

1.《孟德耀举案齐眉》　　（剧本整理：戏文系2016级同学）
2.《东堂老劝破家子弟》　　（剧本整理：戏文系2016级同学）

王子建（导师：颜全毅）

1.《包待制陈州粜米》　　（剧本整理：戏文系2016级同学）

张　强（导师：颜全毅）

1.《朱太守风雪渔樵记》　　（剧本整理：戏文系2016级唐宏）

李代鹏（导师：刘小梅）

1.《玉箫女两世姻缘》　　（剧本整理：戏文系2016级同学）
2.《醉思乡王粲登楼》　　（剧本整理：戏文系2016级同学）

李碧萱（导师：吴新苗）

1.《宦门子弟错立身》　　（剧本整理：戏文系2016级同学）
2.《小孙屠》　　（剧本整理：戏文系2016级同学）

辛晨曦（导师：吴新苗）、王振坤（导师：冉常建）

1.《张协状元》（剧本整理：戏文系2016级韩雨晴、张潇潇、柳彦青）